AQUARIUS

AQUARIUS

每個人心中都有一座島嶼，

藉文字呼息而靜謐，

Island，我們心靈的岸。

雨

Hujan

黃錦樹

Laut mana yang tak berombak, bumi mana yang tak ditimpa hujan.

大海何處不起浪，大地何處未遭雨

——馬來古諺

本書獻給

寶瓶

感謝他多年來對馬華文學的支持

【推薦序】迅速之詩——讀《雨》

朱天文

「無邊無際連綿的季風雨，水獺也許會再度化身為鯨。」

這是黃錦樹的句子。

句子從知識和想像的沃土裡長出來：「鯨魚的祖先是魚類上岸演化成哺乳類又重返大海者，牠的近親是水獺。」

衡諸同代人小說之中，錦樹小說寫得精采的地方，應該說，只有他有而別人沒有之處，是「變形記」。尤其自二〇一二年以來，他著力發揮、厚積薄發的各式各樣的馬共小說，無論以高蹈（high-brow）來看，抑或一般約定俗成認為小說便是長成這個樣子的中品（middle-brow）來看，最佳篇，我的偏見，都是「變形記」。

不，不是卡夫卡的《變形記》。那樣的卡夫卡，獨坐於昨日的明日的瑰麗古歐洲的巍峨大殿上，沉思著一個人有一天早上醒來發現自己在床上變成了畸形昆蟲的生存處境。

然則，馬來西亞雨林？人的稀薄的文化就是跟茅草在拉鋸戰。「茅草在園中出現向來不被允許，即使是一株。」簡直可列入十誡第一誡：「草也不許靠近屋子。一律清除。疊在火堆上燒出濃煙，好薰蚊子。」家族人丁旺盛時候，園子與鄰家園子之間穩穩立著界碑，挖界溝防火般防阻茅草野樹長過來，五腳基屋子端整座落其中。但人老了，坐籐椅上望著門前的草已快到門邊，曾經，他可是不止一次聽到妻子向兒女誇耀：「有我在一根草都不准在屋子周圍二十尺內出現。」他自己也曾把著鋤頭在界碑旁大呼小叫妻子來看，那一叢叢偷渡的茅草：「奇怪，昨天才鋤的啊，怎麼全長回來了？」（寫於一九九〇延畢期間的〈撤退〉）

錦樹小說裡的家，予我強烈印象者莫過此。變形記，所以是奧維德的《變形記》。六步格史詩十五卷的《變形記》，歌唱形體的變化，百多個故事從開天闢地一路編到當今，當今他被羅馬皇帝奧古斯都流放到黑海海邊在那裡拉丁文毫無用處。

無以數計的變形，少女拒絕阿波羅的求愛奔逃中長髮變成葉子，手臂變成樹枝，敏捷的雙腿黏附在地上變成了月桂。各種逃脫，變成蘆葦，變成沒藥樹。悲傷哭泣，直到水仙化成淚水溶在自己的水池裡。村女跟工藝女神比賽織繡（各據一方架起織布機的紡織細節真是太精采），女神織的是雅典命名權的競爭，村女則織出男神們的風流罪狀而且勝賽遂被變成蜘蛛。馬其頓公主說了敵對觀點的故事版本給變成喜鵲。不參加酒神的狂歡只管辛勤紡紗工作，三姊妹被變成蝙蝠。洪水過完，石頭變形為人，岩石中的脈仍然是人體的脈。特洛伊戰後一伍船隊來到義大利西岸順台伯河直上，跟原住民大打其仗建立起最初的羅馬，維吉爾花了半部史詩講這件事，而《變形記》只幾個故事鬆脆搞定。至於遭毀滅的城地，在持續悶燒的灰堆裡飛出一隻前所未見的鳥，不停鼓動翅膀拍打餘燼，其叫聲、其瘦小、其蒼白，都引人哀思這個被擄掠的城，乃至這城的名字便遺留給這隻新生的鳥，阿德阿Ardea，當作普通名詞牠叫做蒼鷺。（呂健忠譯注之《變形記》）

勝者自勝，敗者的一方卻開啟了故事。

這些讓人想到誰？我想到黃錦樹的馬共小說，和他的馬華文學。

變形，它扎根在不同世界的模糊界線上。神明、人類、與大自然之間相互滲透並非階級性的，而是一逕的夾纏不清，力量在之間衝撞或抵消。主導奧維德筆寫熱情的並非系統性的結構，而是累積，用頻換觀點和改變節奏來增進，一景疊一景，一事接一事，經常類似，到底又不同。滔滔不絕要將一切變得無所不在，且近在手邊。它是一部迅速之詩（語出卡爾維諾，〈奧維德與宇宙親近性〉）。

迅速嗎？自卡夫卡以來的現代小說，從精神到樣貌，總是跋涉。現在讀了錦樹的小說，竟是迅速之詩。可說來辛酸，能夠迅速，正是因為馬華文學的文化資產欠缺，甚或沒有。「我們必須繼承那沉重的沒有，那欠缺。」

反之，文化資產豐厚得壓人的卡夫卡，早已寫出他當代的也預言了未來世界的困境，科層壘壘，分工過細又門禁森嚴，不同領域誰也跨不過誰。相對於馬華，亦身處發達資本主義時代裡的（班雅明語）民國台灣，寫小說，最叫人陶醉獲得獎賞的時刻，便是在以小說為支點欲把這個比地球重力還重的現實世界舉起來的奮勉苦活中，終於，舉起了那麼兩三尺（舉頭三尺有神明）。

是因為沒有，所以迅速？

錦樹一篇〈母雞和牠的沒有〉，寫幾隻刀下留雞從菜市場解放出來的母雞公雞之事蹟。是說總沒生蛋的黑母雞，開始生蛋，家人撿蛋來吃，撿撿不讓撿了開始孵蛋，抱起來看並沒有蛋，仍孵，家人說哦原來母雞在孵牠的沒有。另一隻黃母雞亦然，家人就去市場買了兩隻小雞，趁夜晚雞眼不能視物塞進母雞發燙的腹下，次日醒來已見母雞與高采烈咯咯咯帶著小雞，在園裡各處掏開泥土找蟲給小雞吃。

我在小咖啡館下午的安靜裡讀到，只能一直悶笑。心想唯高度自覺的錦樹，唯他一人，在孵他的馬華文學的沒有。

他本屬學界，那幾本核量級的文論（我讀了不止一次《文與魂與體／論現代中國性》），即使沒讀過，方圓內也感受得到輻射能。才華有餘，他寫著小說，故而比他的任何一位馬華同行都洞察著這個沒有，並戮力善用之，那成為他的「變形記」體。如果記得，他曾在大學部開過一門選修課「文體練習」，還說想用名家文體來寫馬共，調度驅使譬如愛倫坡體、卡夫卡體、波赫士體、昆德拉體……說下去他也要笑了，又不是體操特技表演。當然，怎麼能不馬共呢？錦樹的父親輩那一代，只要你識字，你讀書，華文書，差不多你就會走進森林做了共產黨。你沒做，你總也有同學老師朋友做，走進「月光斜照著的那條上坡路有一段沒入陽光也照不透的原始林只有四腳蛇和山豬能走」。

《土與火》小說集出版之後八年，連著這四年，錦樹一年一本小說，且應故鄉之邀首度在馬來西亞出版自選集，沒錯，書名叫做《火，與危險事物》。都是馬共小說也都溢出馬共小說，除了最新這本，《雨》。

季風雨，以前就一直下，下在鄉愁的深深鬱鬱裡人亦化為魚。這回合，照錦樹自己說，是借用繪畫的作法把雨標識為作品一號，作品二號，作品三號……至作品八號，在小畫幅的有限空間和有限元素內，做變奏，分岔，斷裂，延續。推前更早，「寫作發動機故障了」的幾年，他像修檢零件的試試這試試那，「設想一家四口，如果其中一個成員死去，剩下來的人會怎樣繼續活下去？如果每個成員都死一次，也即是每回只少一人，得四篇。如果每次少兩人……」

挺犯傻的起步，一下去，下得比創世紀那場雨還大。八篇雨作品，這篇裡已死的，翻過下一篇又活了。卻篇篇貼住牽動人的細節，不離現實。那膠樹上劃出的膠道，落雨時白色乳汁不走膠道了，順水跡沿樹皮呈網狀漫開，整片林子的樹被著那樣蜘蛛網的白，浪費了啊，父母發出憂傷的嘆息。

也有方舟。從沼澤深處拉回來的魚形獨木舟，彷彿有示兆的能力，月光簷影裡告知著父親什麼，次日那死去兒子給搬開石頭空了的墳，是耶穌版的復活。「然後大雨又來了。日本人也來了。」

如果，洪水退後高高樹頂上掛的魚形舟，卻划舟出去說是救人的父親再也尋不得，最終他會以什麼樣的形貌回來呢？最具故事性的雨作品二號，不睬錯綜複雜的心理因素，每一刻當機立斷，裹脅在強力可信的敘事節拍裡。

或如果，父母不在的洪水夜，沒多大的哥哥護佑著妹妹爬上舟，手電筒耗盡了，四野漫漫，一叢叢黑的是樹冠，「這才發現滿天星斗，他們抬起頭。無窮遠處，密密點點細碎的光，無邊無際佈滿穹頂。竟然是放晴了。」兄妹倆已封神，他們將會像看雪景球的看著球裡自己的家。他們讓我想到荒昧神話裡那對兄妹，在洪水大滅絕後重新把人類再生回來。

再如果，老虎。上述那個小哥哥在雨一號中，「男孩辛五歲，已經看過大海了。」辛常夢見金黃的毛色墨黑的線條從門外油然劃過，老虎！心臟怦怦響醒來，辛央求父親給他養一頭虎。天大雨，森林那頭淹大水了，他們土丘上的家成了諾亞方舟。山豬一家也來了，公豬豎起鬃毛跟狗對峙作勢一衝把狗衝得倒退，母豬冒雨翻了一整畦木薯讓七八隻小山豬歡快的吃。然後有著火的顏色的虎和兩隻小虎也來了，大雨裡，母虎朝擠成一大團毛球的山豬家擺動著尾巴，往左走幾步，往右走幾步，公豬母豬低頭護著仔豬繃得好似會炸開來。也許為躲雨，小虎突然像兩團火朝屋子跑來，小虎看來和家裡的貓一般大小。我要養！辛從後門跑出去迎向兩隻小虎。我忍不住整段照講，實在是兩邊動物的肢體語言寫得太準確啦。

然而雨四號，老虎把熟睡的妹妹吃掉了。沒聽到狗吠，「蚊帳被撥開，而不是粗暴的扯掉的。如此溫柔。」安靜慢食，讓我想到是一個惜物之人把碗裡吃得一粒飯不剩乾乾淨淨。所以，肯定是白老虎拿督公吃的了？四位神明，觀音嬤、土地公、大伯公、白老虎坐在五腳基上垂頭不語冒著煙，從大火裡逃出的，因為日本軍已登陸半島北方擊退英國軍，分兩路南下沿半島東西岸推進很快已到半島的心臟。拿督公，一九九五年寫的〈非法移民〉提過祂：「枉我身為拿督公……我身分曖昧，處處尷尬。屬於這塊土地，不屬於這個國家。無奈無奈！鬼神不管人間事。」可憐的拿督公，看見即將到來之擄掠血腥，至少至少，祂可以把辛妹妹先帶走吧。

不但雨作品，連其他篇，一概捲入這大雨小雨裡。如果走男孩辛的觀點，就稱父親母親妹妹大舅二舅外婆外公祖父，辛很多時候是五歲。也有青年時或風霜的壯年時，則常用第二人稱你。如果採第三人稱觀點，便父母叫阿土阿根土嫂根嫂，妹妹叫阿葉，多出的妹妹叫子、午、末。父親的四名大漢朋友叫甲乙丙丁。大家做為基本元素，從事著眾多不同結合，展現出一次從精神到樣貌，無礙無阻的變形記，迅速之詩。

只是，這次雨，為何刷上了抒情的悲傷？

過往錦樹的精采篇，每是戲謔（〈追擊馬共而出現大腳〉），黑色（〈隱遁者〉、〈螃蟹〉、〈蛙〉、〈公雞〉），搞笑（〈火，與危險事物〉、〈還有海以及波的羅列〉），狂歡節（〈如果你是風〉），荒謬現實主義的那一塊。那麼這次，從何而來的悲傷呢？

開頭兩篇也許是題旨。「她是所有傷心的女孩。你會再度遇見她。另一個她。」〈W〉裡，另一個喚做阿蘭有著淡淡茉莉花香的女孩。基本元素，傷心的她，變成不同的形貌出現在你眼前，你「彷彿對她有一份責任」。

〈歸來〉裡愛車大炮的二舅，「一片葉子就可以講成一片樹林，一根羽毛講成一隻雞。」他對辛講了一個又一個故事，撲朔迷離，像漸漸起霧飄下來一場無雨卻濕人的雨。栩栩生猛的二舅名字叫談，莫非書裡的故事都是他車大砲出來的？

又有一篇〈小說課〉，女孩在寫她那寫不完的小說作業，困惑著「自傳性必須藏在背景深處，像隻暮色裡的灰貓。」似乎也在說這本書？

唯我感到踏實有料不會被小說故事車大炮車到無趣烏何有之地的，是二舅二舅媽的生活背景。他們在半島深處油棕園工作，那裡英國人留下的種植園，都配給磚造宿舍，有小學，簡易加油站，雜貨店兼小吃店，足球場，羽球場。從外頭小鎮開車進去得幾小時，不然只能搭工人的貨車，辛多次學校大放假時去那裡跟他們住。辛坐二舅載滿油棕果的囉哩車到更遠的提煉廠去，故事便在車上說起來。那已是油棕世代。之前「甘蜜世代，胡椒世代。咖啡。橡膠，可可，油棕。」辛的南方小鎮，「膠林好些翻種成油棕了，已經不容易見到整片完整的膠林。橡膠樹至少還有個樹的樣子，油棕像一紮紮巨型的草。一個時代又快過去了。」

形變矣，原來的還在，但又受拘於形而不能識。我讀著前一篇裡跟這一家人有了連繫生出感情，卻在下一篇，物換星移如何竟不算數了？另一輪人生，我仍深刻記得他們發生過的事卻如何他們並不記得了？這是所有前世今生、似曾相識的母題，悲傷從此來。

詩人雪萊：「我變化，但我不死。」

一切的變形，都是上一回靈魂的歸來。給人希望，也給人悵惘。也許辛還記得那首馬來殘詩，詩云如果你是風，如果你是雨，如果你是火。

目錄

雨天

久旱之後是雨天，接連的
彷彿不復有晴
濕衣掛滿了後院
沉墜著。母蛙在褲角產卵
牆面驚嚇出水珠
水泥地板反潮，滑溜的
倒映出你的鄉愁
像一尾
涸澤之魚
書頁吸飽了水，腫脹
草種子在字裡行間發芽
書架年輪深處探出
發癢的

蕈菇的頭

就像那年，父親常用的梯子
歪斜崩塌的倚著樹
長出許多木耳
大大小小，裡裡外外
傾聽雨聲
風聲
在他死去多年以後的雨季
只有被遺棄在泥土裡的那只橡膠鞋
還記得他腳底頑強的老繭

那時，膠林裡
大雷小雷在雲裡奔逐
母親幽幽的說，
「火笑了，那麼晚
還會有人來嗎？」

二〇一五年六月一日

彷彿穿過林子便是海

女孩在慌張的奔跑，車緩緩駛離，南下的長途巴士。米色洋裝，奔時裙襬搖曳，有魚的姿態。她看起來非常年輕，至多二十來歲，長手長腳的，五官細緻，異常白皙，反襯出街景的灰色黯淡。她氣喘吁吁的向車上某男子猛揮手，紅著臉頰，微張的薄唇豔紅，脖子淌著汗，倒有幾分情色的意味了。你不由羨慕那男子，他就坐在前座，側影看來也很年輕，髮黑而濃密，耳旁蓄著短短的偽裝成熟的鬢鬚。

她一度差點被異物絆倒，迅速爬起來，重新調整步伐。那男子一度站起身，但隨即坐下。

雖然車已緩緩開動，但如果他向司機要求下車，應該是來得及的，但是他沒有。

你猜想她們說不定剛經歷一夜繾綣，盡情的纏綿，彼此身上都還留有情人的溫度和氣味，女孩因而眷戀不已，但伊醒來時男人已悄悄離去。

一定是不告而別。

下一次見面將在許多個日子以後，甚至難以預期。未來令她憂傷。

車窗經過她面前時，你看到她流下淚水。她的目光一直緊跟著他，高舉著手，終至掩面。他也側身，朝窗外揮手，一直到看不見為止。那楚楚可憐的目光也曾掠過你那面窗。雖無意停留，但卻已在你心裡深深留下刻痕——不應該是那樣的，不該讓那樣美麗的一個女孩傷心。你彷彿也共同經歷了，也彷彿對她有一份責任。絕美的傷心。傷心之美。

但你不曾再見到她，不知道他們後來還有沒有故事。那也許是分手的告別。你會在自己的故事的某個時刻想起她。就好像你也愛過也傷害過她。她是所有傷心的女孩。

你會再度遇見她。另一個她。

經過那樣的事後，也許她再也不是以前的她了。

不會再那樣單純的愛，單純的傷心。

但願別就那樣枯萎了。

我會想念妳的。

也許
最好的時光已經過完了
剩下的只是午後的光影
乾涸殆盡的水漬
風過後樹葉的顫動

路漸漸暗下來了。

兩旁的樹影也變深，樹葉被調成墨綠色，變得目光也難以穿透。遊覽車開著大燈，但路仍是彎彎曲曲的，車燈無法照得遠，燈光老是被阻隔，而滑過坡壁。

車前方好似飄過一陣煙，那是初起的薄霧；迅速沿著車體散開。稠密的夜包覆過來，有一股濕潤的涼意，從敞開的車窗滲了進來。同行的六個人幾乎都睡著了，睡得東倒西歪，甚至還流著口水。除了她，即使睡著了也還能維持矜持。

之前的活動太緊湊了，天又熱，每天都晚睡，一再的開會討論、記錄，為了做好一個專題，讓年輕的你們都累壞了。

那是個被歷史遺忘的群體。你們偶然從文獻中瞥見他們的蹤跡，但那是已然被不同的力量刷洗得形影黯淡的，近乎傳說或幻影那般的存在。家住在國土北陲的友人，信誓旦旦的說，在他們的家鄉，那並非大腳山魈般純粹軼聞般的存在。他們早已化身平民百姓，像一片葉子消融於樹林。只是那稍微顯得莊重的服飾——不嫌熱，深藍或黑色的袍子，幞帽，布腰帶，黑布鞋——彷彿在為甚麼事維持著漫長的守喪，像披著黑色頭巾的阿拉伯人。像日本人那樣多禮，寡言，像影子那樣低調。他們自稱hark，自成聚落。他們務農。種稻、木薯、番薯和各種果樹，養雞豬牛羊和魚。他們破例讓你們在山坳裡住了幾天，只是你們得簽下守密的同意書，他們拒絕被報導——拒絕被文字表述，也拒絕被拍攝。

但你覺得他們和你們其實沒有太大的不同，只是對現代生活刻意保持距離。那彷彿就可以維護一種時間的古老刻度，藉此守護甚麼他們認為最值得珍視的。像古老的守墓人家庭。

變化也許不可避免的發生著，但有一堵無形的牆讓它變慢了。

高海拔，恆常有一股涼意。雲往往垂得很低，沿著山壁上位置高低不同的樹冠，與浮起的霧交接。

每每有飛鳥在那古樹的最高處俯視人間煙火。

那裡的女人的青色素服（青出於藍的青）特有一種守喪的莊嚴之美。在雲霧繚繞的古老青山隘谷裡，她們默默的低著頭，鑼鼓鐃鈸嗩吶，領頭的搖著金色神轎，那確實像是神的葬禮。多祭。大員的唐番土地神，因水土不服又死了一次。

再重生。再死。

那隊伍的末端，青衣少女垂首走過，綁著馬尾，偶然抬起頭，微微一笑。你發現她們竟然有幾分神似——伊聽罷即給你一個重重的拐子：

——是啊。那你去追她啊。

——那你去問她們肯不肯收留你，讓你可以留下來和她一起生活。你可以跟她們說，你最會洗刷馬桶了。還好他們都不用抽水馬桶，不然你就沒機會發揮專長了。

在告別的營火會上，你還真的打趣著去問了那女孩，她俐落的烤著沙爹。年少輕狂。

——想留下來也可以的。她竟然輕鬆的回答。火光中，臉頰燒得通紅，雙眼映著幾道火舌。

——只是再也不能離開了。我們的降頭也是很厲害的。

她嫣然一笑。口音如異國之人。然後紅著耳朵小小聲的說：

——而且一定要行割禮。

她頑皮的揮動雙手，比了個提刀切割的大動作，朝著伊眨眨眼。

次日臨別，她在你耳邊小聲吹著氣說，千萬別讓姐姐傷心哦，別忘了你已經吃了我們的降頭。她又露出那頑皮的神情。

彷彿不經意的，送你一根黑色的羽毛。像是拔自昨天吃掉的那隻黎明叫醒你們的公雞，又有點像烏鴉，但她說是犀鳥背上的。

所有青春美麗的女孩都相似。那時你如此認為。

同一與差異。差別的也許只是溫度和亮度。

恰巧，歷史翻過了一頁。

那些以為消失在歷史暗影中的人重新走了出來，走到陽光下，都是些略顯疲態的老人了。失去的時光無法贖回，曾經青春年少，但四十年過去後，生命中多半再也沒有甚麼重要的事。所有重要的事都過去了。

四十年，一個人可以從零歲成長到不惑。

你聽到他們在反覆的訴說過去。過去。重要的都在過去。然後，幸或不幸，你們遇到了那自異鄉歸來的說故事者。他的故事有大森林的雨聲，猿猴的戾叫，犀鳥拍打羽翅的撲撲響。他說了多個死裡逃生的不可思議的故事。他是那歸來的人。從死神的指掌間。

……奮力一躍，行李先拋過去。像鹿，或像猴子那樣，躍過一處斷崖，幾百尺的深谷，過去就是另一個國度了。黑暗中甚麼都看不到，只聽到小小的水聲，在很深很遠的地方。邊界線，自然的斷界。那夜很冷，起著大霧。但敵人已然摸黑逼近，前無去路。只好拆了帳篷。膽小的、體弱的、衰老的、腳軟的、主義信仰不堅定的、衰運的，就大叫一聲掉下去了。底下是河，鐵一樣硬的大石頭，斧頭一樣利的石盾，身體撞上去就開花了。運氣好的抓到樹枝，或跌到樹幹上，但很難在敵人亂槍掃射下倖存。

「我那時還很年輕的美麗妻子也掉下去了。死在兩國邊界線上。流水邊界。」

微微哽咽。火光映照出他脖子上的疤痕，一道道曾經的撕裂，粗略的縫合，寬廣薄嫩。其後經越南遠走北京、莫斯科，見過胡志明，毛澤東，史達林，冰天雪地……

你看到她聽故事時眼裡的迷醉，同情的眼神，悅慕的笑顏。

風吹過紫陽花。

騙子！你心裡喊道。營火搖晃間你看到他眼角閃過一瞬狡獪。兩鬢灰白，多半是個老練的勾引者。用他的故事。

車行過深谷。灰色的樹冠在雲間緩緩移動。

難得有這麼一趟漫長的旅程讓你們好好的睡個覺。你也反覆在昏睡與清醒之間，覺得脖子幾乎撐不住你沉重得失控的頭了。睡時爛睡，還多夢，紛亂零碎的夢，像午後葉隙疏落的碎光。

清醒好似只有一瞬。那一瞬，即便是在黑暗的車廂裡，你每每還是能看到她目光炯炯的望著窗外，那美麗沉靜的側顏，若有所思。

咫尺天涯，曾經如此親密，但而今冰冷如霜。那常令你心口一陣陣抽痛。你原以為那是夢的局部，然而當她起身，搖晃走向駕駛座，把那顯然也睡著的馬來司機喚醒，給了他一片口香糖，在駕駛座旁的位子坐下，和他有一搭沒一搭的聊起來。她的聲音隱隱約約傳了過來，黑暗中熟練的說著馬來話的她彷彿是另一個人，甚至笑聲也好似轉換成另一種語言。

馬來青年變得健談起來，單詞和語法被風剪接得支離破碎，但語音中有一股親暱的氣味，也許是在盡情的挑逗。他們有四個妻子的配額。

你知道那不是夢。你心口有幾分酸楚，唾液大量分泌。

霧濃，車窗外已是牆般的黑。夜變得不透明，深沉而哀傷。但你也知道，只要車子轉彎時一個微小的失誤，你們就可能墜崖，早夭，成為深谷裡的枯骨遊魂。

某個瞬間，你發現車裡沒有人，司機的位子也空著，方向盤也剝落了。除了你，其他人都不見了。椅墊殘破，鐵骨鏽蝕，處處生出雜草。有樹穿過車體。白骨處處，套在殘破的衣物裡。

未來與過去、虛幻與真實迎面而來，摺疊。

她說，我要搬家了，到更遠的南方。我們也許不會再見面了。

那裡的海邊平靜無波。

沙子潔淨，風細柔，馬來甘榜裡甚麼事都沒有發生。椰樹一動也不動，人悠閒，大雞小雞安定的覓食。

不知何故，每個路過的華人小鎮都有葬禮。有的還只在自家門口搭起藍色的帳篷，道士鏗鏘鏘的打著齋。老人的葬禮。或者已然是出殯的行列，披麻戴孝黑衣服，垂首赤足，為首的孝子捧著靈位，幾個大漢扛著鮮亮的棺木。漫長的送葬行列堵滿了最長的一條街，幾代孫子隊伍越是排在後頭衣服的顏色越鮮豔，有幾分喜氣。冥紙紛飛，好像那是小鎮本身在為自己辦的葬禮。

好像有甚麼糟糕的事情已然發生過了。事情都發生過了。

她在夜裡翻了個身，像魚那樣光滑的肉身，末端彷彿有鰭，輕輕拍打著你的背。

你乃聽到海濤之聲。

暴雨崩落。

你忘了那個颱風的名字。

那一年。落雨的小鎮，彷彿每個巷口都在辦著悲戚的葬禮。

□□：

……今天又鋤地植草，遇到下雨，弄得一身泥巴，疲累得沒心情洗。反正妳也離開了。就那樣一身泥巴上了公車，上衣褲子都有一層厚厚的泥。司機竟然沒有阻攔，他不怕我弄髒車子？遇到個好心腸的年輕人了，戴著頂藍色鴨舌帽，年紀看來和我差不了多少。好像在做夢。

其他乘客都像看到鬼一樣，我一靠近，連阿婆都給我讓座，讓出好幾張塑膠椅。可能是懷疑我剛從墳墓裡爬出來。我不客氣的一屁股坐下去，屁股「糾」的一聲，從兩旁擠出一灘泥巴水。我知道我頭上、臉上都是泥巴，泥巴水弄到眼睛會有點刺痛。實在太累了，我把流到眼睛的水抹掉，脫下沉重的黏黏的泥鞋踩著以免它們逃走，閉上眼，抓著鐵杆，就流著口水呼呼大睡了。

到站拎著破鞋下車時，我看到我身上流下來的泥水在地板上留下一道刺眼的軌跡。回頭一看，我坐過的位子到處是泥巴。如果我是司機，我一定不能忍受。這司機真是個菩薩。說不定是個泥菩薩，也許是怕被我砍。他不知道我其實是個心腸很軟的人。

所有的乘客不知道甚麼時候走光了。好像沒有新乘客上車，但我印象中車子一路停靠。雨也一直下著。多半以為車上載著的是一具屍體吧。我後來是橫躺在三四張椅子上，是我平生坐車最被「禮遇」的一次。

車一停下，我就赤腳衝進大雨裡。可是大雨沒能洗淨我身上的泥巴，只是讓我變得更濕而已。

那時很多事還沒發生。但有的事還是提早發生了。你還不懂得時間的微妙。它不是只會流逝，還會回捲，像漲潮時的浪。

然而你的人生好像突然也到了盡頭。宛如車頭駛出了斷崖。

你看到她毅然轉身離去。

也許你也該隨她回去。過一種更其安定的日子。

附近的廟又清清嗆嗆的不知道在慶祝甚麼。古老的小鎮，廟和電線桿一樣多。那些小廟的神好像老是在慶生。好似一年到頭都在重生。每根電線桿都不務正業。或警世：天國近了。信主的有福了。或放貸：免抵押，低利率，輕鬆借。或租賃房屋，貼著一整排的電話號碼，裁成一條條的，有的還限女學生。

你曾經找到過那樣的一個房間，四面都是挑高的灰白的牆，沒有窗。你喜歡那種監獄的感覺，也許終於可以專心讀書，發呆，學習寫作。

□□：

我又夢到騎腳踏車去找妳。

真奇怪，我從這裡出發，騎沒多久，轉一個彎，就到了。我喜極而泣。忘了我們之間隔著一個太平洋，要見個面談何容易啊。

同樣奇怪的是，一處鐵柵門的入口，高處掛著鐵絲扭成的「新嘉坡」三個生鏽的字。但妳明明就不在新加坡啊。

妳沒在夢裡出現，但如果我的喜悅是煙，妳的存在應該就是那火。也許輕易的抵達就夠讓我的歡喜充塞整個夢了。

□□：

我在這裡的工作是幫忙搬石頭，在地上挖洞，砍樹、植樹。

我們住的地方都沒有新的報紙可看，所有的報紙都是過期的，都是昨日，昨日的昨日，的昨日。

但對我來說沒差，昨日的新聞就是純粹的故事了。紛紛擾擾的政治，情人換來換去的演藝界，交換著的交配網絡。

反覆的凶殺案，故事的結構都大同小異。

因為是舊聞，還蠻好看的。人一死，就掉到故事的外邊了。

舊報紙就是廢紙了，論公斤賣的，老闆買它來也不是為了讓我們看的，包盆栽用。

每天都在等待妳的信。

和看門的小黃一樣，都認得郵差的摩托車聲了。總是失望得多，因此只好重複讀妳的舊信。但我不能一直就妳舊函應答啊。

如果那樣我就是瘋了，也就掉進昨日的深淵裡去了。

□□：

妳的信怎麼都那麼簡略呢？

都只有幾行，字又大，而且沒有細節。

常常每一封都差不多一樣，最大的不同是日期。

每天都過得像昨日？

看不出妳的生活究竟是怎麼樣的。

□□：

妳每一封信說得最多的是我未曾謀面的妳的外婆，妳年幼時她照顧了妳幾年，妳說了又說，好像那樣可以讓她重新再活回來。

說她一直在昏睡臥床中，一兩年了，早已不認得人。

以為她就要死了，以為她會在夜裡死去，第二天去看又是好好的呼吸著。

但對我來說她只活在妳的話語裡。

這是唯一重要的事嗎？

她終於死了。

妳說那是個解脫。我當然同意。活到那樣真是沒意思。

活著有時真沒意思。

有時晚寄的信先到，收到她的死訊後，又收到她活著的訊息。時間真是奇妙。

妳的事業經營得如何？

聽說返鄉以後妳追求者眾——

突然看到月光。月牙高掛，月光清泠。夜更其冷了。

車子轟隆的駛過一片空闊的地帶。右邊是片廣大的水域，看不到對岸。水面泛著粼粼光波，涼意更盛。挺立在水中的，是一棵棵猶然堅毅的死樹。那巨大的水壩，大得像這新世界本身，快速吞噬了大片古老的森林。水面上升後老樹逐一絕望的被淹死，但枝幹猶高傲的挺立，只有鳥還會在枝幹上頭駐足、棲息。

山影像巨大的盆沿，盆水盛著綠樹的倒影，枯樹的前生。

水裡盛著的是一個顛倒的世界。

那前生也只不過是回憶。

就好比那回你們決意穿過一座島，那是座由繁花盛放般的華麗珊瑚礁環繞的、南太平洋上小島。沿著小徑走了一段路，經過一處小甘榜，迎面而來的村人無一不和善的微笑致意，男女均裹著紗籠。

路旁好多葉子稀疏的樹上都盤著蛇，蜷曲成餅狀。午後酣眠。

流向海的清水溝裡，枯木下，淡水龍蝦自在的探頭探腦。

沿著字跡剝落的路標，高腳屋旁潮濕的小徑。你們沿著許多人走過的舊徑，反覆上坡下坡，兩旁是雨林常見的植被，挨擠著、甚至交纏著密密的長在一塊。處處是猴子與松鼠，不知名的野鳥。

沒多久就置入小島古老蠻荒的心臟。

小溪潺潺，深茶色的流水，溪畔有垂草，溪底有落葉。當樹愈來愈高，林子裡就忽然暗了下來。濃蔭沉重。你雙眼一疼，眼一眨，口中一鹹，那是自己的汗水。上衣濕透。你聽到自己咚咚的心跳聲。好像這世界只剩下你和她。世界暗了下來。你聽到自己沉重的喘息聲，你聽到她的呼吸，她的體溫。淡淡的森林野花的氣味。鳥在樹梢驚呼連連，猴群張望。你們走進一條分歧的，更其隱蔽的小徑。

你好大膽。女孩說。

樹的高處閃過一團黑色事物，輕捷如豹，葉隙間，一條黑色尾巴上下擺動。

不可能是貓。

竟然出現數十棵橡膠樹，疏疏的散落於高低起伏的坡地間。不會是野生的吧？她說。那些樹看起來很老了，祖先的樣態。身軀巨大瘻腫，疤瘤累累，大片泛黑如遭火炙。刀創直入木心。你看得出持刀的人技藝低劣，唯利是圖。老樹已受傷沉重，多半榨不出甚麼汁來了。

有幾棵波羅蜜，一身碩果。你聞到果香。

灌木叢再過去，是一片褐色水澤，黃梨似的長而多尖的葉子如蟹足。那是你那時尚不知其名的林投。

濤聲隱隱，那時，穿過林子應該便是海了。但小徑沿著那一灘隔夜茶般的積水，裡頭有倒樹枯木，有大群魚快速游動。你們仔細看，那是古老的魚種，會含一口水，準確的噴落水面上方枝葉上的昆蟲，再縱身一口吞下。

許多水泡咕嚕咕嚕浮起。水底落葉裡或許有大魚蟄伏。

落葉被撥動，那是四腳蛇熟悉的腳步聲。

看到海了，不止是濤聲。就在不遠處，但走了好一會，都被一片雜木林和水澤阻隔。看到馬來人的高腳屋了，疏疏十數間，想必是另一個小村落。有的房子就搭在海上，你看到多座伸向海的簡略木構碼頭，像簡潔的句子，沒有過多的動詞和形容詞。

遠得像是蜃影。

應該有一條路可以穿過去的，還應該有道小橋，那就可以快速的穿越。即使是棵倒臥濕滑、留不下腳印的枯樹。但小徑卻異常固執的只是沿著、繞著而不穿越，像一篇寫壞的文章，因過於年輕而不懂得技藝的微妙。

你猶豫著要不要退回去。但那時你太年輕，也太瘋狂固執了，只會一意前行，即便那路已不像路——也許是條被遺棄的路，早已被野草收復，只隱約留下路的痕跡，也許更像是路的回憶。

新生而尖銳的茅草芽鞘且刺破你的腳緣，血滲出。

但她的身影已遠遠的消失在路的那一頭，其後更出現在碼頭的盡頭，像一個句點。

你甚至不知道她何時已然轉身離去。

村子被遺棄，高腳屋傾斜崩落。

潮水已退到遠方，深色的礁石裸露，像一片天然的廢墟。

海的氣味黏黏的，像魚鱗那樣生硬，令你泫然欲泣。

風吹過葉梢，如蓬尾鼠在樹枝間高處走動。

她一身白衣白裙，從蒼苔階梯上款款走下。朝陽給她身緣著上一層明淨的光。她身後是林立的大樹，雜草和灌木，其間有霧氣擾動。風吹過，裙裾微微飄動。草花上有露珠，蜘蛛結網於草間，網得水珠晶亮晶亮。

女孩的形象映現在水珠球形的表面。

樹影的紫陽花沿階盛開，那藍色帶著笑意。

穿過水霧，那是父親葬禮的鑼鼓嗩吶。沒有人哭泣。

如果有冬天會更好，最好是降雪。然而連雨都沒有。乾渴的故鄉，風捲起沙塵。雲太遠，太高，而且不成形，不成象。只是百無聊賴的散布在天空，看起來有點髒。母親說，你還是回來吧。故鄉餓不死人的。

但故鄉太熱。像一口鍋。像籠子。

那尖鼻的女孩呢？母親問。

好熱。她說，快被煮熟了。

她騎著腳踏車，進入林中小路。也許太多樹根橫過，她不適應那不斷的彈跳，而速度放得極其緩慢，始終和你離得遠遠的。你老是得停下來等她，尤其是上坡時。藍色的裙子，一棵樹一棵樹減去的旅程。

衰老的家，破敗的舊鐵皮被陽光鎚打得發亮，像是全新鑄就的。

她說，很好奇呢，沒收過膠。

沒燒過柴火。

沒從井裡汲過水。

體驗林中極致的暗夜，昏暗的火。

那麼多的果樹，紅毛丹熟果紅垂了枝，山竹果轉褐了藏在葉的蔭影裡。

還有小溪。溪中有魚。有蝦。螃蟹。適合讓孩子成長，就像是個土地之子。

可以學習生火。烤番薯。爬樹。

愛上榴槤、紅毛丹與芒果。

一抔土在悠悠的冒著煙。有人在朽餘的樹頭處生了火，再覆以草，覆以土。

內側的土被燒紅，燒黑，有的遂逐漸崩落成灰。

土中的草率先被燒成燼，煙乃沿著那黑色的縫竅徐徐升起，一縷縷白煙如魂魄。

最後的家土。

黑色羽毛夾在傳承久遠的標點版典籍裡。

母親的葬禮。豔陽天。

火車南下，火車北上；天明以前，黃昏以後。響動如暴衝，沒入森林，穿過小鎮。鋼輪狂暴的咬噛著鐵軌，拚了命的震動。三等車廂裡瀰漫著尿騷味，一整排敞開的車窗，微涼的夜風也吹不走它。隨時煞車停下。在某個熟悉或陌生的站。

她睡著了，頭往你肩上靠。她醒過來，尷尬的笑笑。光穿過窗來，照著她臉龐。一時明，一時滅。

就如同那次的營火會。

你們都太年輕了，還不懂得愛，不懂得珍惜，不懂得悲傷。

雨後夜裡，風沁涼，溫婉的曇花奔放的張開雪白的花瓣，優雅的顫動。

花氣薰人。

她說，頭好暈。

我會想念妳的。

你心底那根脆弱的弦在顫動。

那個午後，白鷺鷥在新翻土的稻田覓食。爛泥味。燜熟的稻草野草有一股極致的衰敗氣味。爛芭味。生命在那裡滋生。

車子轟隆的駛過一片空闊的地帶。右邊是片廣大的水域，看不到對岸。死去的百年老樹，枯枝伸向清泠的夜空，無言的吶喊。繁星晶亮晶亮，有一鉤孤獨的刃月，寒氣浸透你膚表，疙瘩像愛撫。

水裡盛著一個顛倒的世界。

我會想念妳的。

祝妳幸福快樂。

二〇一四年九月初稿

收入童偉格編《九歌一〇四年小說選》

歸來

白蓮教某者，山西人，燒巨燭於堂上，戒門人恪守，勿以風滅。漏二滴，師不至。儽然而殆，就床暫寐；及醒，燭已竟滅，急起爇之。既而師入，又責之。門人曰：「我固不曾睡，燭何得熄？」師怒曰：「適使我暗行十餘里，尚復云云耶？」——《聊齋誌異》〈白蓮教〉

有空去看看二舅吧，他提了好多次了。母親一面提著紅色塑膠水桶，澆著那幾盆種在廢鐵桶裡的菜說，難得你這次回來的時間較長。

伊說，舅媽過世後，他更孤獨衰老了。但他好像有甚麼話要和你說。

近年你們其實並不常見面。自從你離鄉之後，往往得隔上幾年才見得上一次，和所有離鄉的孩子一樣。雖然你之離鄉唸書，有賴於他無私的支持，但你和妹妹都儘量避免多花他的錢，飛機票並不便宜。因此你不常回鄉。返鄉時就會盡可能長時間和他聚談，聽他「車大炮」，就像是和父親相處。

你們一直借住他在鎮郊的那間房子——那是間標準的新村屋，後院有一口井，屋後還有一小塊空地。母親長年在那兒種著香蕉、芋頭和幾畦菜，養十幾隻雞，靠幫人割膠養大你們。

大舅一生下來就死了，所以你們當然都沒見過他。

從小他給你們的印象是生性風趣，愛「車大炮」，是親戚裡極少數會講故事的人，不會板著臉教訓人。不知是先天的殘疾還是後來受的傷——也許是那場車禍——他看東西有點斜眼的壞習慣。斜眼看人，一向會被誤會是有輕蔑意味的。

你們也知道他的故事荒誕不經，不能太當真，但那也是百無聊賴的生活必要的調劑，可以讓索然無味的日子變得略有滋味。但也許因此，你們更愛聽他說故事。

他們在你們心目中一直是完美夫妻的典型，相較於親族裡其他的夫妻檔——那各式各樣的怨偶，輾轉傳來的種種怨怒。他們之間似乎總是客客氣氣、開開心心的。但二舅媽沒有生小孩。也許終究是一大遺憾，因此對親族裡的孩子們都很好，對你們尤其是。這在過年包紅包時最為清楚。

外婆在世時，常會私下講衰他們因為太年輕就談戀愛，她的身體一定是「被你二舅『玩壞了』」。但二舅顯然很愛她，自石器時代以來。他常以一種誇張的語調、目中無人的姿態對你們說，他和舅媽是小學同學，她的位子就在他前面，她每天都綁著兩條辮子。而他每天最快樂的事就是可以一整天看著她的背影，撫弄她的髮辮，一直看著她長大。但他有時候也會作弄她，就像任何那年齡的孩子那樣，把黏人草的種子偷偷埋入她的辮子裡，「看看會不會發芽」。

「我每次都拿全班第二名。」二舅總是喜孜孜的指著舅媽。「她第一名。」

聽他重述這些話時，舅媽即使中風後疲憊不堪，臉上還是會露出一股說不出的得意神情。那嫵媚的回眸，年輕時必伴以辮髮輕揚的吧。但那笑容，一直保留到風燭殘年，臉皮皺了，目光依然明麗動人，好像是個甚麼信物似的。

說不定小學時她就經常那樣轉過頭，回應坐在後頭癡望他的目光。那讓他們早熟。

但那一班只有八個人。全校六個年級還不到五十個人。荒漠般的園坵裡的華文小學。小學唸完他們都沒能繼續升學。和那時代大部分的孩子一樣，家裡各自為他們找了認為他們可以勝任的工作。女的幫傭，男的到芭場裡去出賣勞力。但那時他們可能就在一起了，一直廝守到晚年。

1

二舅長年都在半島深處的油棕園裡工作，帶領一大批工人，負責管理種植園。那種洋人（或洋人留下的）的種植園，裡頭都有個幾乎自足的生活社區。有配給的磚造宿舍，小學，簡易加油站，雜貨店（兼小吃店），足球場、羽球場等。他和舅媽長年住在那裡，從外頭的小鎮驅車進去都要耗上好幾個小時。除了由他親自開車接送，就只能借搭工人的貨車，相當不便。

從小學到中學，你曾多次在較長的學校假期（俗稱的「大放假」）到那裡與他們同住，跟隨他到原始林大河邊釣巨大的吉羅魚、美味可口的蘇丹魚、筍殼魚、多曼；他還向經理借來獵槍打山雞、鼠鹿和四腳蛇——偶爾的。在舅媽絕妙的廚藝烹調下，那都成了美味的盤中飧。

你在那裡學會釣魚、釣蝦、抓螃蟹、游泳、打魚，甚至打獵——初次體驗獵槍的後座力；初中後也學會了開車，在紅石子路上橫衝直撞，一任塵土飛揚。那裡沒有任何警察，更別說交警。

英國人來之前，那裡廣大的園坵是綿延百里、古木參天的雨林，但如今幾乎砍得一棵都不剩了。雖然油棕園裡時時可見尚未完全朽滅的巨大黑色樹頭，一任白蟻啃蝕。夜裡燈火掠過時，常會誤以為是甚麼巨大的怪物躲在樹林裡。

當然你也學會以長刀割下油棕葉、切下大串球果、以鐵釵把果甩上卡車尾……諸如此類的。高中後你幾乎就可以獨當一面，以簡單的馬來語帶領一批印尼勞工，完成他指派的任務。他付給你可觀的工資，好讓你去買一部中古摩托車、收音機。如果沒離鄉唸書，憑著那些年跟他學習的技能，大概也足以謀生。但你漸漸不耐油棕園景致和生活的單調了。

你油然的佩服舅媽，她的生活更其單調，也許因此把心力都花在精細的烹調食物——尤其是極費功夫的娘惹菜——單是切小洋蔥頭就搞上大半天。殘存的篆學，臨帖，抄佛經，抄寫《金剛經》。

有一回跟著舅舅，坐在載滿油棕果的囉哩車副駕駛座上，到遙遠的提煉廠去。那得穿越彷佛無邊無際的油棕林。那一身身鱗疤創痕的樹，其實像是一株株巨大的、恐龍時代的草。樹與樹間疏疏的間隔開，但夜來時填塞其間的是無盡的、稠密的黑暗。還好一路順利。只是那路的漫長令人昏昏欲睡。就在那晚，長夜漫漫，他說了許多故事。有的是說過的，大概他忘了自己曾經說過；譬如那耳中小人的故事。有的是說過的故事的變奏，譬如那眼中小人的故事。茅山道士的故事。森林鬼火的故事。這是他說了無數次的。但因為身在相似的旅程中，多了層身歷其境的感受。那不僅僅是故事，好像隨時會具現為現實。既期盼遇上，又祈禱別遇上。

他說有一回他載著滿滿一大車果，可能載太多了——那是個大豐收的季節——他和跟了他很多年的工人阿狗，車子竟在穿透那林中之時在途中出狀況了。輪子陷在黃泥路雨後被輾爛的舊轍裡，卸下一半的果後還是起不來，兩人都給輪子濺一身泥，全身汗。而時近黃昏，他們怎麼弄都起不來，然後天就黑下來了。唯一的希望是有另一部囉哩經過，幫忙拉一拉。但那只能看運氣，只能等待。在無盡的暗夜裡，抽著菸驅趕蚊子。除了尿急不得已外，都躲在車上，怕肚子餓的虎豹出來找吃的。

不知道過了多久。大團橘黃的火就從林中深處飄來，悠悠蕩蕩的，直朝著他們而來。一團、兩團、三團……有的大，有的小，有的顏色深些，有的偏黃、或帶綠，就像是一家大小、叔伯兄弟，趕赴甚麼盛大的宴會。他們嚇得擰熄了菸，把車窗玻璃牢牢的旋上。只見鬼火在車玻璃外滋滋作響，繞了數匝。他們嚇得頻唸觀世音菩薩阿彌陀佛，把從泰國古廟求回來的佛像墜子緊緊握在手心，然後聽到手心裡輕微的爆裂聲。好一會，那些鬼火方一沉一沉的，下墜又浮起，浮起又下墜，好像有一群鬼提著燈籠。就那樣遠遠的離去，只留下無盡的黑暗。他倆嚇出一身冷汗。也許因為車窗絞緊了，太悶的緣故。鬼火走後，只見各自的佛墜都裂開了。車玻璃旋下，讓涼涼的夜風進來，再度各自點上一根菸，氣喘吁吁的。看看手錶，赫然已是午夜。然後他們緊急擰熄香菸，快手快腳的把車玻璃旋上。二舅說他聞到一股強烈的騷味，而且非常迫近。然後甚麼巨大的東西跳上引擎蓋，車前方一沉。一把極其尖銳堅硬的東西刮著玻璃——從左上方到右下方，聽得他們渾身發抖，令人起雞母皮——還有那股刺鼻的騷味。

二舅大膽的打開手電筒，但立即關掉。那瞬間他們看到兩顆碧綠的大眼珠，有拳頭那麼大，在擋風玻璃外熒熒發著光。雖然是稠密的黑暗，但依稀可以看到牠呼出的氣在玻璃上成了薄霧；擠得蜷曲的粗韌的鬚，張開的大口，大而尖的米黃色齒牙，在玻璃上滑動。咬著咬著，咔嗞咔嗞的咬掉了雨刷，後來也咬掉了照後鏡。後來牠還跳上了車頂，還在被壓扁的地方留下一大泡惡臭濁黃的尿。玻璃上密密麻麻錯雜的刮痕，以後在大雨中開車，雨水就再也不曾刷淨。

他說幾乎嚇到尿褲子的阿狗，脫險之後就回家鄉結婚了，那女孩被他玩大肚後他就遠遠的躲開，孩子都五歲了。他說他才不想那麼早當爸爸。養家多辛苦啊，錢不夠用。當了媽的女人又很煩的，會像你媽那樣管東管西，不能賭又不能喝酒抽菸，又不能再去找別的女人，還會被一起出來玩的死黨笑。但被鬼火和老虎圍困時，他對佛祖和觀音許了願，如果他逃過這一劫，他將返鄉承擔該承擔的一切——就算那孩子是別人的種他也願意承受。他懷疑那女人不知道去拜了甚麼四面佛。

在即將穿過那片樹林、已可遙見前方的小市鎮時，他說了個外公的故事，還說是他父親親口告訴他的。

外公年輕時曾經是獵人。從唐山下南洋後，結交了三個同為豬仔的好友。一個務農，也是最早成家的，老婆小孩都是從唐山帶過來的。另兩人也是很好的獵人，一直是單身。那最早成家的房子，是好友協助到原始林去砍伐成材當棟梁蓋起來的，但那地方以前應該有人住過，有廢灶、廢井、老墳、一片老橡膠樹。那人從家鄉帶了幾個金條過來，經宗親介紹，就把那小片地買了下來。小房子蓋好後，一家三口過著安居樂業的日子，後來更添了個女兒。老朋友也會不定期的造訪，尤其是他們需要幫忙的時候，搭雞寮，挖井，砍樹，圍籬笆。

可是那一回，在一場漫長的季風雨後，他們想說好久沒見到那朋友一家了，幾個朋友就相約去拜訪——那個年代交通不便，頂多就是騎著腳踏車。穿過雨後泥濘的路，抵達那地方。一如往常的，兩隻狗以吠叫相迎。因為認得他們的味道，很快的就朝他們搖尾巴了。狗鍊在屋旁寮子的柱子上。那家人的腳踏車安靜的擺放在五腳基上，前後的車輪都還是結實飽脹的。

房子門虛掩，推開後，只見裡頭都沒人。貓也在，高高的躲在梁上。房間裡衣服、床都收拾得整整齊齊的。當年從中國帶來的皮箱也還在床底下，衣服看來沒少。廚房的鍋碗盤等都收拾得很整齊，米瓮裡還有半瓮米，米裡還埋著五六顆已經軟熟泛出甜香的人參果。眼看放下去會爛掉弄髒米，他們就把它們分著吃了。

仔細的，上上下下的檢視過了，他們判斷那一家人只是短暫的離開，很快會再回來。但也可能離開得太匆促。但即使那艘從森林沼澤裡撿來的圓滾滾的雕著魚鱗的獨木舟，也都好好的繫在屋旁。那木頭啊，他強調說，硬得像化石。他小時候還摸過的。很重很重，一下水一定沉底的。

狗看來餓了好幾天，他們只好煮了一鍋稀飯，用飼料誘捕了隻到樹旁草叢到處找吃的雞來殺了，人狗分了吃。狗應該知道些甚麼，他們帶著狗四下搜找，卻一無所獲。當然，腳印到處都是。幾口井也都找過了。

為了弄清楚到底發生了甚麼事，他們四人決定暫時住下來，等待朋友一家的歸來。

有人負責到鎮上去補給些米糧、食油、煤油、鹽，帶了幾套換洗衣服。經常到附近沼澤去釣魚、射殺那些到處飛的野雞、好奇的猴子，有時也捕獲大山豬。那一帶鄰近原始林，野獸極多，獏、穿山甲、石虎、果子狸，幾乎要甚麼有甚麼，似乎迫不及待的想變成他們的食物。三個獵人得以發揮所長，經常捕獵山豬到鎮上去賣。甚至漸漸建立了名氣。英國人槍管得嚴，打獵多是設陷阱，用標槍和長刀，只有一位獵手有一張弓。一個月、兩個月、三個月過去了，但那一家人一直沒有回來。然後是四個月、五個月、半年、七個月……那家人竟然都沒再出現。

二舅說，那是外公平生遇過的最奇怪的事情之一，一直到臨終了還念念不忘。他們幾個就是因為這樣才從鄰鎮搬到這裡來，而後各自成家，幾乎都放棄了以打獵為業。一直到許多年後，幾個弟兄都還會輪流到那裡去住上一段日子。再後來，是不定期的去看看，打掃打掃。讓它好像還有人住，多少可避免附近閒逛的人去破壞，拆了牆去蓋雞寮甚麼的；甚至更大膽一點的，搬進去據為己有。

雖然後來有謠言說，是他們幾個合謀殺了那一家人，就近掩埋了，雖然屍體一直沒有找到。雖然是無稽之談，但那種荒郊野外，埋藏幾具屍體還真的不容易被發現。

但二舅強調說，外公和那幾個朋友都是非常講義氣的人，應該不會做出那樣有損陰德的事。外公那三個朋友，二舅幼年時還常見到他們到家裡來打麻將，他們的孩子也多是他幼年的玩伴、同學，住在同一新村的不同條街。「你媽媽也認識的。」

再後來乾脆從黑水河畔的觀音廟請了個分身安在裡頭。你外公手巧，那尊觀音像還是他親手刻的，木頭是他們從沼澤裡拖回的千年大樹頭。他年少時拜師學過幾年手藝，那觀音的muka（容貌）據說還是照他媽媽年輕時的樣子來刻的喎。

但二舅說，他有一回聽楊伯伯在喝了酒以後紅著臉說，那觀音微笑的嘴角，是那家失蹤的叫阿霞的女主人的。那是個有著美麗胸乳的白皙女人，常當著他們的面大大方方的給孩子喫奶。如果單獨在森林裡出現，會讓人以為是遇到女鬼。他有一次講故事，講到樵夫偷瞧見仙女下凡游泳，偷偷藏起其中一人的羽衣，強迫她給他當老婆，「就是那樣不屬於那世界的女人。」

說到那間廟，你就知道了。那地方離你母親工作的膠園並不遠，在一座小山坡上。雖然偏遠，但香火鼎盛，燻得屋宇黑漆漆的古意盎然，好似在那裡座落了千百年。母親不止常到那裡上香，還經常去打掃、整理，因此你和妹妹都是熟悉的。你們甚至多次在那裡夜宿，在廟後方的小房間裡。你一直以為那是外公的產業之一。

以廟來說，它的前廳其實嫌窄，雕著龍鳳的大香爐和觀音像就幾乎把它塞滿了，容不下幾個人。你一直納悶怎麼把廟蓋到那麼偏遠的地方。而且有著及膝高的厚實原木門檻，原來是為了防止學步的幼兒偷跑到外頭。

這故事讓你想到母親說關於二舅的一句評語：一片葉子他就可以講成一片樹林。一根羽毛講成一隻雞。

他學會講話不久，就很會講一些有的沒有的。外婆很不喜歡，懷疑他投胎前沒洗乾淨。外公也有幾分怕他。

如果他是他們親生的，多半就會讓他多唸一點書，或許會是個出色的歷史學家也說不定。

2

母親說，舅舅在樓上書房等你呢。

在當年為了讓你們唸書而擺置的簡陋書房裡，他戴著黑色粗框眼鏡，垂首專注的提筆寫著毛筆字。舅媽的父親過世得早，但她父系親族裡出過著名的書法家，據說海峽殖民地會館店家招牌多的是叔公的手跡。家道中落後，舅媽書雖唸得不多，但竟也愛好磨墨臨帖寫字，是她平凡的日常生活裡少數與眾不同的愛好之一。因此這書房特置了張長桌，在你們長大離家後，就只有她持續使用著。

書房牆上長年掛著的那幾幅長輩親手寫的字，在這擺設簡樸的家居裡，大概會被視為尋常人家掛的中國或台灣進口的奔馬或荷花，胡亂的塗著幾個「馬到成功」之類的墨字，書局賣的廉價複製品。但這愛好似乎一直沒能感染舅舅，但這回，他竟似認認真真的以小楷抄寫著甚麼，一看，一旁攤開的竟是《金剛經》。你認得那是舅媽的字跡，她偏愛的《顏氏家廟碑》，你們成長過程中千百次的看她反覆臨寫過。一旁擱著半瓶XO，三角形的瓶子。

無疑，他的頭頂更光了，耳畔殘剩的髮都已化成銀絲，但精神看來還好，粗框眼鏡讓他多了幾分罕見的書呆子氣。他取下眼鏡，雖然斜視讓他乍看之下有幾分心不在焉。仔細一看，眉目之間依然流露一股機伶，像一道瞬間掠過的光。雖然難掩疲憊和悲傷，但卻有一份看透世事的安穩。

你記得最後一次看到舅媽是在兩年前，她中風後身體顯得衰弱多了，更老了之外，一臉的衰敗，動作遲緩。說話有氣沒力的，好像一絲風就會把它熄掉的微弱燈火。好像有甚麼話要對你說，卻總是欲言又止。不知道是找不到詞彙，還是難以啟齒，或對「說話」本身感到厭煩。那陣子是母親和妹妹照應她生活起居，進出醫院，而妹妹有自己的家庭要顧，母親自己也不年輕了，三方都很疲憊。

那火終於還是熄了。

但她的葬禮你也沒空參與，人在婆羅洲美人跡罕至的森林深處追蹤研究一個瀕臨絕種的部族，因而也只能在事後給他寫了張卡片致哀，那卡片印著遍地盜獵者遺留的獸骨。其後返鄉，聽說他獨自回園坵裡去了，說是去找老朋友打打麻將或釣釣魚，也沒見著面。

「你來了。」他微微抬起頭，眼睛從鏡框上頭瞧瞧你。隨即放下筆。「二舅娘留了點東西給你。」隨著從身旁拎了個長方形、樹皮色的破舊皮箱給你。「等我也不在了才能打開。」

「這是？」

你一肚子疑問。

他請你坐下，給你斟了半杯酒。「你再聽我說個故事。」他給自己兩眼各點了眼藥水。

你已很多年沒那麼樣安靜的坐下來聽他說故事了。

「那是三十，不，四十多年前的事了。」

二舅瞇起眼。減緩窗外午後暴烈的光的侵害，努力回憶的樣子。

那時他們都還很年輕，剛結了婚，舅媽懷了孕，挺著大肚子。他苦笑。「年輕人嘛，一有時間就玩，又不喜歡戴套子。你知道的，那年頭的套子很厚的，像給baby吸的奶嘴那樣的厚厚的喎。結果一不小心，就中了。我們也不想那麼早當父母的。還年輕還想玩嘛。那時在油棕芭工作好多年了，久久才回一次新村的家，看看電影找朋友打麻將喝啤酒車大炮。但她肚子大後變得對那些事都沒興趣，整天想吃雞肉絲菇，要我滿山去找。

「也變得很黏我，老闆派我出差她一定要跟——之前一直有帶著她沒錯，雖然是工作，紅毛老闆笑笑的也沒說甚麼，囉哩一開就五六小時很無聊的，只好一路給她車大炮。為此我還特地去買了一本有白話翻譯的《聊齋誌異》。《西遊記》從頭到尾不知講了多少遍了。只有我和她時，我也會給她講我自己編的，很黃的版本。還有一些台灣的言情小說。如果是大雨或夜晚，有時也會把車停在路邊撩起裙子好好的玩一回，也不管黑暗中雨中是不是有老虎或山番在偷看，非常刺激就是。

「但她肚子很大了還要跟，說沒看到我她會擔心，會想東想西的，會睡不著。我猜她擔心我去偷吃，一起工作的單身漢常在她面前大聲的交換嫖妓的經驗，芭裡有的馬來妹印度妹很隨便的，幾張紅老虎就讓你摸奶脫紗籠隨便玩了，有的紗籠裡面甚麼都沒有穿，就一個熱到發燙的屁股。不過性病也很常見就是，有的沒藥可醫的。阿狗就中過幾次標，多到醫院去打針。

「想送她回娘家待產她也不肯，看到那麼瘦小的身體肚子像球那樣鼓起我壓力真的很大。

「那一天一直下雨，路很爛，車子一直跳，大肚婆哪受得了。又入夜了，可是紅毛說一定要我去，其他人沒那麼聰明嘛，不能解決問題。還送我一瓶喝剩一半的XO。默迪卡紀念酒是馬來西亞建國那年沒錯，剛熱熱鬧鬧的慶祝完，還以為我們會有個和國家同齡的孩子。

「沒想到真的出事了。有些事我不太記得了。喝了點酒，我們很可能吵了架。吵架後就會有一段長時間不講話。我氣她這種天氣也要跟。她氣我氣她跟。說如果要死最好一起死。反正如果我死了她也活不下去。那時年輕嘛，感情很好又整天吵架。又是第一次懷孕。只是沒想到也是最後一次。

「也不知道是不是我們都睡著了還是怎樣，總之回過神來時已撞上了。那東西很硬。可能是大象的屁股、樹頭、石頭，甚至都有可能。擋風玻璃全裂了，還好有一輛囉哩路過，把昏倒的我們救出來，送到最近的甘榜。但你舅媽下半身都是血。下體在大出血，可是那裡都是很落後的甘榜，連電線桿都沒有，哪可能有醫生？回頭載去吉隆坡？半路上一定死掉的。這時一個紗籠髒髒的老馬來婆拉了拉我的衣服，說有個地方也許可以試一試。我只好抱著你舅媽一路滴著血跟著她骯髒的腳跟。

「那是個很平常的高腳屋，就在河邊。一對長得像『鹹酸甜』的老夫婦從怪味的白煙裡走出來，兩人看起來都很老很老了。女的慈祥而微胖，就是個標準所有人的媽媽的樣子；男的很瘦小，戴著白松谷帽，有一把幾乎拖地的鬍子，兩眼黑黑的沒甚麼眼白。最奇怪的是，那鬍子帶著點淡淡的藍色，就像那種上了藍色漆的木板屋腳雨淋多了褪色後的樣子。

「那屋裡燒著奇怪的煙，看來已經燒了一陣子。好像知道我們會來，捆了隻大公雞，雞冠特別紅特別大。水煮好了，病床也準備好了在等待。我把你舅媽放上竹蓆床，枕頭是藍染的藤蔓圖案。你舅媽一身血，一直昏迷不醒。我們中國人不是有句老話。『死馬當活馬醫』。『孩子已經死了。媽媽看救不救得到。』挽起袖，老人雙手竟然像魚皮那樣綠綠的，我還以為他戴了手套。那胖女人柔聲細語的遞給我半個椰殼，是香醇的椰花酒。實在有夠好喝。是我這世人喝過最好喝的椰花酒。她一共給我加了三次，七分滿，差不多就這樣一杯。」他頭一側，比了比手上的酒杯。「我就倒了。倒下前我想，就讓這楣運變成一場夢吧。我只求你舅媽能活下來，讓我只剩一粒也行。醉倒前，我看到老人捧出一個黃布包。

「但醒過來後，還是看到那老人捧著一個黃布包。

「你舅媽的肚子消了，人也醒過來了，只是臉色很蒼白，也沒甚麼力氣說話。老人說她的命是保住了，但沒辦法再懷孕了。她聽了之後臉色很難看。我們在一起時，她就一直說要給我生五個孩子，二男三女，或三男二女，她喜歡熱鬧。

「那夫妻給我們吃一些奇怪的食物，有一道炭火熬的湯好像是用蚯蚓做的，黑黑的湯裡面有一條一條的東西；有一道木薯糕上頭灑的竟不是椰肉絲，而是咬起來酸酸的生的紅螞蟻。

「幾天後，你舅媽的情況比較穩定了，應老夫婦要求，就留在那裡住幾個禮拜，調養身體，吃了不少隻馬來雞，一年後我也大致依行情還了他們一筆錢。

「後來那個黃布包，就是你現在看到這個。是他們用古老的土著巫術煉製成的，非常珍貴，要求我們好好把它收起來，但不要把它打開，以免發生甚麼難以預料的事。

「但那之後，你舅媽的心情就一直好不起來，成天抱著那黃布包，呆呆的不知道想甚麼，也不再讓我碰，我覺得她好像變了一個人。

「我們那個年代，如果你拿比較貴的手錶去修理，SEIKO、CITIZEN、CASIO之類的，或者相機——那個年代還不普及，都會害怕裡面的零件被偷換掉。外殼都還是原來的，original的喎，外行人哪裡看得出來？你舅媽給我的感覺就是那樣。她好像甚麼零件被換掉了，不再黏我，我們之間也不再吵架，也很少講話。我那時甚至想：我們之間是不是結束了？

「過了很多年她才終於肯告訴我（應該是你出現後的事了），大概是在昏迷巫醫搶救時，她夢到我和另一個女人結了婚，還生了幾個孩子。那女人是我和她都認識的，是鎮上那家五金行『萬利』的老闆的女兒，小學比我低一年級，長得也不錯，臉圓圓的，比你舅媽矮一點。也一直對我很好，常問我數學、英文，還偷偷和我說她長大要嫁給我。你知道我年輕時很英俊瀟灑，很多女人都說要和我結婚。你舅媽一直對她很有戒心。她說最讓她難過的是，她夢裡的我對她很冷淡，好像並不認識她。

「那喜歡穿著豔麗而薄的裙子人稱『姣婆』的女人你也見過的，她嫁了個矮小木訥的男人，口才和體格都和二舅沒得比。只是人很好，捨得請你們吃糖果喝汽水。她守著父親留下的雜貨店，迄今還會對不同年齡的男人放雜電。你看二舅的表情，也懷疑我和那妖嬈的女人是不是暗地裡有些一腿——我去雜貨店找她補貨時她都會笑得很大聲，還一直大力拍打我結實的肩背。

「一怒之下，二舅媽和幾個小時玩伴就跑到山裡去當山老鼠了。你媽竟然也在裡面。

「最離奇的是，在艱苦的軍旅生涯中，她們都各自和部隊裡的人結了婚——當然都是極簡單草草的婚禮。而且竟然也都懷孕生了孩子。當然也都和部隊裡其他人一樣，孩子都被送走了。她說她很傷心，但也無奈，和所有戰友一樣，重複的操練、巡邏、準備一日三餐、上課、開會……那日復一日的森林裡的日常，那日日夜夜，幾十年就那樣過去了，幾乎就要那樣過了一生。也有做過離開森林的夢，但醒來後還是在那鬱悶潮濕的森林裡。森林的午後老是在下雨。尤其是那漫長的季風雨。那讓她相當後悔。

「她說她想念我。也一直怨怪我讓她走進那樣進退不得的尷尬處境。夢裡的她不能理解我為甚麼跑去和別的女人結婚。我們不是一直都在一起，同吃同睡，而且她還為我懷了孕。但她又記得，為我懷孕這細節和她走入森林這事，好像搭不太起來。有一天突然遭到大規模的襲擊，她背上中了一槍，所屬的小隊還被敵人衝散了，大雨一直下一直下，她獨自一人跑進一處臭豆榴槤紅毛丹都很大棵的馬來甘榜。

「那空氣有股熟悉的甘蔘煙味，河邊一間冒著煙的高腳屋前，有個很面熟的老馬來女人向她招手。身心俱疲的她很悲傷，心念一動，就走了進去，好似毅然走進自己的冰冷的墳墓。

「醒來時看到我，她說那另一邊生活的記憶太強，而讓她以為這一端的才是夢（他說，那時他也做了個很長的夢），雖然早產生下死胎的身體還很痛。但那一邊中槍的痛也很強烈。也許巫醫讓她活下來的方法是，把一種痛苦分割成兩種。以致她一直有著不知哪邊是真的的困擾。一直到你出現。一直到你被從森林送出來。

「她說你兩歲前是舅媽帶的，但你可能不記得了；她原本想收養你，但不知為何由她照顧的你經常生病，跑遍寺廟求神拜佛卻沒甚麼用，交給你媽照顧，又好好的。阿妹的情況也類似。也許她煞氣重。命中沒有孩子緣。

「後來有一個厲害的算命師對你舅媽說，那馬來巫師的布包裡裝著你們生命的變體，她早夭的胎兒的化石，你們的另一個。丟棄它，對她自己的生命很不好。留著它，對孩子不好。」

你這才注意到他抄寫的漢字，每一個都是殘缺的，都少了若干的部件。好像多年前你從電視上看到的出土殘件，許多字都被吃掉一部分，或被吃得只剩下一小部分。

3

最後一次見面，不料二舅已衰老如斯，憔悴疲憊，一身肉都瘦掉了。舅媽的死亡還是徹底擊垮了他。母親說，他已漸漸認不得人了，「還好仍記得你和你妹。」但他生活漸漸無法自理，母親不忍心把這個多年來照顧她的弟弟送去養老院，你們只好為他請了外傭，開支由你和妹妹分攤。

母親說，他常獨自在幽暗的房間裡發呆，也養成了默默灌洋酒的習慣。

那是個早晨，但話語殘碎。

側過頭，斜著眼，看到你來了還是很高興，笑出一臉深深的皺紋。但說話的速度慢多了，常說了個句子就要停下來。好似對某門外語並不熟卻又想用它時，要逐個字的搜找串聯，拼湊好了還不是很有把握，反覆的斟酌。但他還是千辛萬苦的為你說了最後一個故事。

稍早，他抖顫的手費了好多功夫，方從褲袋裡掏出一個幾乎快要散掉的皮夾，兩手都抖著，但神態極其認真的從那裡頭某個夾縫裡抽出一張照片。黑白的，泛黃的，嚴重褪色，長年受汗水或雨水浸漬，仍可以看出是個綁著兩條大辮子的年輕女孩，眼眉雖有部分剝落，但目光依然炯炯。

「是舅娘？」很像呢，伊青春美麗的時光罷。

然而他緩慢、吃力的搖晃那彷彿瘦弱的脖子已然撐不住的頭，乾果般的嘴角落出一抹神祕的微笑。斜眼看他處，那神情有幾分俏皮，幾分得意。

從他破碎的語字你拼湊起一個離奇的故事。

他說那張照片是他從某個樹膠芭裡撿來的。撿來後就發生許多怪事，車上、家裡好像一直多了個人。然後一直夢到她。生病、發燒、出車禍。廟裡的師父說，有個女鬼跟著他，不娶她可能就會被弄死（他右手中指比了個彎曲的姿態）。去向附近村莊查詢照片裡的人，原來是被英國佬打死的女馬共。只好向她父母提親，安排了冥婚。森林裡盛大的婚禮（他嘴裡模擬敲鑼打鼓聲，兩手高舉、張高，舞動；雙腳踩著某種舞步）。然後親一親那張照片，費盡功夫把它塞回皮夾裡。

他的談話裡最讓你覺得怪異的是，好似他一直都是單身的，二舅娘並不存在。

你想，也許他一直有外遇的傳聞是真的。

他神情的頑皮和神祕，令你想起，多年前有一回，你帶著初識的女友回家，聽他車大炮。那時還身當壯年的他，眉飛色舞的向你們炫耀，年輕時身體鍛鍊得很結實，到現在手臂上的「老鼠」還很大隻，而且沒甚麼贅肉。也許見她的神情有幾分懷疑，即問她如不信，要不要試著捏捏看。天真爛漫的她，忍不住真的去捏了他的手臂。看她認真的又摸又捏的，還真的皮是皮、肉是肉，皮薄肉堅實，皮肉之間沒有多餘的東西。他還誇口用單臂可以支撐起她的體重，她竟又試，就像隻猴子掛在他單臂上，被他輕鬆的提了起來，還把裙子下白皙的腿曲了曲。笑得臉潮紅，氣喘吁吁的。

你發現二舅看著她的眼神有一種奇異的光。女孩回望的目光也是。你隱約看到他斜斜的目光烙過她的胸乳、大腿和小腹，划過哪裡，那裡便熾熱的點著小小的火焰。

那之前，見到漂亮女孩話就多的他說了個連你也沒聽過的故事。

他說他以前工作的油棕園裡有個比你們住的房子大七八倍的池塘，水很清，可是奇怪都沒有魚。他們就想說，這麼大的一個水池空著太可惜，就請工人去撈了些生魚苗來放。（「油棕園水溝裡很多生魚的嘛，大的有七八吋長，小隻的也有手指粗了。」他喜歡那樣插入補充性的句子，一邊用手指比劃著。）想說養大了可以釣來吃。不到兩個禮拜，「那些放進去的魚通通不見掉了囉，和生魚一起放進去的雜七雜八的魚——鍋斑啊、江魚仔啊、甚麼假的打架魚啊——反正水溝撈到甚麼魚都丟進去，全部不見哦。」他講得口水亂飛。

這才注意到那池塘連蝌蚪都沒有，也沒有青蛙，常見的水裡的昆蟲也沒看到，只有水草，布袋蓮。「你們就想，不會水裡有怪物吧？於是試第二次，叫那些馬來仔印度仔再去水溝給你撈一些魚仔來，做實驗嘛。」不到兩個禮拜，「又是全部不見光哦。」

「裡面一定有鬼，事出必有因嘛。」他笑著大力拍了一下大腿。還用了個成語。

他就叫工人沿著水池挖兩條溝，把池水放乾。

「水乾後，你們猜我們抓到甚麼怪物？」他顯得很得意。但你們都猜不到，胡亂猜一通。

「兩隻大水魚！這麼大——」他兩手一攤，比了個一米多的寬度。「從來沒看過那麼大隻的。像桌面那麼大。就躲在池底泥巴爛葉裡，難怪魚被吃到一隻不剩。」

兩隻鱉的下場呢？當然是被殺掉分食了。「還是一公一母呢。肉也不會老。」

「應該是森林還沒砍之前就住在那裡了，那麼大隻，看來兩隻都有好幾百歲了。」他們還喝了牠們的血，分著和酒喝掉了。當晚那些工人全身熱得快燒起來，沖涼後全都趕到鎮上去找女人，玩到雞叫天亮了才回來。

那天晚上一直下大雨，打雷閃電，天亮時發現到處都淹水了，去玩女人的男女好多個都摔摩托。你知道的，那種黃泥路。

但他補充說，兩隻鱉的表情看來都很悲傷。可能是一對老夫妻，在油棕園還是原始森林的時代就已經住在那池塘裡，差不多都可以成仙了。

那之後，你們和女孩之間的交往就變得很奇怪。她會一直打聽你二舅哪時從大芭那裡回來。

4

有一次在某個街角，你看到二舅的車，車門打開，無故和你疏遠、穿著短裙的女孩從後座下車。

二舅的葬禮後，母親再度提起她其實有個哥哥叫做辛，和她感情非常好，小時候常偎著一起睡，他的身體比她溫暖。她小時候以為一世人都可以和他在一起。她還答應他，將來如果他結婚有了小孩，她可以幫他帶。

辛的手很巧，喜歡刻小東西。曾經用竹根給她刻過多鬚的老虎和獅子各一隻，她都收著，天氣好時會拿出來曬曬太陽。只可惜他沒來得及長大就死了。死於日本手。日本鬼子看上他養來作伴的一隻羽毛很漂亮的大公雞，有十幾斤重，那隻雞。他不肯給。雞被抱走後，他還偷偷跟著用彈弓用石頭彈日本人的屁股。外公外婆找到他時他已經靠著樹死了。刀口從這裡到這裡（她比了比從左肩到右脅），身上已經有很多螞蟻。

二舅其實是抱養的。戰爭年代到處都有嬰兒被遺棄。草叢水溝裡到處都有腐爛的嬰兒的屍體，尤其是女嬰，爬滿紅頭蒼蠅。有一天，外公早上起來就看到五腳基上布包裡有個熟睡的嬰兒。誰會那麼大老遠的把嬰兒遺棄到山芭裡？多半是附近割膠人家。二舅不知道有這麼一個哥哥存在，失去獨子的外公外婆太傷心了，從來不提起那死去的孩子。不得已時只好編故事，朋友們也很有默契。二舅從小就很聰明，這一點和辛很像。他們是把他當成辛來養了——當成是死去的辛的靈魂以這種方式歸來——母親的用詞是「回來」。只要不再提起那死去的，就好像他從不曾死去。

以二舅的聰明，他多半早就知道了。以他的貼心，知道了也不會說破。只是不斷的用故事迂迴的訴說。你想起他鄭而重之的反覆說過的，二舅媽瀕危治療時在甘夢煙裡他做的那個夢。

綁了塊頭巾的他被一個不可抗拒的聲音派往某處偷取一種極其珍稀的藥，以解救他患了不治之症的愛妻。沿著一個神祕的獸徑，走入一處陰暗潮濕的地下室。不斷向下延伸，滑溜的階梯、像巴剎魚檔那樣重的魚腥味，好像是千年大鱸鰻的家。

石縫裡透進月光，他看到一處牆上有多個壁龕，裡頭嵌擺著一尊尊神像一般的事物。他想起腦中的祕密指令，即攤開帶去的兩塊黃布，各包了一尊，就快步沿著原來的路徑離去。但就在離開地道、眼前一片明亮的那瞬間，一跨步，就發現自己不知怎的不能動彈，連眼珠都不能動，只剩下斜斜的一個角度——他說的時候比了個手勢，約莫是左眼餘光的角度。耳畔清脆的少女聲：「又抓到一個。」斜視，一面巨大的牆上掛著一幅幅裱好的畫。都是些人物畫。有的已經很舊，黑黑的，不知道是煙燻的，還是太潮濕長了黴。

看久了，其中一幅畫裡好像是年輕的外公牽著一個小男孩。——「我那時就覺得很奇怪，你外婆快四十歲了才生我的喎。你也許會懷疑我會看錯。不會的，你知道我被掛在那牆上多久嗎？至少有幾十年。每年農曆年他們都過得很盛大的，放鞭炮，敲鑼打鼓的，我大概算了算，感覺就那樣過了一生。我至少斜眼仔細看了那幅畫幾十年。後來看東西就有點斜，改不過來。」

掛在那裡聽得到聲音，風聲、雨聲、讀書聲。每天都聽到鐘聲，香味，拜神那種香，白天特別多，燻到眼睛都會痛。有很多人來拜的大概，可是我看不到，那些事情都發生在我的右邊，那裡應該有個大尊的觀世音菩薩，我聽到來拜的人跪在那裡祈禱。有的生不出仔的，有的女兒跟有老婆的男人偷生的，老公出門很久都不見鬼影的，家裡有人生病的，發神經的，中降頭的，被婆婆虐待的，給老公打的，老婆生的小孩像隔壁印度人的……甚麼都有啦，幾十年下來耳朵都聽到結土蜂窩了。

也感覺得到冷熱乾濕。衣魚咬的時候也會癢。夜深人靜時，常聽到一個男人震耳的狂笑聲，笑聲停了很久以後屋頂還在響。他聽到許多女人哀求的聲音。有一天，一個無比熟悉的女人的聲音，哀求：「只要你放了他，我甚麼事都願意做——我甚至，願意給您生孩子。永遠留下來。」「那是你舅娘的聲音。但我看不到她。但我流下很多眼淚。我知道。一時間覺得雙手好重（到現在都還是），那兩個黃布包原來一直在我手肘上。『那幅畫濕了』。有人說。是不是屋頂漏水？」

原來外頭正下著大雨。淚水模糊了他的視線，而他竟因此睡著——因為眼睛閉不上，他幾十年沒睡覺了（你不得不承認，他這次最唬爛），煙燻得太多，因此還得了乾眼症。

幾十年沒做夢，睡著後卻馬上做了個夢。腳被甚麼硬硬的東西絆了一下。

被挾著在夢裡奔跑。聽到風聲、汗水味，女人身體獨異的味道，嗆得頭暈暈。往高處時緩而喘，往低低處時躍起如風。好一會，他才搞清楚是整個卷軸被那女人夾在腋下，汗水濕透了大半幅，沒命的奔跑。然後他聽到一聲槍響，人伏倒，卷軸從她腋下滾落，那瞬間他看到她飄起的大辮子，後背湧出血，血花飛濺。

醒來時已經在那兩棵高大挺直的臭豆樹下的馬來甘榜入口，兩腋夾著的黃布包和裡頭的事物都還在，硬，重。找到門口冒著煙的那處高腳屋，二舅娘猶昏睡未醒。交出黃布包時，竟從一個布包夾縫裡掉出一張黑白舊照。一個綁著兩條大辮子的年輕女孩。

5

那巫醫人家呢？

母親說，被一場大火燒掉了。有一天夜裡，滿山遍野的大大小小紅的藍的白的鬼火，巫醫夫婦寡不敵眾，化作一陣煙逃走了。但也可能在那場大火裡被燒成了灰。

你費勁的掰開已然鏽蝕的皮箱扣子——由一條皮製的帶子聯繫著。然後是幾乎鏽得熔解成一片、齒牙不再分明的拉鍊，你得拿個扳手輕輕的敲它，敲掉一些鏽屑，方能澀澀的勉強拉開，拉時異常費力。

打開箱子時，你看到一片黃色絨布，寬鬆的包裹著甚麼。你捧起它，沉甸甸的、硬實的。掀開布包打開一看，像是一幅由漂流木雕琢成的物像，好像被大火燒過，表面焦黑，尺許長，有幾分像魚，眼部占的比率大，彷彿有鱗。又像是乾枯的嬰屍，四肢縮到軀體前，雙目閉合如沉睡，看起來非常古老，神情有幾分像二舅沉睡時的模樣。

你記得二舅多年以前有一回提起，他曾以高價從賣老東西的朋友手上買到一個據說是南中國海深海底中國古沉船的廢木，雕成了一個嬰孩送給了舅媽，以代替胎死腹中的孩子。因為她一心想為他生個兒子傳香火，所以雕成男嬰。但其實自己更期盼舅媽為他生個女兒，所以也為自己依她微笑的模樣雕了個女嬰，舅媽過世後送給了你妹妹。

二舅葬禮後的一個黃昏，你和妹妹在郊外空地架了個柴火堆，點燃了，把它連同那黃布付之一炬。大火燒了一整夜，柴燒盡後，只有它依然金燦燦的發著光，紅通通如炬。然後冉冉浮起，一團火奔向森林的方向，終至化為一道光，飄飄盪盪的，在濃稠的夜暗裡固執的淡淡的亮著。

遠方有雷聲。時不時乍亮。雨嘩的落下，在你看得見、看不見的所有地方。

那年的雨季開始了。

二舅的名字裡有兩個火，但不是炎，言部。不知道誰給他取的名字。在他最後的時光，這些部件都被他自己拆開了，再也合不回去。

二〇一四年六月十三日初稿，九月補

老虎，老虎

《雨》作品一號

男孩辛五歲，已經看過大海了。

第幾天了，夜裡下起大雨。好似一口瀑布直接瀉在屋頂上。他們全家就安睡於那轟然一氣的雨聲中，平時的蟲聲蛙鳴大人的鼾聲夢話等等都聽不到了。雨聲充塞於天地之間。雨下滿了整個夜。無邊無際，也彷彿無始無終的。

被尿意喚醒時，男孩和父親發現應該是天亮了，但雞鳴也被雨聲壓得扁扁的，像縫隙裡的呻吟。打開大門，勁風帶來雨珠飛濺。狗挨著牆睡。屋簷下奔瀉著一長簾白晃晃的簷溜，遠近樹林裡更是一片白茫茫的水世界，水直接從天上汩汩的灌下來，密密的雨塞滿了樹與樹間的所有空隙。

他和父親都是這樣的，站在五腳基上，各自掏出陰莖，一泡急尿往簷雨中射。雨珠濺濕了小腿，甚至臉。事後一轉頭，關上門，擦擦腳，又回到床上去睡。父親掀開母親房間的花布門，鑽了進去。男孩辛多次向父母抱怨，幹嘛要分房睡，他也想和媽媽睡在一起。但母親說，床擠不下了，也怕你壓到妹妹。反正你也不吃奶了。

在妹妹出生前，可都是一家人睡在一起的。母親膽小，有時睡到半夜會把父親叫過去。男孩有時半夜醒來發現父親不在身旁，也會大聲叫喚，父親過一會即氣喘吁吁的跑回來。他知道母親怕老虎，伊說因為伊是屬豬的，因此特別怕。男孩說，我屬羊，我又不怕。他甚至曾央求父親給他養一頭虎。這附近聽說有時還會有老虎出沒，追捕山豬猴子。但從來沒見過。還有家裡的三隻狗都很凶，老虎都不敢靠近的。養不成老虎，虎斑貓也好。

平時母親去割膠，總有一段時間把妹妹交給男孩看顧，黎明時他會被叫去睡在妹妹身旁，以防她翻身滾下床。有人睡在一旁，她就會一直睡到天亮。

伊會抓準時間趕回來餵奶、換尿布；有時妹妹哭鬧哄半天還是沒效，男孩就會朝樹林中大聲呼喊。伊會火速趕回來。

下大雨就不必趕早割膠，全家都起得晚，起來還猛打著哈欠。母親把妹妹放進掛在從屋梁垂吊下來的彈簧裡的紗籠搖籃裡。

母親草草弄了早午餐，炒了個米粉。而外頭除了雨還是雨。母親嘆了口氣，叫喚父親撐傘去餵餵雞鴨。而後辛負責讓搖籃保持晃動，她打掃房子。好一會，父親回來了，擦拭了被淋濕的身體，竟又回去睡午覺了。

天一整天陰沉沉的，好似不曾天亮，很快辛也昏昏欲睡了。

一如往常，辛做了個夢。夢到他在大雨聲中醒來，家裡空無一人。辛找遍每個房間、每個角落，都不見他們的人影。甚至連床底下、門後、雜物堆裡、屋梁上都找過了——沿著平日有一年表兄弟來時玩捉迷藏的路徑。父母親的鞋子都不在，顯然是出去了。妹妹呢？連她也不見蹤跡。他們到哪裡去了？為什麼丟下我？外頭下著大雨，但辛彷彿看到金黃的毛色、墨黑的線條從門外油然劃過。老虎！辛的心臟激烈的怦怦作響。然後聞到一股非常熟悉非常討厭的騷味，那竟然是祖父的味道。「辛」這名字還是祖父取的。

然後在夢裡哭醒。醒來辛發現母親笑嘻嘻的在一旁看著他，「做夢啦。」有小水滴從板縫噴在他臉頰，被涼意輕輕戳了幾下。辛發現自己和大黃貓睡在木床上，貓放肆的打著呼嚕。也許是牠屁股朝著他鼻子放了個臭屁吧。

妹妹大聲的吮吸伊鼓脹而白、看得到蛛網狀藍色靜脈的乳房。母親一直是白白胖胖的，妹妹生下來後就更胖了。

「還想不想吃？奶太多，妹妹吃不完。」母親問，指一指裹在衣物裡的另一粒奶。男孩辛堅決的搖搖頭。同樣的話，他曾聽伊小聲的問過父親（大概以為他沒看到沒聽到），「會脹痛呢，你兒子又不肯吃。幫幫忙，滴出來了。」伊會以哀求的語調朝著他露出脹大的奶。

男孩即曾瞥見父親埋在伊胸前大口大口咕嚕咕嚕吮吸吞吃著伊的奶。伊的臉上露出一種難以形容的、不知是快樂還是痛苦的表情，一隻手很溫柔的來回撫摸他濃密的黑髮。

但辛卻似乎記得他也曾看過祖父那顆白頭埋在伊胸前，貪婪的吮吸。

那時他還很小，可能還在學爬的階段。印象中他曾使勁的想把那顆毛很粗很刺的頭推開，但它一動也不動，就像它原本就長在那上頭似。

此後那粒被污染過的奶他就不敢再吃了，用看就知道它的味道不好了。那顆毛刺頭還一直散發出一股強烈的、非常討厭的，貓屁一般的味道。

但這早上，那味道久久縈繞不去。「阿公回來了？」男孩問。

母親臉色一變。「敢有？」

男孩也知道，為了遠離祖父，父親不惜帶著他們一家飄洋過海，來到這蠻荒的半島上。但奇怪的是，他記得母親生下他後，有非常多的奶水，他根本吃不了，因此伊曾經把奶水擠在大碗公裡。那碗畫著大公雞，好幾口擺開，都有八分滿。那白髮老頭蹺著腳，大聲的喝了一碗又一碗，喝罷還側身以衣袖擦擦嘴，嘴裡還不斷的咂響著，很滿足的樣子。喝罷，他拍拍肚子，用一種難以形容的古怪表情看著母親的領口，打了個長長的嗝。接著揮動手臂，或伸長雙手，扭動上半身，渾身骨節格格作響。枯瘦如槁木的身軀好似重新獲得濟養。然後深呼吸，吸──吐，吐──吸，做著長長的吐納。

在那大山邊的陰暗宅院的曬穀場上。

有時他大概就迫不及待的撲了上去，當父親外出時。

「流掉了多可惜啊。」這可能是男孩平生聽懂的第一句話。

後來當他看到膠樹皮被割開後也流著白色乳汁，落雨時乳汁被水跡吸引而沿著樹皮呈網狀漫開（而不是順著膠刀在樹身上劃出的膠道）。當整片林子的樹被那樣帶著蜘蛛網狀的白，父母不自禁的發出「浪費了啊」的惋惜時，男孩都會想起那張貪饞的臉。遇上那種情況，膠杯裡收到的是稀釋過度的奶白的水而已，都只好倒在地上。

「甚麼事情？」父親從床的另一端醒來。母親搖搖頭。她說，雨看來不是三天兩天就會停的，膠沒得割，這個月的收入就會少很多了。而憂形於色。

「雨如果一直下下去，」他從床上坐起來，抱過嬰兒，辛看到他雙眼直盯著母親兀自鼓脹的奶子，一直到它們被衣物遮蔽，他才把目光投向窗外，簷下林中仍是奔騰的暴雨。「我們就可能都要變成魚了。」但他的表情是笑笑的，好像心裡總是藏著甚麼開心的事。一如往常，好像沒甚麼事是大不了的。但有時在那笑容的末尾，會閃過一絲暗影，像有一隻小蟲飛過。

他們也都知道如果雨繼續下著會怎樣。

遠方有間歇的雷聲，天空被撕裂了數秒，又密合了。然後入夜了，家裡點了油燈。看不到外頭的一切，除了隱約流動著白的雨。天被撕裂時可以短暫的看到被淋濕的樹，濕透的樹皮顏色變得更深了。有時風呼號，枯枝被扯斷，伸展的樹幹相互擊打，好似樹林裡有一場暴亂。有時雷電直接劈在樹幹上，把它撕裂，從中「拔喇」的一聲折斷，樹冠嘩的崩落。

沒事幹，辛和父親下象棋。父親以椰殼自製的棋子用力打在從原始林搬回的老樹頭刻就的棋盤上，發出沉悶的聲響。楚河漢界，兵卒將帥車馬炮，這些都是辛最早認識的漢字。然後是為他講《西遊記》，一場雨下來，西天取經已經走到半途了。「身落天河三十七難魚籃現身三十八難」。母親則在一旁縫補衣服，或以收集的碎片縫製百衲被，或用滾水燙殺避雨搬進牆角的一窩窩，紅的黑的、米粒大的芝麻大的、飯粒大的各種螞蟻。

各種不同品系的螞蟻不斷試圖搬進屋裡來，好似天地之間就只剩這處是乾的；蜈蚣、蠍子、蛇、四腳蛇、穿山甲、刺蝟、果子狸，甚至石虎……紛紛跑進寮子，有的鑽進雞寮，雞鴨一直發出驚恐的叫聲。父親說，森林那頭應該淹大水了。石虎會咬雞呢。只好把家犬小黑拴在雞寮，讓牠阻嚇牠們。

但如果山豬也來，就麻煩了，說不定真的會引來老虎。

一天又一天，雨沒有停的意思。地吸飽了水，樹葉盛了太多雨，有的樹撐不住了，發著抖，轟然倒下。有時，雨小歇了一會。

平時，每隔數日，父親就得騎著他的腳踏車，到數英里外的鎮上，去買一些肉和米、醬油或鹽。經常是豬頭肉，可以製成五香滷肉，吃上好幾天；一大串雞冠油，可以炸出一大鍋豬油，Q韌的油渣用豆瓣醬炒得乾乾的，配飯也可吃上許多天。

然而每當父親離去，辛的心也就遠遠的跟著父親的背影遠去，看到他順著斜坡滑下去，一直望著他拐過林子，逐漸變小以至消失在某棵樹後。

接下來就是等待。

沒雨時，辛常帶著狗到斜坡的盡頭去等待。在那裡的小水溝裡玩，那裡有淺淺的流水，有時有螃蟹，有小魚。去樹葉後找豹虎，連同葉子裝進塑膠袋裡。

然而一旦下雨就哪裡都去不了，就只能從門或窗望著雨，無聊的等待他披著塑膠衣、穿過雨歸來。如果是烏雲密布的陰天，母親會把他喚回來，在家裡，默默的祈禱唸著：「天公保佑莫落雨」，但願他能在暴雨前歸來。雖然，雨是避不了的。

而今父親回來了，雨暫時停歇了。

辛很高興，好似這回老天有聽到他的祈禱。

父親順利的帶回米肉，還有大袋餅乾。他說鎮上好幾個低窪的地方都淹大水了。馬來甘榜那裡也被淹掉了。都說是場空前的大雨。整條路都變成爛泥，有橋的地方橋都浮起來了，很危險。說著他換了衣服，衣褲都星星點點的濺著泥巴了。

雨又轟的打在屋頂上。暴雨突然降臨。

父親把包裹著那艘拴在屋旁與屋子同長的獨木舟的帆布小心的緩緩剝開，裡頭果然藏著蜈蚣，百足齊動——以竹杖擊殺了拋進雨中。有若干白色小石卵般的壁虎蛋掉了下來，就摔破了幾顆，幾顆沒破的給了辛玩。他好奇的挑掉摔破的蛋的殼，肉紅色的小壁虎身軀已成形，大大的眼珠像小輪子，牠在殘存的蛋清裡兀自抖動。接著幾個土蜂的窩跳了出來，摔破了兩三個。只見土窠裡摔出一筒筒的青蟲、蜘蛛，和若干已長出羽翼但仍睡眠著的幼蜂。剝到一半，看到更裡處有一團草，「哦！」父親叫了一聲，「有老鼠。」果然就有一窩粉紅色的幼鼠七八隻，還未開眼，辛說好可愛可不可以養，抓了兩隻在掌心玩，直說軟軟的。母鼠匆忙逃走了，逃到屋梁高處眺望。父親說老鼠不可以養。要他觀察粉紅皮下小鼠的心臟，它規律的有力的跳著。

父親隨即發出「喵嗚喵嗚」的聲音叫喚貓，牠很快就從屋裡走出來，高高的翹起尾巴，見到小鼠，一面咆哮著，一口一隻的咬噬著吞下去。小鼠被咬時發出細微的吱吱悲鳴。母鼠在高處慌張的走來走去，發出尖銳的吱吱聲。辛大聲斥罵貓，貓咬得嘴裡都是血。辛的愛犬小黑搖著尾巴過來。

貓一見一身毛炸起，身體也弓著。

父親小心的把積聚在木舟上鼠窩的枯草落葉掃除，說，這次說不定真的會用上。

多年前有一天，辛一家來到這地方不久。

為了蓋這棟房子，父親和幾個朋友到沼澤深處去尋找一種適合的樹，砍來做梁和柱，還有做屋頂的亞答葉。卻偶然在沼澤深處找到這獨木舟。它半埋在爛泥裡，原以為是根倒樹，一摸卻發現形狀好像不太對，似乎有加工過的痕跡。那形不似樹幹，有特殊的弧度。潑水洗一洗再仔細瞧，竟有類似鱗片的弧形刻痕。再摸到端點，發現它深進爛泥莎草裡。挖開泥巴，它是尖的。那時父親就想，如果是船，他一定要把它弄回去，這可是個難得的禮物呢。

那時辛還勉強會站立而已，一家人暫時擠在茅草寮裡。

但船的這一頭破了個洞，從破洞裡長出一叢渾身尖刺的黃藤，把那破洞撐得脹大，顯得更開裂。為了砍除那叢黃藤（為免傷及船，父親小心翼翼的揮刀），他被刺傷多處，再尋另一個端點，卡在枯木下方，清開後，赫然是個魚頭雕刻，拳頭大的眼睛誇張的浮凸。而且張著嘴，齜著牙。

幾個大男人費了好大功夫把它從爛泥裡挖出，翻過來，竟是完好無損的舢舨。翻船時，以沼澤水潑洗去泥巴，見出它裡側的色澤是黑中帶紅。而且質地非常硬實，船壁有好幾吋厚，竟看不出拼接的痕跡。「說不定是艘百年古船呢。」友人甲說。更幸運的是，在附近野生黃梨長而多刺的葉叢中還找到兩把槳，深深插進爛泥裡，也是烏沉沉的，沉水，看得出是上好的硬木。

父親愛強調說，翻過船時，轟的一聲一隻大魚從裡頭竄了出來，激起的水花嚇了他們一跳，以為是蛇。牠啪啪啪的衝游進深水區。大概那覆舟一直是牠的家，說不定船翻過來時牠正在做夢呢。

蓋好房子後，為了補那破洞，父親費了好多心力，到處找適合的木頭，刨成相似的厚度嘗試拼接。但一直都有落差。後來友人從鹹水芭給他送來一段很重的烏木頭，找工廠切割了竟然相宜。請教過木工師傅，最後決定用鉚釘嵌合。船仔細刷洗乾淨後，好天氣時，父親給它上了一道又一道的漆，每一道鱗紋都不放過。因為很重，父親再三警告辛不能到這玩，會被壓扁的。

沿著牆給它特製了個架子，頭中尾端柱子上都釘著粗大的鉤子，再分別以麻繩牢牢繫著它。那時辛不止會說話，也會帶著狗到處跑了。

雨把所有的路淹沒後，父親即冒著雨搖槳，乘著舟子到鎮上去，補些米糧。回來後他嘆口氣說，水很大，非常危險，最好天公別再下雨了。

又一天醒來，發現水淹到紅毛丹樹旁了。膠房也淹水了，舢舨就繫在那裡。還好房子蓋在小土坡上，一時間淹不到它。但放眼四周，樹林裡都是土黃色的水，附近的園子都淹了。果然，狗狂吠，一窩山豬有公豬有母豬還有七八隻有著可愛線條的小豬出現在井邊，公豬豎起脊背的鬃毛與兩隻狗對峙，牠一作勢要衝，兩隻狗都緊張的後退了好幾步。

母豬冒著雨翻了一整畦的木薯，瘦長的薯莖東歪西倒，壤土猙獰的蓄了一汪汪黃水。小山豬歡快的吃著。

突然一股強烈的怪味，辛第一次看見父親露出驚恐的神色。狗的叫聲變了，變得狂亂。公豬也改變獠牙指向，小豬群聚到母豬腹下。老虎！

父親連忙把大門關上，還上了門栓。即從門後鋤頭堆裡掏出一支長矛，七八尺長的木頭一端嵌著梭狀的、利森森的矛頭。

真的是老虎。母親蒼白著臉。辛和父親母親各自透過板縫窺看：一隻有著火的顏色的大虎和兩隻小虎。山豬全家擠在一起，擠成了一大團毛球。

「是隻母老虎呢！」母親上下排牙齒格格的打了起來。

大雨裡。大虎擺動著尾巴，對著山豬一家發出吼聲；牠往左走了幾步，再往右幾步，好像在試探。公豬和母豬則低著頭，護著仔豬，繃得好似隨時會炸開來。

也許為了躲雨，小虎突然像兩團火那樣朝房子這裡跑來。

小虎看來和家裡的貓一般大小。
「我要養！」辛開心的說。
不知道甚麼時候從後門跑了出去，歡快的朝著兩隻小虎迎了上去。
（字母H，偶然hasard）
二〇一三年十月十三日埔里

樹頂

《雨》作品二號

雨停了。但父親沒有回來。那天冒著雨划船出去後，就再也沒回來。許多天過去了，水也退得鑾遠了，但父親就是沒回來。

那天夜裡他匆匆披了雨衣，提了手電筒，卸下牆邊的船和槳，說聽到呼救聲——我們也依稀有聽到，但水聲嘩嘩，其實不是很清楚。但父親的表情非常篤定，好像他聽到的比所有人都多。母親哀求他別去。甚至試圖拉著他的手，蒼白著臉，帶著哭音，流下淚來：「會不會是……水鬼？……」但他的態度非常堅定，甩開母親的手。「別鬧了，再遲就來不及了。去去就來，門拴好。我回來會拍門，會叫你們。」一轉頭吩咐辛，「你長大了，要給你媽做膽。」

那時雨還很大，雨聲風聲裡，那聲音相對微弱，但有時像一根鐵絲那樣冰冷清晰。女人。馬來語。

小船像一尾魚那樣的很快划入雨裡、水中，只有手電筒的光柱略略劃開暗夜，搖搖晃晃的移向遠方，向那聲源而去。然後那聲音沒了，雨聲依舊。那一痕白光遠去，時映時現的，逐漸消失在林中。他們都知道那兒有條河。平日是無傷的細流，而今必然是洶湧的巨靈了。

那一晚他沒有回來。連續七天大雨，父親沒有回來。

辛晚上去和母親和妹妹一起睡。

他們沒有一天能睡好，老是做夢，或被甚麼輕微的響動吵醒。

雨停後每晚都有月光，從不同方位的板縫硬塞進來。還有風，夜裡的霧氣，那股涼意滲進來滲進來，即使和母親妹妹擠著，蓋上毯子，也覺得冷，從內心裡冷出來。他想念父親膀臂的溫熱。

只有妹妹依舊無憂無慮的吃著奶。吃飽睡，睡飽吃，還會臉露微笑。雖然她已經三歲了，不必包尿布，已經會說一些簡單的句子，有時也會找爸爸了。母親忙家務時總是黏著辛，纏著要他陪她玩。

夜裡常聽到母親啜泣。

如今妹妹睡在辛和母親的位置，記得妹妹出生前，這是父親的位置。靠外側的位置。外頭一有風吹草動需即刻翻身下床，拎起門後沉沉的木棍，或者巴冷刀。

辛想問的話母親倒先問了：

——爸爸是不是不回來了？

或者：

——你想你爸是不是拋棄我們了？為什麼他會拋棄我們？

——不會的。爸他會回來的。

——那個馬來女人……

辛只好像個成年男人那樣回答她，雖然他自己的內心好像裂開了一個黑色的大洞，涼涼的，慌慌的。

他腦裡有父親和一個馬來女人親密互動的印象，只不知是幻象，是夢，還是在哪裡看過。河水滿溢。高腳屋。

美麗的馬來女人烏溜的長髮，包裹著紗籠的身材像黑鱧魚。父親划著魚形獨木舟，靠近她家門前，她單手抓著柱子，俯身把臉迎向他上仰的唇，黑髮庇護著他們。像一頁電影海報，印度片，洋妞片。

上學途中會經過電影院，常有各式巨型海報。不日。本日放映。半夜場。與及陳舊過期褪色的。

辛已唸完一年小學，下午班。眼看再過不久就要開學了，每天他都認真撕下一頁日曆，薄薄的日曆紙上有大大的數目字。平日是藍的，假日是紅的。

如果沒有任何意外，他將升上二年級。他期待上學，期待和同年齡的孩子玩彈珠、單腳跳繩、捉迷藏和其他一切有趣的遊戲。有時是父親騎著腳踏車送他上學，有時只送到城市的邊緣，其他的路程他自己步行，穿過異常曲折蜿蜒的小徑。如果父親的工作忙不過來，會叮囑辛提早出門，全程自己步行。倘是雨天，必然是父親全程接送。每次黃昏，如果下雨——甚至僅僅是烏雲蔽天——父親和他的腳踏車就會在校門口對面的騎樓下等他，獨自在那兒抽著菸。現在他那輛異常堅固的腳踏車就停放在五腳基上。

辛經常做夢。

有時是夢到父親回來了。更多是夢到母親在哭泣。但母親確實在醒睡之間啜泣。無邊的黑夜裡，他們格外留意外頭是否有腳步聲。彷彿有腳步聲謹慎的靠近，又遠離了。但他知道那不過是夢。外頭有狗守著。陌生人應該近不了的。但夢裡的腳步聲是熟悉的，父親沉滯的腳步聲，拖著疲憊的身軀，和石頭般沉重的木舟。

但更多的是夢到父親的遺體被送回來。被水泡得發白腫大，以致撐裂了衣褲，雙眼被魚吃得只剩下兩個大洞。或者是甚麼猛獸（多半是老虎或黑豹）吃剩的半個頭顱、一條腿、整副的排骨血淋淋的張開……或者失去了頭，斷頸處爬滿很大隻的黑螞蟻。於是被淚水嗆醒。壓抑著，不敢驚動母親。默默的祈禱。但辛認識的神沒超出《西遊記》他讀過的那幾回，他和父親一樣最喜歡觀音。其次是土地公。這兩種神經常可以看到。但祈禱時也不會提出交換條件——父母沒教過他那些，以為神恩是無條件的。

雨停後第二天辛就想出去找了，但只能走到水邊，沒有船，而且水還很急，好像有一股吸力要把他帶走。看到一望無際的黃水，舒展在林間，樹與樹間隔著滿溢的水，成了汪洋。一團團的螞蟻，或者搭著浮木、落葉，或者乾脆相互嚙咬著，把卵蛹當成了筏。蠍子、蜈蚣、蟑螂，螳螂、壁虎也都各自搭著浮木，努力的遷上高樹。眼鏡蛇、四腳蛇自在的泅游，上樹。

看到滔滔濁水辛不免心驚，父親那單薄的魚形獨木舟怎挺得住。如要尋找，也只能等水退去。

原以為父親會在水退前回來。其後盼望他至少於水退後回來。水退縮回河道，然而河水還是與岸同高，猶帶著股奔騰的氣勢。

旱季水位低時長出的叢叢茂盛的蘆葦，只露出小半截頂葉。葉子兀自被流水拖曳著，水位下降時即在葉面留下一層黃泥。原先河邊馬來人走出的小路已不明晰，漂流木雜草團把它覆蓋了。林中所有低窪處仍汪著水，時時可以聽到鱧魚的躍水聲。

一早鎖了門，拴了小黑看家，其他兩隻陪同。母親全副武裝，揹帶裹著妹妹，拎了刀，穿著膠靴，花布頭巾包裹著頭髮，露出額頭，看起來格外精神。辛負責提水壺，妹妹的奶瓶、尿布，和一根結實的木棒。

太陽一早就漸漸的熱了，路上障礙多，有時大棵倒樹或枯木攔路，幾乎繞不過去，母親持刀劈出小徑。路邊常有暗坑蓄著水，幾回差點扭了腳，或摔了進去。水窟悶聲騷動，看來處處有大魚受困，沒注意到水退了。但他們沒捕魚的心情。河水還很兇暴，河中且多枯木。勉強走了一段路，突然一個景象把他們嚇呆了。高高一棵枯樹上，似乎掛著一尾大魚，馬上就看出是艘小船，不就是父親的魚形舟嗎？怎麼會跑到那上面去呢？水也沒漲得那麼高啊。

於是他們瘋狂的在附近草叢中搜找。母親禁不住開始啜泣。妹妹受不了熱開始哭鬧。辛和母親分頭找。他們都心裡有數，知道找的是甚麼。因此張大了鼻孔，使勁聞。狗也做著同樣的努力。很快老狗丹斯里就有發現了，嗚嗚的叫起來。一股前所未聞的惡臭突然湧現。草叢裡確有一團甚麼，黑黑的，蜷曲。一身泥巴。是人沒錯。棍子一碰，漫天蒼蠅飛了起來。辛和母親都淚崩了。還好翻過來時，雖腫脹得厲害，有多處被吃掉了，但明顯不是父親。這死者老得多，矮小得多，滿頭白髮了——雖然一頭泥漿。從唇間爆出來的牙齒很爛，既黃又黑，且缺了好幾顆。從膚色來看，是個馬來人。此外就沒別的發現了。只好退回去，走老遠的路去報警，報失蹤。其後多日，大隊人馬在附近搜索，一群草綠色軍裝的士兵，土色服飾的警察。士兵爬到樹上，應母親的要求，舟子也被以繩子小心捆綁了緩慢的從樹上卸下，送回他們家門口。但兩把槳就一直沒找到，一如父親。

搜索下來，豬屍羊屍牛屍狗屍貓屍都有多具，還有好幾台破腳踏車，一具嚴重腐爛的女屍沒有穿褲。還有十多具神像，從土地公到城隍爺，關公，諸佛，王母娘娘，呂洞賓，二郎神……母親認識，辛不認識。

警察說：那死者是附近馬來村莊的流浪漢，弱智，平日挨家挨戶乞食。大水來時躲不及，溺斃不足為奇。

為了怕船被弄走，母親帶著辛在現場全程監督。那天領頭的是個高瘦、蓄著八字鬍子長相出眾的馬來軍官，一直來問母親的意見。辛發現母親的表情頗不同於往昔。臉曬得紅撲撲的，嘴唇也很紅，露出堅毅的神色，他第一次發現母親如此白皙美麗。她竟然用辛聽不懂的馬來語和那軍官有來有往的交涉呢。母親竟然懂馬來語！要到他長大後，母親才會告訴他，那些年鄰園有個長得很好看的馬來男子常會趁父親不在時像影子那樣出現，來找她說些曖昧的話，讓她很快就學會了講馬來語，尤其其中的曖昧言詞。

船卸下後那軍官又和母親說著許多話。母親轉譯給辛：

他說這船非常古老了，他只在小時候聽他祖父說過。它應該放在博物館裡，而不是私人收藏。他問她是從哪裡取得的。說那片深林沼澤附近的馬來人都不敢進去，老一輩都這麼交代，否則會厄運臨身。千年以前馬來人的祖先從北方的島划著獨木舟南下，這艘魚形舟可能是僅存的，非常珍貴。

「他問我要不要出個價錢，賣給他。他再轉賣給博物館。」母親一邊給妹妹喝紅字牛奶，問辛的意見。辛猛搖頭。

「這是爸的，爸那麼喜歡它，每年都細心給它上漆呢。要是他回來了——」

「你爸不會回來了。」母親突然咬牙切齒。「他跟馬來姣婆跑了。伊斯邁說，聽說一個支那男人在大雨的夜晚帶著一個年輕的馬來女人坐火車南下，兩人都淋得一身濕。他知道那個女人，才十七歲，他親戚的女兒，非常美麗妖嬈。」

母親一直輕咬著嘴唇，她不曾如此的。辛發現那個叫做伊斯邁的馬來軍官一直看過來，目光沒離開過母親。他走過來，妹妹喝完牛奶，他抱起她，輕輕的拍著背，像個父親那樣。妹妹馴服的把臉貼在他肩膀上，一點都不畏生。

「伊斯邁說我比那女人好看，」母親眼裡含著淚水，「比較白，豐滿，成熟。他一直想娶個這樣的女人。雖然他已經有兩個老婆了，但還有兩個名額，他說我一個可以算兩個，他願意照顧我們，把你們當自己的孩子養，會供你們唸大學。他說這國家以後都會是馬來人的。他有好幾間房子，有車，有土地。你看怎樣？」辛咬著唇，熱淚滾滾而下，使勁搖頭。

「船賣他，或我嫁給他，總得選一樣。」母親又使勁盯著他。「不能兩樣都說不。如果我嫁他，船也會是他的。只賣船比較划算。船賣得的錢可以存在銀行，給你們長大唸書用。就這樣決定了。」說著起身，拍拍屁股，從伊斯邁手上接過被哄得笑呵呵的妹妹，嘰哩咕嚕的說了幾段話。他就呼喝指示幾個士兵攤開一張帆布，小心的把古船包裹了，扛上軍車後斗。辛咬得嘴唇生疼，咬出股鐵鏽味。母親使喚辛去房裡拿出一本簿子，翻開其中一頁給伊斯邁，讓他抄下資料。目送軍隊遠去，軟泥上留下車煙的臭味和深深的車轍，辛的淚水一直沒停過，甚至幾乎大哭失聲。似乎是船被載走的那瞬間，確定父親不會再回來了。

他不相信母親轉述的馬來軍官說他和馬來女人私奔，拋棄他們的那段故事。父親一定是受困了。也許就困在那船上。也許它真的很神祕，像吃人的大魚那樣吞噬了父親，把它縮小了，變成它內面的一小幅畫。一想到這，辛就非常後悔沒仔仔細細徹徹底底的檢查那船。自從樹梢移下來後，軍官就不讓任何人靠近它。只有他自己裡裡外外檢視過。臨走前他叮囑說如果哪天有找到槳，一定要通知他，那才完整。請母親過幾天去銀行查一下戶口，確認錢有沒有進去。

辛沒問到底賣了多少錢。

但從頭到尾，沒有人解釋說那船為什麼在樹上。好像它原本就長在樹上似的。

風波總算過去了，但其後數天夜裡辛仍一直等著父親回家的拍門聲，依舊不能深眠。父親持續沒有回來。辛一直夢到他。夢到他被那船吐了出來。有時他在夢裡被淺淺的埋在土裡，黑髮露出土表像一叢怪草。有時他被倒過來頭深埋進土裡，兩隻大腳掌露出土表，像兩朵灰色野蕈。慢慢腐爛後，白色腳骨上有時會有小鳥棲息。老鼠啃嚙磨牙時，腳心會癢。或者受了重傷在大樹總是藏著蜈蚣的胯下歇息時，被百年的老母樹吸進縫裡，等待機會重新降生。或者變成了石頭，在荒山裡永無止息的沉思。遇上拿督公時，也可以聊上幾句的吧。關於風，關於雨，關於霧、船，夜晚與火。

但辛也做了不好的夢。夢到他趴在井邊廢枕木上，專注的看他養在井裡的那幾隻鬥魚，突然水裡出現一個晃動著的陌生影子。好像有一隻手用力的從後頭推了他一把，他就摔進井裡去了。有一股漩渦似的黑暗把他吸進去了。

但古船和父親失蹤的消息傳開（且上了報紙）後，有一天，父親的四個朋友甲、乙、丙、丁在一個早晨同時在狗吠聲中出現在他們家門前。四人都精實健壯，連左右臉頰都各鼓出一條肌肉，兩眼發亮，身上也都有一股濃重的公獸氣味，彷彿歷經長途跋涉，很多天沒沖涼了。當年就是他們幫著父親砍了原木蓋起這棟房子，也是他們一同發現沼澤裡的古船。他們都是出色的獵手，揹著獵具，提著長刀，平日在大英帝國的不同版圖為英國佬捕獵奇珍異獸，偶然聽到消息從不同的地方趕來卻已是嚴重的遲到了。

母親看到他們，表情竟喜憂參半。

問明狀況後，這沒有家室的四人中決定抽籤一人留下，協助一干大小粗活如劈柴挑水餵豬移樹修籬笆砍草及防守，以免孤兒寡婦被欺侮。其他三人負責追蹤父親的蹤跡，看看他到底出了甚麼事，能否把他重新找回來。

最為壯實的丙抽中簽留下，其他人即日出發，蓄著大鬍子的丙嘴角流露一抹詭異的笑。

接下來的五六天，丙都非常勤快的幹著活，他收拾的乾柴堆得和人一般高。兩大堆整整齊齊的疊著，看來夠用好幾個月了。他還帶辛去釣了幾回鱧魚，每次魚身都有拳頭粗，夠四口人吃上一天。和辛一道在沼澤裡游泳，在溪裡沖涼。但他身上的味道還是一樣濃烈。他也教辛裝設陷阱捕松鼠、四腳蛇、石虎和野雞。有一回還抓到果子狸。射箭。還給了辛一把弓。夜裡，丙在搖搖晃晃的燈火旁為他們講述他多年來的冒險故事。但妹妹始終不敢靠近他，也不讓他抱——他一朝她伸手她就眼眉一皺。她也對味道敏感吧。那幾天母親始終很安靜，有甚麼心事似的。靜得像廚房一角裝米的陶瓮。屋前屋後都是丙的聲音、丙的味道，那野獸的氣味眼看已深深占據了這房子，讓辛和妹妹連呼息都覺得喫力。

那三個人都沒有回來，也沒託人捎來任何消息。

大約第四十九天晚上，雨又來了，且一陣陣的增強著。還打雷閃電。屋裡有股濃烈的鬱悶，不祥的氣息。

半夜裡辛被一雙毛手喚醒，妹妹也被抱起塞給他，一併推往那房間，這幾天留給丙的原係他和父親的房間，且被從外頭拴上了鎖。辛原本微微的抗拒著，但那隻手又大又濕又冷，用力的把他們往裡推。那儼然已是熊之巢穴的黑暗房間。然後他聽到丙大步踏進母親的房間，且聽到「喀」的從裡頭上鎖的聲音。板縫透過微微的燈光，黃黃暈暈的。母親好像但只發出一聲「唔」——後面的被捂住了。也許是個「好」——「唔好」——那原本該拔高的南方方言，被壓成一聲嘆息。

整個世界都陷落在雨聲裡了。

但鄰房重濁的呼息聲撐開了雨聲，像一群熊在搶食蜂蜜。母親依依的哭泣呻吟或嘆息，竟也穿過了雨的轟然。

母親的床激烈的搖晃，床柱撞擊著板牆。辛覺得屋子快垮了，連屋頂都在搖晃，整棟房子像扁舟，在波濤洶湧的海上。然後一股更濃更嗆的熊的氣味突然湧現，充塞整個屋子。一股前所未有的恐懼感，從辛的腳底冰冰涼涼的沿著背脊爬了上來。辛轉頭，突然發現黑暗中一雙抖個不停的小手緊緊攬著他的膀臂，妹妹在漆黑裡睜大了她烏黑的雙眼。

狗狂吠。一陣焦躁的拍門聲。

「爸爸。」辛聽到妹妹突然以稚嫩的嗓音哭泣著大聲呼喊。

二〇一四年一月二十八日初稿

水窟邊

《雨》作品三號

好久沒下雨了，橡膠樹提早落葉。風來時，大而乾的枯葉喀啦喀啦的翻滾。

阿土一隻手撐著腰，眺望遠方，與鄰園接壤的那片茅草坡。那兒常常突然冒起火來，聞到煙時火勢一般都已相當驚人，嗶嗶剝剝的蔓延開來。樹下的枯葉好似在等待火，隱然有股燃燒的欲望。如果空氣中飄散著一股淡淡的焦味，必然是哪裡著火了。

大女兒小葉七歲，開始上小學，識得一些字了。短短的作文裡，也會懷念早夭的哥哥了。「我想念哥哥。爸爸把他埋在園裡。」還好及早發現，母親警告她不能那樣寫。老師去報警爸爸就麻煩大了。政府規定屍體只能埋在公共墓園。

「那樣想念他才可以隨時去墳頭看看他啊。墳場太遠了。他在那裡離家人遠，太孤單了。小葉乖，以後別再寫這事了，這是我們家的祕密。」

阿土在園裡倒是找到過幾個老墳墓。墳墓的存在讓他感覺這片林子藏著不為人知的祕密。兩個有明顯的墳龜，從形制來看，是華人的墓沒錯，但墓碑上的字已難以辨認，至少有百年了吧。另一個可能是馬來人的，垂直種在土裡。

那是辛找雞肉絲菇時，在一座土墩上不小心發現的。日頭雨後林中有些地方會長出雞肉絲菇。一旦發現下雨同時出太陽，雨一停辛即提著籃子奔向林中，沿著上次發現菇的地方逐一搜找。他記得所有出過菇的地方，哪座土墩頭、土墩側，哪個枯樹頭、倒樹邊，哪棵大樹下，就像他知道它們的家似的。時候到了，菇的孩子們就會從土的深處小心翼翼的鑽出來。有時去得早了，它們灰白色的傘頂會輕輕的把土表或枯葉頂開，好像從底下偷窺這世界。剛出土時是個小尖頂，爾後逐漸伸長、張開，長大。有的品系會長到巴掌大，傘柄也有拇指粗。但最好吃的是那些永遠長不大的，連傘帶柄炒起來蜷縮了不過一點點。

阿土常讓孩子獨自在林中搜找，反正總是會有一隻狗陪著，不是丹斯里就是敦。有時可以採上一大籃，夠做一家人吃兩餐的菜；但有時只有一兩朵，那只好讓他獨享，微油煎了，很珍惜的以湯匙一點一滴的剝開來吃。他也有分享的意思，但妹妹並不稀罕。

辛會辨別，主要就是認那味道，摘起來，或俯身聞一聞。有時不是那麼確定就會請父母幫他確認一下，竟未曾摘錯呢。開始時辛央求母親以小洋葱油熱火炒給他吃，後來自己也學會了，他覺得那嚼勁比雞肉還可口。有新鮮木耳也摘的。但木耳就比較常見了，不論是黑木耳還是白木耳，雨後枯木上常有的。

辛常赤著腳在林中到處跑，他喜歡腳板和泥土接觸的感覺。尤愛讓腳踵陷進軟土裡，因此常一腳深深的踩進朽木爛盡後的樹頭洞。阿土常警告他，小心別踩到毒蛇或蜈蚣。有時腳板處處被橡實殼刺傷、厚皮裡留下一小截尖刺，得就著午陽以針剔除。白蟻穴是經常踩到的，土一軟，一個坎陷，力量掌握好就不致把它踩扁。挖開，是拳頭大的小小蟻窩，軟軟的握在掌上，眾多瘦小的白蟻在那網洞狀的進進出出，兀自忙碌著。那時的辛之於那些小小白蟻，是不是也如巨神那樣的掌控了牠們的命運？

阿土總是叫他看了後就把它埋回土裡，雞肉絲菇可是從那裡頭長出來的。辛不曾傷害它，就像朋友，有時也會想念。想念時會去把它挖出來，看一看，朝它吹一口氣，好像跟那些小白蟻打個招呼，再埋回去。母親警告說，千萬別把牠們帶回家，會把整間屋子都吃掉的。還常建議辛，那些白蟻挖來餵雞剛好，母雞可以帶著小雞學一學。總少不了新的小雞孵出來，雞舍裡、黃梨叢裡、茅草叢中，一陣子沒看到如果不是被石虎、四腳蛇拖走，就是孵蛋去了。

辛也喜歡小雞，會找蟲，以及枯枝腐木上的白蟻給牠們喫。但土裡的白蟻不行，牠們守護雞肉絲菇。

然而有一次，辛的腳後跟一陷落，就聽到「喀」的，感覺有甚麼薄薄的東西被踩碎了。即使及時收勁，還是來不及了。感覺那東西比蟻窩來得硬些，也比較乾。撥開泥土，撿得若干碎片，看來像骨頭——林中不乏野獸的骨頭——即大聲喚父親。阿土拿鋤頭把周邊的土挖開，挖出一個大洞，就看到一個頭骨連著脊骨，已經發綠，看來是人骨。即把它埋回去，搬了數十顆大小的石頭疊在上頭，拈香要求辛給它磕頭跪拜賠不是。向它訴說他不是故意的，誰教土表毫無標記，以後初一十五會給它燒香、大節日會給它拜生果雞肉云云。但這事難免讓阿土心裡留下疙瘩：孩子會不會就是因此而遭逢厄運呢？一腳踩爆人家的頭蓋骨呢。辛出事後他更確信是如此了。可那時沒想那麼多，只覺得那麼容易被一個小孩子踩破，那頭骨一定是非常久以前就埋在那裡，早就投胎轉世輪迴不知幾回了。但聽辛描述那不小心踩破時的爆烈聲，他心裡就像被扎了根刺，腦中浮現的是，雞蛋被敲破時蛋清湧出那瞬間的形象。

辛也曉得在林中尿急，拉下褲子時，要大聲喊「閃」，以免冒犯了閃避不及的土地神。

那個下午，阿土又專注的為那艘魚形船上漆，每一個刻痕，每一處轉折，每一片鱗；略微有蟲蛀處更是以漆深漬，起了毛邊的則以砂紙磨平之。時間有點沒拿捏好，看到日光有點偏斜即匆匆忙忙的出門去，也沒確認辛究竟跑到哪去玩了。他依稀有問過妻子，妻說：我看他拿著畚箕提著桶往火車路那邊跑，多半是去抓打架魚了。孩子出門前應該有跟他打過招呼的（「爸，我去掠魚。」）但他太專注了，頂多也只是唔了一聲，重複叮嚀：水深的地方不要去。況且啣著的菸斗煙燒得很大，有時會把自己也燻得有幾分恍惚，沒注意外面的聲音。

為了抵消失去而生下的第一個孩子也三歲了，已經很會講話，也乖巧聽話，但，總覺得她沒有辛幼小時的伶俐，辛的伶俐帶著幾分冷靜。況且，是女兒呢，總覺得少了點甚麼，到底沒有真正把辛給生回來。香火還沒有著落。報生時認真考慮過，是否要把辛的名字給她。後來還是決定暫且保留下來，給了她另一個名字。但辛的死亡一直沒有向政府登錄，只向學校那裡推說他搬到別州去了。但遲早還是可能出問題。還好時局亂，有關方面沒心思管這種小事。

妻還想再努力，總以為孩子幼小脆弱的魂只怕還在人間遊蕩，應趕快給他個軀殼，晚了只怕投生別處去，或退而求其次的投身為其他動物，就更認不出來了。

但阿土原本還有幾分猶豫，畢竟每生一個孩子都加重不少負擔呢。但夜晚太涼了，妻的憂傷讓他心疼，她的引誘更令他難以拒抗，「把種子都給我吧」，每回她都楚楚可憐的哀求著。就這樣她接連生下三個女兒，子、午、未，眼下妻又懷孕了。

辛入土那個月伊就受孕了。辛過世未滿週年，為了辛而生的孩子就誕生了。

甫從產道辛苦的擠出來，母親一看孩子，就搖搖頭。因此孩子滿月後不久，剛坐完月子，她竟然又懷孕了。在那年的末尾，又生下一個女兒。這下阿土自己也被嚇到了，突然多出兩個孩子。還好長女小葉非常懂事，妹妹生下不久她就曉得幫忙換尿布洗尿布甚麼的，雖然她自己也很小，不足五歲。但阿土因此而禁慾了大半年，後來實在拗不過妻子，又讓她懷孕，哪知又是個女兒。妻的臉色明顯的難看了，脾氣也暴躁多了，伊竟怪罪起丈夫來——好像是他故意給了她母的精蟲似的。阿土因無言而漸漸沉默了。他早就向妻子聲明他也很喜歡女兒，但如果孩子多，到時只怕養都會有問題，遑論栽培了。未取名未，就表明不想再試了，阿土且要求伊結紮，但伊不肯，於是他說他自己要去結紮。妻哭著要求給她最後一次機會，再不行伊也只好認命了。伊多半還是想到傳宗接代這樣的事，而不是別的。

但阿土真切的盼望這回辛的魂可以找到回家的路。但他也斬釘截鐵的說沒有下一次了。之後他真的毅然去醫院「綁」了。他想，也許體貼的辛早就，或一再的化為女兒回來了。子滿週歲時說出的第一個字竟然不是爸或媽，而是鳥叫聲一般的哥、哥，令他們非常吃驚。冷靜時猜想，那多半是阿葉的詭計，不滿五歲的她或許竟猜透了父母的心思。她也常說看到哥哥的影子出現在樹林裡，在樹後，半露半藏。

阿土嫂在廚房裡忙時，常遠遠的瞧見丈夫就在兒子埋骨之處踱來踱去，在那裡跟甚麼人說話似的——也許每天都在跟死去的兒子說話吧。好幾年了。那墳就在那疑似馬來人的墳旁，是怕他寂寞吧。也壘了大石頭，是怕有飢餓的野獸會來挖，也怕自家的狗去亂掏亂扒。

阿土多次提到，他答應了兒子要帶他登上那魚形舟，帶他深入那片沼澤去釣魚；或沿著河，到下游的馬來村莊。有好幾回，他甚至動念要把船燒了，燒給兒子。但阿土嫂堅決的阻止了。「辛不會希望你那麼做的。」伊心裡真正想的沒說出來：這船美，堅固，看來不是個普通的東西，將來多半可以賣個好價錢。

辛過世後的那幾個月，睡夢中的伊總會驚訝的發現阿土沒在位置上。有時床都涼了，有時熟睡中隱約聽到開門聲，沉重的腳步聲輕輕的離去。伊當然知道丈夫去了哪裡，也知道不久後他會帶著一身菸味回來。只要是有月亮的晚上，從門口或窗口，都可以眺見他在孩子的墳前徘徊踱步。他像是在夢遊，但也不確定是否真的夢遊。那時阿土每餐都吃得很少，每每扒兩口飯就說飽了，很快就瘦得臉頰凹陷了，也變得很不愛說話。就那樣過了大半年，那時伊鼓著肚子，想說把辛懷回來了，就讓他隔著伊的肚皮和孩子說說話，敘述他的思念。但他也只是靜靜的把耳朵貼著伊的肚皮聽伊的心跳聲，和腸子裡的聲音。

他說他常夢到辛，辛也還是老樣子，只是身影愈來愈淡，愈來愈像是幻影了。

他說辛還在這園子裡。就像平日辛陪他們割膠或鋤草，大人忙大人的，小孩玩他自己的。有許多時候，辛不在他們的視線內。有時在一棵大樹後剝開老樹皮，找剛孵出的雪白的幼蠍或小蜈蚣；觀察灌木叢的蜘蛛和牠們千變萬化的網；抓豹虎①玩，或者爬到樹上去遠眺。或到哪條水溝邊去觀看清澈流水裡巡游的魚——總是衝來衝去的藍線魚，有老虎斑紋的老虎魚，泥鰍，兩點馬甲，及許多不知名的。還有蜻蜓的幼蟲，蝌蚪；真的或假的打架魚。辛最愛打架魚了，抓了好些蓄養在玻璃瓶裡、鹹菜瓮裡。水裡有時還會出現生性謹慎的鱧魚，但母鱧魚會帶著一群橘色的幼魚，看到小魚就知道近處必有母魚。牠常就因為那樣被抓來殺了吃。但那樣的母魚一般都不大，不足半斤，是母魚裡的生手。

但辛那樣的「不在」，只需一聲叫喚就會把它取消，只要回個聲音他們就安心了，知道他躲在哪裡。多叫喚兩聲他就會火速出現，他不是個會讓父母擔心的孩子。除了那一次。

伊很覺心酸，女兒接二連三的生下，阿土卻好像更孤單了。家裡就只剩下他一個男的。男人好像跟兒子比較有話說。伊想起自己的父親好像也是那樣的。再生不出也許只好到親戚那裡去抱一個回來——或拿一個女兒去交換。但他會接受嗎？「把他生回來」的謊言那時不就戳破了？

辛那麼聰明的孩子還是會遭逢那樣的意外，對阿土的打擊是難以言喻的。

那天天黑了，阿土才從鎮上匆匆趕回，還特地買了一斤燒肉要加菜呢。哪知一抵家門並

①指跳蛛。

沒有看到辛來迎接，妻還一臉驚惶的說兒子一直沒回來呢，她往他離去的方向大聲喊了幾十次了，都沒有回響。天黑了，伊還要帶女兒煮晚餐，沒辦法過去看。丹斯里也沒有回來。

阿土聽了心底一陣發涼。停好腳踏車，二話不說，拎了手電筒和巴冷刀，快步朝兒子消失的方向奔去。敦緊緊跟著。

好一會抵達園的邊境。一條水溝繞了過來。沿著辛往常抓魚的地方一路尋去。前一晚下過大雨，水流比往常急，水也比較深——洗米水的濁白，但看來也還好，小心一點就不會有事。辛常到這兒玩，非常熟悉這裡的地勢。除非是多日連續的暴雨，讓溝水滿溢，看不出哪裡深哪兒淺，否則是不會有真正的危險的。然後聽到敦的狂吠，朝著那口井。阿土親手挖的那口井。為枯水季灌溉之用的。他全身的皮都麻起來。水電筒照到那水面漂浮著甚麼。黑色的頭髮，衣服，是辛沒錯。他阿土趴在井緣廢枕木上，一伸手搆著他冰冷的手臂，一把拉起。放平了，鼻孔有水流出，臉灰白，甚麼呼吸心跳脈搏全都沒了。阿土雙手使勁按壓他胸腔，卻感覺那肌肉像塑膠那樣既硬又冷。拉開上衣，只見膚色白得嚇人，皮都有點起皺了。按壓之下，有血水從他灰白的唇間流出，但他也聽到他厚大的手掌下，辛稚小的肋骨清脆的斷裂聲。

他的淚水像滂沱大雨那樣落在兒子的屍體上。

那隻叫丹斯里的狗再也沒有回來。

這事讓阿土百思不解，那井又不深，而且辛每天都在那附近玩，怎麼可能會出這種事？辛的左前額上有一塊瘀青，也許是失足摔落時敲到的。他一向很乖，不會無緣無故的想去跨越那口井吧？難道是被追逐？妻說沒有聽到甚麼奇怪的聲音。黃昏時有聽到狗吠，伊眺望也沒看到甚麼奇怪的事。而且從屍體僵硬及發白的程度來看，應該是更早以前就死了。

他們有考慮去報案並送去解剖，但如果那樣就只能葬在墳場了。

還有那隻笨狗怎會不見了？

這事讓阿土非常心酸，對未來更加憂心，有時想到茫茫不可測的命運。有一回竟夢到過自己的死亡。硬化成木雕那樣的身體躺在那魚舟上，順著河水往上游逆流。目不能視物，但聽得到大河的水聲。心想是不是該更虔誠些，至少該為孩子祈福。但想到孩子的未來，他還是會有幾分驚恐。但萬一自己出了甚麼意外死了，孩子的命運勢必會相當悲慘。

世事的變化是遠超過他能想像的。日本鬼子打中國打了八年，把阿土的家鄉打得遍體鱗傷，他們因此避禍南下。聽說日本人快來了。蝗軍已經從這半島的北方登陸，很快就會到達這裡，接下來也不知道會發生甚麼事，只知道不會是甚麼好事。

孩子多，夫妻倆的壓力更大了，工作量也更大，養的雞鴨更多了，還養了豬。夫妻之間的話也少了，有時會默默的懷念以前只有兩個孩子時的單純美好。阿土也擔心妻子會不讓阿葉繼續唸書，挺著大肚子的伊講過許多回了，要他一天接送兩回那多辛苦啊。家裡缺人手，女兒以後反正都要嫁人的，不讀書也沒關係。但阿土希望女兒也能多讀點書，也許能因此飛得遠一點，不是嫁人生孩子這唯一的出路，一旦被孩子一輩子拴在貧窮的屋頂下，就很可悲了。

那一天，去買肉時豬肉佬說，聽說日本鬼已經到了黑水鎮，再沒幾天就到了，一路殺了不少華人，也到處找年輕女人強姦。「老婆女兒最好還是藏好。日本鬼都很好色的。」豬肉佬語重心長的說，他全家也要進芭裡躲一陣了，巴剎裡很多人都做了那樣的打算。聽說到處都有馬來仔和漢奸給日本鬼帶路。

那一晚月光明亮，阿土一夜難眠。開門到樹下小便時，遠遠看去辛的土丘那兒好像有甚麼動靜。仔細看，似乎又沒甚麼，也許不過是風吹樹影動。有一股涼風不知道從哪裡吹過來，令他露出來的皮一陣收縮，全身上下不自禁的微微發著抖。轉身進門前，阿土瞥了眼牆邊的魚形舟，月光簷影裡，那圓圓的大眼睛像是用力瞪著他，好像有甚麼重要的事要告訴他。

次晨一開門，就看到老狗丹斯里看著他，疲憊不堪的哈著氣，衰疲無力的搖著尾巴。好似曾經被遺棄在千百里外，歷經千山萬水好不容易才找到家門，一臉的有話要說。阿土衝上前對著狗頭就是一腳：死到哪裡去了死笨狗你怎麼沒保護好主人？

靠近辛的墳時，令人不可置信的事發生了：墳上的石頭竟然被搬開，四散一地。濕軟的墳土堆在四周，辛的屍體，連同阿土拆了櫃子親手釘製的棺木，也不翼而飛了。

魚形舟也不見了，屋旁水泥地有幾個泥巴腳印。腳趾腳板清晰可見。

然後大雨又來了。

日本人也來了。

二〇一四年一月三十日大年除夕

拿督公

《雨》作品四號

夜裡沒聽到雨聲，但早上起來發現有的樹身濕濕的，地上的落葉也是，彷彿下了場小雨。一番商量後，還是決定要割膠。一棵半棵淋得比較濕的樹就算了，但有的樹看起來沒淋到膠路，沒甚影響。

年尾了，北風吹來有股涼意。雨也少了，有的膠樹開始落葉。膠汁也變少了。

——我又夢到祂們了

母親憂形於色的說。伊一臉憔悴。

——還是那四個？

父親吐出白煙，眉頭皺了一下，叩叩的在樹根上敲掉菸斗裡的灰，那灰還帶著點殘餘的煙氣。

——我也夢到了，昨暝。

聽他這麼一說，辛也覺得自己好像也做了同一個夢，因為母親連續好幾天仔仔細細的描述同一個夢的場景。四尊巨大的神，就坐在五腳基上。可能因為是銅或是石頭做的關係，身體很重，屁股下的五腳基都給壓得崩裂下沉了。

（每次聽到，辛心裡就會嘀咕：如果那樣，這五腳基哪裝得下四個屁股？）

身體高大——站起來有大樹那麼高，以致屋頂鐵皮都被弄得往後捲了，如果下起大雨來，水可是會潑進屋裡的。因此聽了故事後的辛，忍不住會仔細的檢查五腳基——沒有被坐裂啊，屋頂也好好的。

哪四仙呢？母親仔細描述，觀音嬤，土地公，大伯公，和一隻白老虎——那應該是拿督公了，都低頭不語。靜靜的排排坐，沒有交談。也不知是誰先來的，夢開場時就已經是那樣了。像四尊石頭公，色彩很淡，好像淋了太多年太久的雨。觀音好像在流淚，水一直往下滴，好像一塊冰低著頭慢慢的要把自己融掉。白虎舐著舌頭，嘴邊的毛紅紅的，像沾了血。

「那隻白虎嘴角一直在吐著煙。」父親突然插嘴補充，好像他也和妻子一起做著那個夢，好像在同一個戲台下看同一場大戲。但也許，他的版本略有不同。

「可能有很壞的事情發生了。」母親自從第一次夢到就很不安。「最近火又噗噗噗噗亂笑，就像起痟，是唔是有歹人備來？」

自從七天前那件悲傷的事發生後，辛也注意到母親有點失神——那是一個來訪的親戚見到伊胡言亂語後的用語。那之後，伊常做著亂七八糟的夢。夢到鬼，夢到神，夢到死去的女兒——眼睛大大的睜著，斑點上衣被爪子細心的撥開而不是扯爛，肚子開了個大洞，內臟和下體、兩隻大小腿都被吃得乾乾淨淨，褪下的小褲子捲成一團，鮮紅泛黑的掉在床底下，十根腳趾頭剩最後一截，捲在褲管裡。甚至幼嫩的排骨也被啃得短短的。很耐心的在床邊吃了好一陣子的樣子。才兩歲大啊，還不太會說話，剛學會叫阿爸阿母呢。床上地上，留下許多血，但有的血跡彷彿被舌頭舔過，留下如同抹布擦拭過的痕跡。

隨處是交疊的骯髒腳印。那腳印看來是大貓沒錯。警察來過，獵虎隊的七個成員也來過。他們遁著腳印追獵下去了，行前不免嘀咕：這一帶比較少出現老虎了，會不會是河那邊過來的過江虎？可是看牠敢蹲在屋裡慢慢喫，好像對這一帶很熟的樣子。

窗開著，但往常也是那樣的。

蚊帳被撥開，而不是粗暴的扯掉的。如此溫柔。沒有貪餓的毛躁。

都沒聽到狗吠。

但辛一家都否認最近有看過老虎在附近出沒。

但狗沒叫真的很奇怪。是嚇傻了嗎？但牠們一向不是那樣的，至少會吠幾聲吧。看小黑的表情，一臉的頹喪。那天只有牠守在家裡，其他兩隻都跟大人去割膠了。後來牠當然被暴怒的父親痛打一頓，打得嘴巴都流血了。

沒有人知道，牠那時正跟一隻騷母狗在土墩頭歡快的交配，用狗語說著動人的鹹濕話。

辛也非常歉疚。那時他在寮子裡專注的抓黑螞蟻餵蟻獅，以為妹妹安安靜靜的一直在房裡睡覺。

他沒聽到甚麼怪聲——只好像有一點風聲，雨聲，遠遠的。

也沒有聞到甚麼奇怪的味道。好像有股淡淡的（線）香味，但母親早上經常拈香拜天公土地，香爐裡幾乎每天都插著香的。

也許是拿督公肚子餓了。母親後來噙著淚喃喃自語。

父親要伊別胡思亂想。沒聽過拿督公吃人的。

也許連祂也瘋了。

他們都沒怪辛，還好沒有連他也叼走。兩人心照不宣的是：還好，那被吃掉的不是兒子。能讓兩人減幾分悲傷的是，他們深信，妹妹是替代哥哥而犧牲了。

那之後，父親常忍不住皺著眉頭望向遠方，北方，那裡的天空黃昏時飄了好幾天紅雲了，烏鴉在樹梢頭胡亂叫著。

——……四尊都被大火燒過了。我夢到的。

煙從他唇邊一出來，就被風吹得四下飛散。他說，祂們好像從大火裡逃出來的，身上還冒著煙，風吹過時，肩頭額角還一閃一閃的泛出火光，還帶著股木頭的燒焦味。煙大得看不到腳。

辛被他說得空氣中好像也有股燒焦味了。

——我夢到雨。好大的雨。大雨下了很久很久。到處都是水。水從土裡冒出來，樹都淹沒了，我們都變成了魚。阿妹也變成了一尾活魚，叭噠叭噠的在淺水裡游著。

兩年前辛還失去一個妹妹。都快唸小學了，爬樹爬太高，一陣風就把她吹下來了。恰摔在爛得只剩尖銳的木心的枯樹頭上，被它刺穿。發現時身體開了個大洞，滿身螞蟻，早已氣絕多時了。父親非常傷心，把她偷偷埋在屋後，還夢遊了好多個夜晚。提著長柄蠟燭，屋裡屋外的逐個角落去搜尋母喇牙，把牠們的大屁股用膠刀切斷，且露出詭異的笑容。母親也近乎失神，煮飯常整鍋燒焦，月圓時睡不著，在月光下喃喃自語。一直到懷上現在這個女兒。

沒想到又是這樣。

他們都不知道的是，也是在七天前的十二月八日，日軍悄悄從泰南宋卡、北大年、馬來半島北方吉蘭丹哥打峇魯登陸了，三兩下就把軟腳的英國軍隊擊退。之後兵分兩路迅速南下，沿馬來半島東西海岸推進，英軍節節敗退。

三十天左右就推進到半島的心臟。

在蟄伏多年的日本密探（有的是牙醫，有的是小商人，有的是木匠、賣雪糕、糖果、水果的小販）的引領下，火速控制了當地的警察局、軍隊，甚至把馬來人納入自己的編制，協助掌控當地的秩序。

部隊裡不少軍人在台灣受過馬來語的特訓，會說相當流利的馬來語。宣傳部且準備好了完美的說詞，作為受訓的高級課程，讓軍曹們熟練的背誦。因此臨場運用，快速的說服了當地的馬來領導層，甚至皇室——他們是來解放馬來亞的，為的是幫馬來人趕走英國殖民者，壓制那一大批英國人放進來的、長期囂張欺負馬來人的支那吸血鬼，協助馬來民族當家做主，將來好加入大東亞共榮圈。

在哥打峇魯，日本鬼子隨即搜刮了所有居民的腳踏車，熟門熟路的登門逮捕了曾經熱烈支持中國抗日的華僑領袖，關押在有利銀行二樓，要求他們為日本人做事，不成後就逐一砍殺在椰子園裡。

腳踏車部隊飛快南行，沿著柏油路，黃土小徑。穿過膠園、椰林、原始林，一個個馬來甘榜，一座座小鎮。偶爾有零星的伏擊。聽到日本鬼來的風聲，有的人逃進大芭躲藏，有的逃到更其偏遠的鄉鎮。但有人反應不及，以為災難只是路過，或難捨家業，心存僥倖。於是虛與委蛇，或被檢證、甚至屠殺。

常常是這樣的：一群人被帶往樹林裡，有的還是婦女、幼童，青少年。大群士兵步槍指著，他們被令挖了個大坑，潮濕的紅土被剝開，湧出一股躁悶的水氣。他們被令緊挨著下跪，再被逐一以刺刀刺穿身體。

利刃穿過身軀血噴湧一刀兩刀三刀熱血濡濕上衣落葉黃土血從嘴角湧出逐一倒下被踹落土坑頭垂下身體交疊著身體。

良久，軍人散去後，正午的陽光照在土溝上，樹影漸次退縮到樹頭。屍堆裡有異動，蒼蠅紛飛，一隻小手從屍體腋下伸了出來。更大的騷動，而後是黑色的頭，一臉的血污。小小的身體從大屍旁鑽出來。媽。爸。阿妹阿弟。他呼喊。他們一動也不動，歪躺著。他掙扎著鑽出半個身體。衣上都是血。疼。他發現身上破了幾個洞，以致幾乎站不起來。然後聽到微弱的呻吟。

阿妹。只見在父親屍體的另一邊有異動，半個頭勉強鑽出。他忍著痛，但一挪，血又湧出來了。她在喊痛。哥。她衰弱的啜泣。臉煞白。他挨近，摸索著尋找她的腋下，費力的要把她從父母之間拉出來。一拉，淚卻狂湧。只見大團蜷曲灰色的腸子從她腹腔裡滾了出來。

哥，救我，她哭著試圖捧著它們，但腸子很快又從指掌間溜下。

蒼蠅圍了過來。

樹林裡上上下下都是鴉啼。

有時是在河邊，橋上，屍體一個個「蓬」的被踹進流水洶湧的河裡。流向下游，河口，那裡有鱷魚在等待。

一個又一個馬來甘榜，高腳屋，蕉風椰影，牛羊吃草，貓橫躺欄杆上，打著呼嚕。處處是悠遊的馬來雞。男男女女著紗籠，在屋前納涼、抽菸、聊天。一長列土色上衣整齊的戴著帽子的日本兵腳踏車步隊載著輜重掠過，為首的還揮手高喊selamat pagi!（早安！）。或selamat petang!（午安！）。Selamat malam!（晚安！）。路過，脫帽揮手，無傷。猶如郊遊。

一個小隊遇上四個騎腳踏車載米的華人。喝令停下。跪地求饒。一把搶走了米，揮刀。刀劃過肚子。脖子。砍斷了手，刺刀補上。掉頭想逃走的那人被朝背後開了一槍，身子一弓，冒著煙，大喊一聲，倒下。

英國部隊更快速的南撤。印度兵比手劃腳的過河，綁炸彈炸斷了鐵橋。

日軍如螞蟻渡河，一隻挨著一隻膀臂勾著兩大串浸在水裡，其他的扛著腳踏車從肩頭踩過。

或快速搭起竹橋。

抗日軍對落單的日軍偷放冷槍。

又一個小鎮。華人村民被聚集，手被鐵絲網綁在一起。女人被拖去強暴。在家裡，在菜市場，草叢中，大樹下。

亞羅士打。雙溪大年。泰豐園。柯洛斯！

檳榔嶼，四六大檢證。蒙面鬼頭。鍾靈中學。「在憲兵部工作的台籍婦人許玉葉（人稱『無常』），趁機誣賴鍾靈師生為共產黨，於是日軍即大舉搜索鍾中宿舍，拘押了不少人。」

九一五大檢證。港仔墘。

籌賑濟會名單。尋找抗日分子。檢證，屠殺。砍頭。輪姦。

冷甲水閘路。「執行任務的是個台籍軍官，他命令先掃射所有亮著的『大光燈』，掃射一輪後，日軍方將槍口調低，轉向人群。大家摸黑逃命。」（蔡子並）

沙叻北。三寶嶺，泥油塘，沙屎芭。知知港，余朗朗滅村。輪姦。

「母親知道孩子受傷了，一把將她抱在懷裡，當孩子的擋箭牌，一刀又一刀的承受著，血噴湧。母親的喘氣聲愈來愈微弱，在她耳邊輕輕說了最後一句話：『不要動，不要哭。』」（蕭招娣）

「『那刀從肉裡拉出來，很痛，但我不敢出聲，跟著前面的人一起倒下去詐死。』」（鍾妹）「天黑時，台籍日軍點了盞燈，在芭場外用客家話朝芭裡喊：『你哋好轉囉！』很多躲著的人以為沒事了，紛紛往外走。」（蕭月嬌）。

馬口雙溪鐳慘案。「當張譚福和三哥返回雜貨店時，發現母親背部中槍，已經斃命，腸子破體而出。」

神安池的雷雨。鄭生郎園屠殺。港尾村屠殺。輪姦。

「當時年僅十一歲的賴潤嬌，身中十一刀，親眼目睹全家十一人慘死日軍之手。」「鄭來被刺了四刀後昏了過去，……兩兄弟搖了搖家人，才發現母親妹妹已斷氣，未滿週歲的小弟一息尚存，邊爬邊哭。腸溢出，沾滿鮮血與泥濘。」

新加蘭。

「日軍將這兩人吊在橡膠樹上。日軍頭子發表了一番訓誡並透過一名台灣人翻譯之後，就把他們給槍斃了。」（陳期成）

巴力峇九大屠殺。輪姦。

「當時中華中學有位通曉日語的台籍老師，將記有華僑參與籌賑紀錄的簿子交給了日軍。日軍就依著簿子上的名單逮捕並殺害抗日人士。他們被載往豐興隆園殺害。」（蘇益美）

血洗張厝港。巴力士隆屠殺案。文律。輪姦。

「文律有個戰前即嫁給英國人的日本女人，日據時救了很多人，當地人稱之Puan U。」

（馮篤生）

「躲在溝中的曾母窺見日軍用木棍猛敲兩個兒子的頭顱，孩子大聲的嚎叫哭喊阿母，徒然的想用雙手去護頭，但很快就倒下，再也沒有聲音。」（曾義蘭）

血洗薯廊村。「地上膠狀黏稠的是泛黑凝固的血。不遠處一絲不掛的被綁在樹上的正是自己的妻子，一身血污，從下體到肚子被剖開了，腸子和肚裡的孩子都露在外頭。妻子，兩個兒子，小女兒及妻肚裡的孩子，全被宰殺了。」（謝晉盛）。

德茂園大屠殺。育德學校大屠殺。臥鋪大屠殺。新加坡島大檢證……輪姦。

（引文及人名、地名均出自蕭依釗主編，《走過日據——121倖存者的泣血記憶》，吉隆坡：星洲日報，二〇一四。及參考許雲樵、蔡史君，《星馬華人抗日史料，一九三七—一九四五》，新加坡：文史出版私人有限公司，一九八四。李永球，《日本手：太平日據三年八個月》，吉隆坡：策略資訊研究中心，二〇〇六。）

沒有甚麼異象（只有偶然下起的日頭雨），沒有甚麼預兆（只有一位倖存者說夢到死去的祖先叫他全家快逃），其他的都無言的迎向到來的災難。歷史無情的輾過。倖存者們也沒有怨怪諸神（沒有及時來拯救，或阻擾一下日本鬼子）、怪罪逝去的祖先（沒及時託夢一下），而只是感嘆命運。死者已矣，但活著的只能咬牙努力的活下去。他們都知道，兩代之後，這一切都會被遺忘殆盡。尤其對那些災難沒有降臨到頭上的人。

日軍大約不到四十天就抵達辛一家居住的小鎮了。因為住郊外，消息又晚了兩天。一些有頭有臉的社會賢達或富商已經被抓，或越過長堤逃到新加坡了。如果和英國人關係好，就有機會登上他們棄島的船了。

辛一家呢？不外乎兩種可能。

一是和那些僥倖活下來的人一樣，純粹因為幸運，遇上軍紀較好的部隊，那一帶沒有激烈的抵抗，因此甚麼事也沒有發生。但幾英里外的西邊的園坵還是發生了兩場屠殺，死了幾百個人。

那一天，父親腳踏車載著辛和一疊膠片、一顆大波羅蜜、幾顆捨不得吃的紅毛榴槤，到鎮上想換一些米和肉。一走出樹林，馬上被陌生的語言喝止。路邊有一部土色的軍車，兩張從沒見過的臉孔，臉很臭，目露凶光，但看來年歲並不大。扛著長槍，槍頭露出一截亮亮的刀刃，朝他們比劃。父親停下。還來不及反應，那人快步趨前，臉頰就啪的挨了重重的一個巴掌，連嘴裡的菸斗都掉到地上。辛吃了一驚。父親低下頭用力按著他的肩膀，下車，屈身撿起菸斗。辛突然聽到熟悉的語言，只是口音很怪，聽起來假假的。

「遇到大人要立正敬禮。喊『大人』。」閩南話。

是另一個士兵。他在一旁示範。嘴角掠過一抹笑意。

辛下車，和父親一道朝兩個士兵畢躬畢敬的行了個禮。

父親把兩顆紅毛榴槤捧了低著頭獻上，但他們示意他把那顆大波羅蜜也扛上軍車後座。

——趕快看看就回去，代誌大條囉。日本鬼真的來了。

走了段路後，父親小聲的說。辛轉過頭，看他皺著眉頭。

幾乎每個十字路口都有士兵，都要敬禮。街上沒私家車，沒甚麼行人。沒有人開店。少數推著腳踏車的，大概都像他們那樣是誤闖的。

到街場，不禁大吃一驚。遠遠看到大街兩旁的洋樓上，密密兩列紅膏藥旗飄揚。父親掉回頭。

父親一回來就把山豬槍磨得銳利發亮，藏在屋梁上。

日本兵後來也來過他們樹林裡的家，但只是要了他們養的豬、雞，連女人都沒碰。那次上街的事之後，母親就儘量讓自己看起來髒兮兮、臭烘烘的，連她自己都受不了。

他們一家吃不飽（只有番薯木薯）餓不死，提心吊膽的挨過那三年八個月。

那些擔心害怕的日子裡，母親依然經常夢到諸神。但祂們好像也有自己的問題要處理。祂們無力阻止自己越變越小。如果沒有伸以援手，父親說他夢裡的諸神一定會化為灰燼。辛在小溪裡曾經見過妹妹變成的魚。

或者，不幸的，和那些死難者一樣，全家被殺，房子也被一把火燒掉了。因住處偏遠，時有抗日軍出沒，被懷疑是反抗軍的據點。如果是那樣，雜草雜木很快就會進駐，占滿那原來是房子的地方。

一如那些被亂葬的死者們，在熱帶的大地裡，屍骨很快就腐爛殆盡，如果是全家被殺，就更好像不曾存在過那樣。不過是園裡多了幾個土丘。久了，也就崩塌了。但那些夢並沒有消失，即使是在做夢的人死後。它們變成了雜草的種子，隨風飄散，當然也不記得自己曾經是夢，也就跟一般的雜草種子沒兩樣了。

雨後，大地處處重新長起了雜草。

二〇一四年八月十六日紀念日本戰敗。

W

午後，你們都看到了，在狗的狂吠聲裡，兩輛藍色的卡車突然出現在你們的園子裡。後頭跟著五六部黃色紅色的野狼摩托車，刺耳的擤猛蜢鬥盟的響著，朝你們仰著頭跳躍著而來。

車頭燈反射出刺目的光。父母臉上都露出警戒的神色。然後車子突然轉向左邊，硬是在原本沒有路的樹林裡輾出一條路，再沿著芭邊行走，然後停在一棵大樹下。狗群一直沒停過狂吠，也持續露齒追著來車。父親和母親都快步迎上前去，首先喝止了狗，狗兒稍稍退到主人身前。一輛卡車後頭跳下十幾個壯實黝黑的青年男人，都是些馬來人。另一部卡車後頭載著滿滿的木頭，木方、木板、木柱。車一停即有一位年齡稍大的，戴著藍色鴨舌帽，加巴拉（kepala）模樣的華人男子大聲叫喚那些年輕人去把車上的木頭卸下。然後他趨前給你父親遞根菸，說明這是怎麼一回事。原來這一小片殘存的原始林的主人雇了這一群人，要把上頭的原生樹木清理乾淨，好種植油棕。那人預估兩三個月就可以把樹砍光，樹桐會沿著河邊開一條新路運走，不會車子進進出出輾壞膠園裡的路。剩下的枝葉會逐步一堆堆放火燒掉。

木頭下完，多台電鋸，短鋸、長鋸、鋤頭、斧頭、鍋碗水壺等，兩部卡車又呼嘯吐著黑煙離去了。

你聽到他跟你父親仔細的解釋，兩人一面抽菸一面像老朋友那樣搭著肩聊著。三四個月就可以完工吧，他說。完工後他們就會撤走。他同時用馬來語呼喝一位年紀較大的馬來人，比手劃腳的說了一長串話。那人即叫喚那群年輕人，各自分頭持長刀、斧頭，在林邊劈倒許多灌木雜草；到膠園裡撿了枯枝落葉，在房子預定地的四處以火柴和膠絲點火，冒起陣陣煙來。負責燒火堆的馬來青年對著他們，咕嚕咕嚕的說了一段話，大概是解釋說要熏蚊子吧。好一會即清出小片空地。隨即在那人指揮下，拿起鋤頭、分頭進一步把地整平。拉著白色繩線，定位；彈了墨斗，畫出白色粉線。即有人在四個端點釘下木樁，然後就以耒戳地挖洞。

你聽到那工頭跟父親說，還會不定時的跟你們買一些雞和鴨，一些水果，木瓜、黃梨、香蕉、波羅蜜等，如果有的話；還有木薯、番薯等，他說他嚴厲交代他們絕對不會用偷的，也不能擅自靠近你們的房子、雞寮等等，白天晚上都不行。

你很驚訝的發現，一個正方形的大框很快就架起來了。先是在挖了洞的四端立起木柱，框的內圍也樹了多根立柱，縱橫交錯的。木頭插進洞之前，工人還仔細的刷上黑油，你記得那股新鋪馬路的味道。

兩面牆快速的架起來了。發出香氣的木板，一片疊著一片，鋪就一面整齊的、夕陽色的面。只留下窗的空位，有兩面還預留了長方形的門洞；上方的縱和橫的框都架好，看得出房子的雛形了。那群人爬上爬下，大聲說說笑笑的，一身汗水，有種莫名的騷味。有時還會互相咒罵幾句；工頭有時會大聲叫喚某人，但那氛圍是歡悅的。你打從心底浮起一股喜悅之感，一件好的事情就在眼前發生。就好像一場大型的魔術那樣，讓你想起馬戲團的五彩大帳篷，總是突然像朵蘑菇那樣從鎮中央廣場的草地冒出來，而且冒著一股爆米花的香氣。

有兩個人在距房子數米外的一端，用圓鍬奮力的輪流挖著甚麼。濕軟的黃土愈來愈高的堆在兩旁，而挖土的人的身體漸漸下降。剛開始是一整個人站在地面，接著只瞧得見上半截身體，再來就只剩下一個沾泥的頭，再來就只看見盛滿土的桶子被一隻泥巴手甩了上來，而守在一旁的那人迅速把它接過去，掀翻桶倒在一旁泥堆上。

你大著膽子趨近觀看，一路避開絆腳的細樹樁，一直到土堆旁。濕土的氣味。你知道他們在挖井。只見井裡那人捲起褲管的雙腳泡在奶色的水裡，水淹過小腿了，兩人說說笑笑的，其中一個俊俏的男子蓄著小鬍子。他向你出示新挖的一桶沙。大概可以了吧。

好一會，那兩部卡車又出現了，一部載著滿滿的新鐵皮，幾包洋灰，一小堆沙子。另一輛車載著數捆草蓆、一台發電機，三盞大光燈，十數包白米，一珍①一珍的油，好幾箱沙丁魚罐頭、黃豆罐頭，幾大包洋蔥、小洋蔥頭、馬鈴薯。還有一堆別的甚麼工具等。

父親叫喚你，說他要回去了。但你決定再留下來看看，父親交代你要小心，別太靠近蓋房

①承自英文tin，鐵皮製的桶，多為正方體。而tin同時是錫，英殖民時代馬來半島產錫，那些「珍」的內側也鍍了層錫，光滑而較不易朽壞，故常回收再利用。

子的地方，留神木方、釘子、木樁。別留得太晚。

然後摸摸你的頭即離開了。

你看到工人把鐵皮一片片的傳到木框子上方，拼拼砰砰的釘了起來。銀亮亮的嶄新鐵皮，黃昏時都蓋起來了。還有裡頭的隔間，也都成形了，一蓋上屋頂裡頭就暗下來了。工頭特許你到屋裡看看。那屋裡都是新木頭的香氣，昏暗，有人點起煤油燈。四間房裡的床板釘起來了，及你的腰高，木片粗扎扎的帶著毛邊。從走廊到後方的廚房，泥地上都沒鋪任何東西，腳步雜沓，草葉軟爛，土地被踩得微微滲出水了，有股淡淡的沼澤味。

一身泥巴的小鬍子也來幫忙傳遞鐵皮。他從帶泥的上衣口袋掏出一顆糖果給你，你小心剝開包裝紙，一嚐，是椰糖。

工人們在以木板釘製門、窗，但廚房幾乎只架起屋頂和柱子而已。有人在廚房燒柴火，你聞到米水煮滾的香味。幾塊磚頭疊起，上頭架著口大黑鍋。另一端有兩個人正用圓鍬熟練的拌著洋灰，加水拌均勻後，一鍬鍬鏟進鋪著洋灰袋子的木框裡，再以灰刀拉平。你看到與父親聊天的那工頭模樣的人正在砌著磚，叼著菸，頭也不抬。你知道那是灶，將會和家裡的長得很像。那人已經砌起來的是灶檯的腳，得等待水泥灶檯乾後架上去，方能在上頭砌上灶腳。

那天夜裡，你看到新房子那裡光芒四射，白色燈光遠遠的照進樹林裡。一直有人大聲說話，響著刺耳咚咚咚的音樂。母親說，點著大光燈呢。而你的家裡一向只有微弱的煤油燈。

那天你家裡還多了個人。一個乾瘦、羞怯的女孩，一襲及膝細斑點洋裝，看起來比你大上十來歲，胸前有著微微的鼓脹。你聞到她身上有一股酸酸的汗味，也許歷經了一番長途跋涉。

「阿蘭表姐。」母親介紹說。「今晚她先和你睡同一張床。」

房裡一角擱著長方形的綠色舊皮箱，因褪色及污漬而帶著一股衰敗的灰暗。稜角多處鬆開或剝落了，露出白色的斷裂的縫線。床上父親的位置，枕頭換掉了，換了個細紅條紋的枕頭。但你肚子餓了。

你聽到一壺水在噗噗作響，聞到乾扁菜豆的焦香；那壺水是母親指導她燒的，這些都是後來才知道的。

黃昏時有人騎著腳踏車把她送了進來，母親說那時她曾大聲叫喚你，但你顯然被別的事情深深吸引住了。

油燈在夜風裡輕輕晃動。夜風微涼，燈光昏黃。她吃得很慢很慢，小口小口細細的嚼著，一根乾扁菜豆緩緩的沒入她油亮的唇間。母親只淡淡的說，阿蘭她父母出了事情，不能照顧她了，以後她就在我們家，你就把她當你阿姐。那時你還不知道她父母同時死於一場和山老鼠有關的恐怖事件。

你瞄了她一下，她臉上沒甚麼特別的表情，晃動的燈光讓她的臉忽明忽暗，整頓飯沒有說一句話。晚飯後，她默默的就著燭光把碗筷洗起來。接著母親讓你帶著她到沖涼房，點了根高腳燭。把竹腳插進鐵皮與橫槓間的縫裡，燭光照亮了深色大水缸，你向她示意香皂在哪裡、乾淨的衣服放哪裡、哪些桶可放髒衣服，還小聲問她知道怎麼汲水嗎？她說知道。你持另一根蠟燭在井邊，伸掌守護著微光，看著她熟練的汲水。鐵桶垂降入黑漆漆的井裡，伊持繩的手一甩，你聽到桶沿咻的切入水面，然後一桶水就被提上來了。好一會水缸就盛滿了。她關上沖涼房的門時你在外頭發了好一會呆，聽著涼水潑在她裸身上的間歇的嘩啦聲，彷彿有一聲驚呼。井水可涼呢，你知道。

那一晚你終夜難以成眠，夢如煙如雨。白色蚊帳如常的輕柔的罩著，你緊貼著裡牆，但左邊的手常常還是會碰到她溫熱的手。她身上有股淡淡的茉莉花香，一直往你的鼻端飄。你的身體一直在微微發熱，好像有點感冒了，你一直覺得口渴。她的呼吸聲是細細的，有點像穿過樹林的微風。屋外交織著蟲鳴蛙叫，好似填滿了整個夜晚。

在醒睡之間，有時似乎真的風起了，隱約可以聽見樹梢葉子的抖顫。然後突然下起細細的雨來。你彷彿感到時間快速從你身上流過，就像樹林裡的一陣清風，掀動了落葉。但畫面散亂的疊印著，像拋擲一地的泛黃舊照。你感覺床像舟子，漂浮在緩緩流動的水面。

你看到她熟練的打點家務，洗衣燒飯，撿柴餵雞，餵豬（她來了兩週後，母親新養了幾頭小豬，父親蓋了豬舍）。撿柴，砍番薯葉、香蕉莖，和母親有說有笑的，就像是母女那樣。她有了笑容。斜光裡，她鼻翼的雀斑粒粒分明，像是刻意用筆尖點出來的。

你彷彿聽到電鋸刺耳的嘎嘎聲於日出後響起，一棵棵大樹轟然倒下，濃煙終日飄過來，瀰漫整座林子。其後那一片原始森林在轟隆聲裡，一小塊一小塊的消失。一整片天空漸漸露了出來。入夜後，木屋那裡依舊大放光明，喧鬧不斷；過了某一時刻卻又驟然沉寂，剩下一燈如豆。沒多久那裡好似被整齊的切割出一個長方形的空地。堆疊的亂木，終日數十處白煙裊裊上升。

但那一帶深夜經常出現的大團金色鬼火再也不曾重現。

老是有家園被毀的野生動物闖到膠園裡來，常遭狗吠，甚至追殺，如四腳蛇、成群的雉、犀鳥、石虎和鼠鹿、蛇、猴子；但如果是大型的獸、狗也只敢遠遠的、謹慎、膽怯的吠，膠園裡確曾留下老虎悲傷的腳印。

蓄著小鬍子的馬來青年阿里常抱著東西來交換，換雞、換鴨、換鵝；有時是掙扎扭動的鱧魚，肢爪反綁的四腳蛇，臉盆大的陸龜、水魚。他們在屋旁鋤了畦種木薯、朝天椒、木瓜。週日休假時他們有的到林中到處尋找野味，有的騎著野狼出去；有的回家，有的不知去哪玩，都穿著一身花衣、喇叭褲，梳著油頭，上衣最上端的鈕釦總是解開的。

你看到阿蘭和阿里總是笑語晏晏，側著身子，或靠著樹，很好談的樣子。屢屢換著支撐體重的腳，但你受不了那蚊子。你不知道她馬來話說得那麼流利。但你也覺得阿里長得很好看。來得次數多了，狗也不吠他了。母親多次警告阿蘭，千萬別對馬來人當真。別吃了虧，女人總是吃虧。即使他肯要妳，妳也是要「入番」的，而且他可以娶四個老婆。阿蘭只是無所謂的聳聳肩笑笑，說她只是和喜歡和他講講話而已，沒有想那麼多。但阿里還給她送過一隻巴掌大的烏龜，她就把牠養在屋旁的小水坑裡，還在牠背上用紅漆寫了大大的Ali，塗滿半個龜背。阿里太久沒來時，她有時會跟牠說說話。

你知道她私下給阿里縫補過幾回衣褲，後來受不了他的夥伴訕笑，只好凡是那樣縫補的委託都接——只是要收費，一角兩角的收，她把一些五分錢的「盾仔」送給你，存在她從馬戲團那裡拋藤圈贏回來的觀音菩薩錢筒裡。

母親有一台舊針車，慷慨的借給她使用。大概兩個月後，她和母親商議，為自己買了輛半新舊的腳踏車。因為你也快要上學了，父親為你在附近小學裡報了名，那就有多一個人可以接送了。有時她就和母親一道騎單車上街去，有時也帶上你。

但有時純粹載著你到新開的黃土路那一帶逛，除了菸味，你還聞到不同的大樹被鋸開後那汁液悲慘的香氣。你看到樹桐高高的被堆放在路旁，而拖格囉哩（聯結車）載著滿滿一車巨木，揚起陣陣黃土奔騰而去；新闢出的路被輾得深深的輪痕重重疊疊。

經過雨淋日曬，有的輪痕已硬得像石頭，凹處蓄了一汪黃水，你發現裡頭有滿滿的黑色蝌蚪。阿蘭說，那些蝌蚪都來不及變成蛙的，再過幾天就會全部曬成乾了，母蛙做白工呢。「除非遇上雨季，」她望望天邊的雲，「如果常有日頭雨，或許也有救。」

經常，你會看到阿里在河邊的一棵樹下等她。他總是抓了幾隻美麗的鬥魚，或沼澤裡的甚麼怪魚，盛在桶裡給你。阿蘭會叫你在樹下等她一下，她和阿里鑽進寮子裡去了，出來時紅著臉，髮際都是汗水。回程時她變得沉默，而你沒完沒了的聊著美麗的魚。但她沒忘了交代你別告訴父母阿里的事。

母親有時會單獨帶著你到蔴坡探訪外婆，一去數日，家裡的工作就交給父親了。阿蘭來了後，有時也帶她一塊去，但有時把她和父親留下顧家。那回只留下你父親，但三天後，當他們回到家，卻聽說那一屋子馬來人在他們返家的前一天都搬走了。清出的空地猶有縷縷殘煙，但門口的黃色紅色爬山虎都不見了，敞開的門窗像黑黝黝的洞。父親說，會有另一批人來植油棕苗，但他們不住這裡。那些馬來人整批都將到另一處原始林，也許在吉打，也許到婆羅洲，甚至印尼。

你看到阿蘭的臉突然垮了，咬著發抖的唇，眼眶一紅，淚就嘩啦流下來了。

你想起那許多個夜晚，阿里從窗外小心翼翼的爬進來。那時睡房的另一頭早已為她架起另一張床——兩把凳子，鋪上幾片厚木板。一樣圍上蚊帳，但那蚊帳較厚，一放下來幾乎就看不到裡頭的動靜了。況且，兩張床之間隔著花布簾。這都是阿蘭要求的，母親也欣然同意。

阿里來的夜晚，每每窗外有一陣嘓嘓嘓的連續的蛙鳴，接著是壁虎纏鬥時尾巴敲打著板牆，然後是阿蘭小心翼翼的拉開窗栓，阿里兩手一撐就進來了。你總是裝作熟睡。但那些奇怪聲音還是異常清晰的。只是那時你還無法理解，那壓抑成輕輕的嘆息，或偽裝成夢囈的，是青春身體熱烈的歡好之聲。

但更早時如果你仔細聽，其實可以聽到謹慎的踩在落葉上的腳步聲——不是直接一腳用力的踩上去。而是兩階段似的，腳底先輕輕接觸落葉，再把身體的重量漸次加上去。多半還會聽到一兩聲狗吠，但不會持續。有時甚至在雨中，你瞥見他把衣服脫在門口——房裡有個單獨對外的門，方便你們男生夜半尿急時直接到門外的樹頭解決——她用大毛巾包裹著他，給他擦乾身體，讓他光溜溜的鑽進她的蚊帳裡。

那掛在柱子上的煤油燈是調得最微小的，微明的燈火勉強把黑暗推離數尺；因此在明暗之間移動的人影就像是在夢裡。雞啼前他必然掀開蚊帳離去，常常你眼睛貼在蚊帳後，清楚看到她依依不捨的穿著薄紗裙子，拉著他又抱又親的，有時在門口猶緊緊的擁吻。阿里總是得再三的把她推開，方得以脫身。

你看到她經常把烏龜阿里翻過去，踩牠的腹甲、踹牠、咒罵牠。

一陣子過去後，阿里來得稀疏了，你聽到阿蘭夜裡在床上翻來覆去。那時阿蘭就會帶著你去找他。有時就是到他住處給他帶些吃的，譬如烤了個小蛋糕，帶上一粒榴槤或尖必辣。或者直接到他工作的林地。漸漸的，工人們都知道了，她一出現他們就會公然取笑阿里。你看到他眉間開始出現嫌惡，不耐煩，甚至會斥罵她。夜裡，你會聽到阿蘭躲在蚊帳後小聲的哭泣。她沒了笑容，好似有著重重心事。你聽到父母在背後小聲的商議著，揣測阿蘭和工人之間是不是出了甚麼麻煩。母親問你是不是有看到甚麼、聽到甚麼，你總是搖搖頭。他們直接問她，她也是搖搖頭。但她明顯的胃口不好，甚至常常反胃。他們都猜到發生了甚麼事。蔴坡之行是為了向她介紹一個王老五，母親娘家那邊的親戚。雖然年紀有點大，三十多歲了。但脾氣好，有地有房子有輛小車，很希望有老婆小孩。宣稱不會計較她的過去，也不嫌她年紀小。

但她竟然一口回絕了。嫌他老，嫌他矮，嫌他肥，嫌他醜，嫌他禿頭。

你看到她姿態僵硬的走向那木屋，你悄悄的跟了上去。

你們到那房子邊，只見門窗開著，裡頭東一包西一包的都是垃圾，破爛的衣服、鞋子、空罐頭、枕頭，還有股說不出的酸味。

你們繞著房子外邊走。只見屋旁的灌木都長起來了。木薯有的被拔起來了，但被棄置在那裡，長出的薯還很小根。然後你突然發現那面牆上，一片片木板都用炭畫著奇怪的W狀的圖像。仔細看，雖然是黑白的，但確鑿無疑的，是赤裸的女體，朝看圖者大大的張開雙腿，袒露出私處，那雙腿交接處被炭反覆著墨，以致厚厚的鼓起。阿蘭流著淚用力的推著你離開那裡。

那群馬來人你再也沒見到過。即使見著了，多半也認不得——一如他們之認不得你——你猜想他們多半娶妻生子，買了華麗的房子新車，過著幸福快樂的日子了。畢竟他們都是土地之子。

多年以後，小屋四周的芒果、榴槤、波羅蜜、紅毛丹、山竹——也許是當年那些馬來人連同果皮果殼丟下的種子——都長成濃蔭大樹，而且總是毫不吝惜的結實纍纍，你常到那兒撿果或採果，紅毛丹熟時紅，榴槤波羅蜜芒果都是香。土地的主人很少到訪，但管理油棕園的人有時也會來採收。而番石榴東一棵西一棵的，爛熟的果掉了一地，裂開，有的白有的紅，一股刺鼻黏膩的爛果香——多半是他們拉出來的種子長大的，樹上時時刻刻有鳥鳴叫。窗外還有一棵很老的木瓜樹，樹幹折斷重新長的頂芽顯得不那麼茁壯，而且結的果既少又小了。

木薯的後裔也與在野草灌木間掙扎著伸長了瘦而多節的莖。

那空蕩蕩的房子勉強撐持著自己。

那之後曾住進一家印度人，一對夫妻和幾個一樣很黑很瘦的孩子，都很節制的不會靠近你家。你記得那女主人會辛勤的採摘房子周遭的野茄和捲捲的蕨芽。有一天你上學回來，發現他們搬走了，就好像沒來過似的。那之後就沒人住了。

但有一回狗發現裡頭躲了人，父親發現是來自鎮上的臉色發白、說話時嘴唇發抖的華人白粉仔，就提著長刀大聲呼喝著把他立即趕走了。

然後屋頂的鐵皮有了破洞，無數個破洞。因此白日總是有光透進去，叢叢野草就從地面長了起來，多的是茅草、芒草、羊齒、牽牛花和小花蔓澤蘭。房裡的木板床也都崩塌了，露出成排鏽蝕的鐵釘頭。

暗處有蝙蝠，蜘蛛沿著門窗結網。有時有眼鏡蛇，四腳蛇。光亮處沙土上有蟻獅誘捕螞蟻的陷阱，凹陷的沙錐；高處有土蜂的窩，一竇竇的，好似是那房子本身長出來的贅瘤。

有大把誤闖的藤蔓貼著牆角繞了一圈又一圈，繞過床底，好似始終找不到出路；一直到房子更其壞朽，有的終於從破牆洞鑽出去了。

園裡的油棕樹不用說是高高的長大了，果實也收割了一回又一回。

多處牆板朽壞脫落了，長年潑雨而長著泛灰的黴，有的還有明顯的燒焦的痕跡。你看到其中一片傾斜木板上的W字，那中央交接處長出一朵鮮豔美麗的紅菇，像一枚巨大的紅色釘子。你知道那叫毒紅菇（沒錯，你原本不知道它叫甚麼。是你那對蕈類非常好奇的年幼兒子指著圖鑑告訴你的。那時你已在異鄉多年，憑著記憶畫了幅光影如淚跡的水彩畫）。一旁板沿還長著花簇似的黑木耳、白木耳、硬毛栓蕈、側耳等，不同世代全擠在一塊。

而阿蘭，馬來人搬走後不久，在與你母親大吵一架後（挺著大肚子的你媽竟罵她姣，唔知羞），就紅著眼眶騎著腳踏車載著舊皮箱走了。從此再也沒有見到她，就好像她從沒來過似的，就好像世間沒有這個人。父母也因此大吵過幾回。那之後你父母確曾認真找過她，但親戚們都沒有她的消息。但有人說，看到一個長相類似的年輕女人提著一口舊皮箱，上了南下新加坡的火車。

腳踏車店的老闆證實說，她把舊腳踏車賣回給他了。

父親說他確有看到那殘破的腳踏車，就擱在店裡一角，後輪扁掉了，只能倚著牆。

她走前用力的抱一抱你，「要用功唸書。」她說。她留給你的，除了那撲滿，就是那隻背上寫著Ali的烏龜。牠後來也長得飯碗大、碗公大，背上的字變小，有的部分也漸漸因與世界摩擦而脫落了。A只剩下兩個腳，兩個血紅點；但竟還是完整的，像穿了鞋子，一頭尖一頭扁。

識字以後，你一直期盼收到她的來信，即使是張卡片也好。但你知道她不識字，而你家，沒有地址。

後來你在離家前的那個黃昏，就把烏龜用繩子捆了拖到沼澤邊，一腳踹進水裡放生了。

那時，不遠處鐵道上，一列南下的舊火車正慢悠悠的經過，每一個車窗都亮著幽黃的燈。你雙手合十，如同在廟裡對著觀音為她祝福。

你一直夢到她初到的那晚，像一朵初綻的夜合花持續朝著你散發著淡淡的香氣。那是你此生最幸福的時刻之一。

而其他的時光，都像流水般從躺在床上的你身上緩緩流過。

（字母W，字母i）

二〇一四年四月九日初稿，九月補

雄雉與狗

又是回鄉。（故鄉與他鄉其實早已顛倒置換了。）回來後兩度夢到父親，但其中一個夢竟然忘掉了。還記得的一個（總不會浪費，一定會好好的運用）是這樣的，我和某個家人在某個大街上（老舊的殖民時代的三層排樓）偶遇父親，他胖了點，臉有點浮腫，膚色較往昔蒼白，鬆鬆垮垮的感覺。似乎也戒了菸（因為沒聞到他身上招牌的印度紅菸絲味），彼此淡淡的打了個招呼。突然聽到心的沼澤底部枯枝敗葉處冒出一個清晰而堅定的聲音：原來父親並沒有死，只是被遺棄了。另一個更細微的聲音，從枯葉淤泥下，大大小小的水泡般浮起：被遺棄後似乎過得還不錯，氣色比以前好。但那種失血的蒼白，好像是因為長期住在水底沒有曬太陽的緣故。

為甚麼會有這樣的夢，稍稍自由聯想一下就不難理解。回鄉不免要到父親的墳頭去瞧瞧，好像就為了再度驗證他是否真的死去。再則是因為兩次見面間的時間距離總是很長，實質性的時差，令人清楚看到事情巨大的變化。譬如上回聽說剛懷孕的姪女而今小孩已在學步，上回剛播種的玉米田不止早已採收且改種了花生，凡此種種。但此回印象較深的插曲之一，則是一隻狗因為年老而被遺棄了。「老了，目睭青瞑，沒用了。叫阿明（哥哥的名字）抓去巴剎附近放掉了。」務實的母親自在的說。伊說有時會看見牠在菜市場附近的垃圾桶找吃，一身皮膚病，大概很快會被政府的殺狗隊當街射殺。

那隻瘦削的黃狗，曾經非常傲慢。上回看到牠，為了牠屢罵不聽的吠叫（對牠而言我也是陌生人），長長的狗嘴被穿戴上一個兩頭剪開的空罐頭，像戴了防毒面具。戴著那東西，狗眼看人時眼神古怪，眼珠子往鼻端挪，兩耳往後貼，好像對主人把牠搞成這副怪模樣頗不以為然。拿東西給牠吃，如果不合胃口（譬如不是肉或骨頭），牠會側過身，抬起左後腳，黃澄澄的尿它一泡臭騷。有時意猶未盡似的，聞一聞，再側身，抬起右腳再尿它一泡。

養牠的目的是讓牠看家，有陌生人靠近要吠叫阻嚇。瞎了眼當然沒用了，因類似的理由被遺棄的狗當然不止牠一隻。甚至已歷經無數世代。

從舊隨身碟裡找到這份檔名為〈雉〉的沒寫完的殘稿，只寫到題目中的「父親・狗」，還沒寫到第三個物件，猜想應該寫於二〇〇九年左右吧。那原想留下來寫小說的夢已不記得了，寫在〈如果父親寫作〉的夢已是純粹的文學想像了。但那隻非常有個性的狗我還記得，看來非常有自尊心，可以料想當牠發現自己被主人遺棄時的傷心落寞沮喪。母親那時說著「瞎了眼就沒用了」時的坦然自在的神情仍歷歷如昨，但她近年也衰頹至極端依賴兒女無法清晰的思考了。

強悍而性急的母親，多半也不會料到自己有一天會失智、生活無法自理，孩子們只好聘雇印尼女傭全日照料她——甚至忍受她的暴怒、抓咬——那是沒有一個孩子或媳婦能做到的。因婚姻不幸讓她暮年操最多心，傾全副心力動員兒子幫助她的那個女兒，在伊失智退化得情感脆弱得似幼兒，苦苦哀求她留下陪伴時，她斷然的拒絕了，「我還有生意要顧啊！」

父親癌病的後期，返鄉時也曾多次聽到母親哭泣抱怨父親「只是拿我來做種的」（我翻譯成白話了），文藝腔一點的表述，就是「他跟本不愛我的，和我在一起僅僅是為了傳宗接代」。那時無心追究父親罵了她甚麼。知道死之將至，想必相當惶恐吧？母親還能清楚說話時，也充滿了對死的畏懼啊。但那時她還很健康，可能因此不易諒解吧。他們不是戀愛結婚的，但戀愛結婚的終成怨偶，或離婚的也何其多，不是嗎？

她愛孩子遠多於丈夫，兒子多於女兒，這也是我們早就了然的——譬如她認為，為了兒子，女兒應該放棄學業。那種強悍的母愛，竟然長期而系統的扭曲了孩子對父親正常情感的發展。她的口頭禪：「恁爸沒才調。」用我們熟悉的當代表述：你爸是個失敗者、魯蛇。大概是抱怨父親不能賺大錢，發家致富，買大豪宅、開進口車，讓她過上舒適輕鬆的日子吧。

初中還是小學高年級時，曾經困惑於人生的價值，問母親：甚麼是最重要的？她的答覆竟是——錢。多年以後還曾聽到她喜孜孜的向我的姪甥輩述及，多年前我那孩稚的提問。是的，那些年錢總是不夠用，總見她憂形於色。但母親從不認為問題在於孩子生太多——父親如果是個成功的商人，再多也養得起吧。反正都是他的錯。

父親過世後我才了解這愛的搶奪與偏斜，但兄弟們不少早已把她的視野自然化了。她曾說，孩子是她此生最大的成就。

雉的故事是更早的，那時他們還住在膠林裡的舊家，父親還在世。每回返鄉母親就會歷歷訴說我不在家那些年，發生在親戚身上的事。那些在時間裡失落的，或者增生的。時而兼及動物。但也警告我別再多事，偷放走他們好不容易以籠子捕抓到的野味，松鼠，果子狸，四腳蛇，猴子……

猶記得她說到捕獲那隻美麗的山公雞時，得意大笑時露出嘴巴內側那顆閃亮的金牙。那是她盛年的後期了。但盛年畢竟是盛年，就像剛過了午時，天黑不會馬上到來。

樹林裡本來就多山雞群，有時還會一整群混在家雞群裡，偷吃飼料。牠們自以為不會被看出來，其實山雞家雞毛色本來就不一樣，大小也不一樣，更何況山雞白耳朵，山公雞長尾，一眼就看出來了。但山雞一向小心，人一靠近牠就上樹，天黑了也不會跟著進雞寮，要抓並不容易。為了吃山雞肉，她就很有耐心的讓牠們吃，但一陣子有的會放鬆警戒，走進雞寮等死。但這群後來都飛走了，不知道發現了甚麼。

可是有一天，那隻金色的山公雞離開牠的群獨自回來了，接連好幾天都睡在附近的橡膠樹上，白天飛下來跟著那群雞找吃的。「你唔知我看到牠回來有多歡喜」，母親眼角擠出「夾得死蒼蠅」（她的口頭禪之一）的皺紋、閃著金牙說，牠的毛色金亮金亮，和別的山雞不一樣，特別漂亮。她觀察了好幾天，發現牠一直跟著隻年輕的母雞，母雞到哪就跟到哪，會幫母雞撥開樹葉讓牠抓蟲吃，找白蟻窩給牠吃。別的雞靠近還會被牠趕走。「好像談戀愛那樣。」

她心裡想，等天黑牠如果跟著母雞進雞寮再去抓牠。可是接連好幾天，天一黑牠就上樹，雖然是雞寮邊的樹，但都睡在高枝。那樣過了十幾天，有一天晚上牠竟然跟著母雞進雞寮，大概以為安全了吧。

母親馬上關了雞寮，在手電筒燈光下把牠「掠」起來關進鐵籠子，第二天剛好沒割膠一早就把牠割了脖子燙滾水拔光毛煮了一鍋咖哩雞不知道幾好吃。

後來那隻母雞生蛋了，她還特地留給牠孵，還真的有幾隻是牠的種，只是沒那麼漂亮，比較小隻，不會飛，吃起來也沒牠爸的肉那麼甜。

母親故後不久我夢到她。和幾個兄弟姐妹，大家都一臉肅穆的在一處斜坡上的小吃攤喝咖啡烏、吃著隨便炒的麵。風大微寒，零星的雨滴灑在臉上、頭髮上。她還是以前那副胖胖的樣子，衣襟污漬斑斑，就像當年我們一道去收膠汁，或砍柴，或採豬食時的模樣。那只怕也是三十多年前的樣子了。那時她常穿的工作服，那些污漬是怎麼洗都洗不掉的。植物的汁液已滲入纖維深處，洗刷也不過是洗掉汗水而已，晾著時都覺得髒。夢裡的她沒有笑容，好像有甚麼心事。以前，為錢發愁，或兒女惹了甚麼麻煩時，她就會露出那樣的黯淡神情。夢裡的我知道她和我們一樣，也剛從她的葬禮回來。她似乎和三嫂和解了，但沒有人說話，都默默吃著。畢竟剛埋葬了母親，誰還有心情說話。

二〇一四年六月十二日，八月十三日，二〇一五年一月十四日補

龍舟

《雨》作品五號

樹影扶疏。

那麼多年了，路似乎還是記憶中的路，沒多大變化。仍是靜靜的躺在大地上，沒有被層層落葉包覆。沒長草的地方就是路。只是大雨時急迫的流潦暫時改易了它的面貌。有的落葉整撮的被推到路中間，被跨過小徑的樹根攔下了。但那很快會被行人撥回路旁，猶如會絆腳的越路樹根會被斬斷一樣。但有的樹根因此裸露了。

昨夜那場大雨，把樹身都打濕了。四處的落葉有的盛著水，蒸騰著水汽，映現著水光。蜘蛛勤快的修補著被雨打毀的網，從草尖牽到樹幹，或者往返於灌木間。網上依舊掛著發亮的水珠。

而天空，已是透藍透藍的了。

坐巴士到林邊的站，下了車就看到那條光影斑駁的小路，延伸向膠林深處。

母親說，去給你外公看看吧，他很想念你呢，講了好多次。他年紀也大了。這次還特別交代說：「有話要和辛單獨談談，要他端午前一定要到老房子找他敘一敘。」「我有事情要交代他。」

「我要去吃喜酒，晚一點如果有時間再去找你們。我也很多天沒去看他了。」

路的光影的盡頭，小而清晰的影像——鏽鉎板依舊反射出刺目的光，舊衣服包裹著的纍纍果實的尖必辣樹濃蔭裡，白髮老人赤著上半身揮動斧頭在劈柴，遠遠就可聽到那聲俐落的「啵」的爆裂聲。沒聽到狗吠。沿著微微上坡的路，老人發現了他，長斧停在半空中，再徐徐下降，沉在一旁。

「辛，你回來了。」

兩隻老狗懶懶的看了他一眼，也沒有吠的意思。好像他是再熟稔不過的人，昨天才來過似的。十多年了，自己臉上想必有一番風霜，年近五十的母親都變成了臃腫的中年婦人了。但八十多歲的外公竟然幾乎沒變，只是頭髮更其銀白了些，依然精實健壯，兩眼有神。看到辛，眼睛一亮，嘴旁飛快的閃過一絲笑意。

「吃飽未？」

「路上吃過了。」日都微微偏西了。

廚房裡熱水燒得呼呼作響。外公放下斧頭，大步跨進去，辛也跟了進去。昏暗的廚房，灶裡的柴火燒得熾紅，屁股熾紅的水壺猛吐出白煙。「喝咖啡烏吧？」熱水沖進鋼杯，即聞到濃烈的咖啡香，瞬間布滿整個空間。好懷念好懷念的味道。桌上塑膠袋裡，掏出紙包著的豆沙餅，示意他拿來吃。過去的生活一直延續到眼前，這讓辛感受到過去的強大力量，好像有甚麼東西朝他張開了大口。

「留下來過夜吧？房間都空著。」

辛點點頭，放下背包。他出生那年外婆意外過世後，外公就一直獨身。屋裡收拾得乾乾淨淨的，和記憶中一模一樣——甚至他小時候看的那些兒童讀物——漫畫、《西遊記》、《水滸傳》連環圖、《兒童文藝》。他睡過的床——他都和外公睡，而今那或許依然是他的床。那原木剖成的床板被人的體脂經年侵滲得黑實油亮，精神奕奕，好像有許多故事待說。

大黃貓在窗邊那兒翻過身自在的縮著腳鼾睡。

離鄉出國之後就沒再回去，不料這地方好像沒甚麼變。好像這空間有它自己專屬的時間。但外公的床的另一頭也搭了一張床，一樣是幾片老床板拼著，兩頭架在長凳上。大概是從阿姨的床那裡拆過來的，好似是為了他而特別準備的。也掛上了舊日的泛黃蚊帳。

小學前辛都住在這裡，陪著外公，外公無微不至的照顧他。從不讓他靠近水邊，除非有大人陪著。稍微有點高的樹不讓爬，也幾乎不讓他離開他的視線。外公解釋說，在辛很小時，有一個通天本領的算命師為他算過命，說他的生命裡充滿了各式各樣的危險，不特別留神只怕會養不大。

每逢假日辛到林中造訪，外公也是一刻都不讓他離開視線。但如今他長大了，而且到了當父親的年齡。如果有孩子的話，是該帶孩子來走走，說不定他們也會喜歡這裡。但他也說不出為甚麼，心底深處有個說不出的念頭讓他想避開這地方。祕密。好像有甚麼他小時候來不及知道，長大後千方百計避免讓自己知道，其實早就該知道的祕密。每個家族裡都有一些黑暗的祕密，只是有的不為人知，有的說了也沒人相信，如此而已。

小時候的幾年共同生活，辛就感覺外公的眼睛深處有祕密。他曾望到他淺褐色的瞳仁深處，有一尾陌生的魚。但仔細看，是條金色小舟。母親眼睛深處也有祕密，那是個長得很像他的男孩子。辛知道那是早夭的大舅，看過他的小照。

母親深愛著他，所以生下他。

還有外婆的死，辛偶然從大人那裡偷聽到不同的說法。

一種廣為流傳的說法是，伊死於難產。懷上那一胎時已四十歲了，孩子提早降生，卻是腳先出來，趕緊到鎮上求援，都來不及了，母子俱亡。那是大舅亡後終於懷上的兒子。她一死，好幾個女兒只好送給別人養，外公一個人可照顧不了她們。母親只搶救得兩個妹妹，最大的和最小的。年齡和她最接近的可以幫她照顧孩子，因為她也剛當上媽媽；最小的可以做她孩子的玩伴。兩個阿姨和辛都很親，自小一塊玩家家酒，桃源三結義，木蘭從軍，武松打虎，孫悟空大鬧天宮。

就是這很疼他的大姨，有一次辛聽到她對人悄悄的說，外婆其實死於自殺。喝蟻酸。死得很痛苦。心中充滿了恨。恨意像一具死胎。她說了這句費解的話。

又譬如，母親生下他時才十六歲。但播種者是誰始終是個謎。辛知道不是後來和她結婚的那個人。那人很愛母親，但他們認識時辛已經五歲了，他追求母親時一直買糖果討好辛。婚後，待他有時像朋友，有時像弟弟。

一種說法是，摸黑在園裡長草中工作時，被附近園坵工作的馬來人或印度人從後方襲擊了。

但辛長得一點都沒有雜種的樣子。

又有個說法，說是到附近大芭伐木的工人引誘了。但那人是誰從沒人見過，比影子還虛無飄渺。賴給日本人也不行，日本人來時母親還只有七歲，而且外公外婆帶著她們躲藏得很好。

母親生他那年還不過是個少女。因此母親和阿姨都像是他姐姐，他長得也像是她們的弟弟。幼年時在看過舅舅唯一的一張照片之後（頭生子，週歲時外公外婆特地帶他到鎮上的照相館拍了張全家福），辛甚至一直認為那是他父親，要不，也該是哥哥，因為太像了。母親也在辛週歲時帶著她和兩個阿姨共同拍了張類似的全家福，外公極為罕見的穿著襯衫，就如同出席他人的婚禮時那樣。辛像個王子那樣坐在三個如花的少女間，母親身旁是黝黑硬實如木雕的外公，他笑得可燦爛了，露出一口參差不齊的黃牙，那張嘴看來深不可測。

約莫是五歲前後吧，有一次辛頑皮的偷偷沿著牆柱往上爬，爬到屋梁上。那昏暗悶熱的屋頂下，多的是煙塵──廚房炊食時燒的煙，經年累月的往上吹，灰塵都聚集在屋頂鐵皮內側、梁柱上，因此那兒甚麼都是灰撲撲的。一沾，手就黑了。就在眼睛適應黑暗後，辛突然看見一樣意想不到的東西：一艘獨木舟，像一尾巨大的木雕的魚，橫在梁柱間。它也被煙塵和蛛網包覆了；但手指略略一碰，就露出鱗片的形狀。辛好奇的摸著船首，畫出一圈眼睛的形狀。然後聽到外公的腳步聲，辛趕緊下來，剛站定，一轉過身，就看到外公可怕的臉，眼圓睜、鼻旁橫肉賁張，像幅鬼面具——右手食指豎於兩唇間，輕輕噓了聲，搖搖頭。辛知道那是甚麼意思。祕密。不可說。於是很用力的點點頭。然後手輕輕搭在他肩上，緩緩在他面前蹲下，噗哧噗哧的大口吹著氣，只見他臉部肌肉慢慢鬆開，好一會，終於恢復原來的慈祥模樣。

辛真的信守承諾，這麼多年來均不曾向母親甚至阿姨們透露他看到甚麼。久而久之，他也不確定是否真的有那麼一回事，還是那僅僅是個夢。後來發現，屋頂下方一整片都被用木頭嚴嚴的封起來了。

辛也知道林中有一些墳墓，有新的，也有舊的。

他知道有個跟他同名的舅舅埋葬在那裡，但沒有樹立墓碑，堆疊的大小石頭間倒是種了一棵樹，辛小時候它已是棵大樹，且鼓起騰長的樹根把石頭都給撐開了。多年後，它儼然已是棵巨木了，巨大的板根東西南北向，像四張凳子，可以跨坐。羽狀的細細的葉子，樹蔭已經大得足以遮覆後半片園子，那周遭的橡膠樹都砍除了。有兩口井被封起來，填滿泥土與石頭，只剩下舊枕木做的井欄。廢井裡曾經植樹，各植了一棵山竹。但如今它們的光照都受到巨樹的威脅而歪向一邊了，但仍纍纍的結實，稍一留意就可看到果殼泛黑的熟果，藏在厚大的葉片下。

那三棵樹外公都嚴禁他去爬。三棵禁忌之樹。

還有這裡一塊石頭，那裡一座土墩，有的不能坐，有的不能爬，有的不能碰。不容許到溝裡抓魚，不得到灌木叢裡抓豹虎，不得去枯樹頭洞亂掏——怕蛇，也怕那些「看不見的髒東西」。

小阿姨偷偷告訴辛說，外公以前不是這樣的，他對和你同名的舅舅可放任了，幾乎是完全的自由。他可能把你看成是重新投生的他，也怕你會有和他一樣不好的遭遇。

但那讓辛覺得這地方沒意思極了。唸小學前，一搬到外頭跟父母住，一見到外面的世界，就想離開了。離開了也就不想再回來，因為這樹林讓他感覺像牢籠。其後數年，辛也只是逢年過節隨父母短暫的回返，每回外公依然緊緊的盯著他，他的目光就像是他的影子似的。其後出國，在戲劇舞台找到棲身之所，夢裡依然會重返故地，看到墳墓那棵樹枝葉發脹、遮住一整個天空；那祕密的魚舟也一再出現在他異國的夢裡，船上一個憂傷的白衣少年，在星光燦爛的夜空孤獨的划在黑河上。

重遊舊地。摘了十幾顆山竹，剝了殼啖了後，他在墳前大樹下燃起一根菸。然後風中飄過來另一種菸味，果然，外公就默默的在角落裡一棵紅毛丹樹下，檢查獸籠。再自然不過的。兩隻狗陪伴左右。外公高舉鋤頭，奮力鋤開泥土，挖出大條的根莖。

「樹薯吃吧？」

辛又點點頭。

外公早就殺好了一隻大公雞，剁了大火快炒。配著水煮樹薯，在昏暗的油燈旁默默的吃著。好幾回，辛可以清楚感覺外公有話要說，但欲言又止。然後就聽到噗噗噗的車聲。外公皺一皺眉頭。砰的車門關上後，母親一身大紅花衣出現在門口，還明顯的塗了口紅。

「還沒吃飽？我吃到一半就逃走了。煮得不好吃。」

接著母親嘮嘮叨叨的說了一堆三姑六婆們在餐桌上搶食物的醜態，誰誰誰抱走整盤燒雞，誰又在大蝦上吐口水，以便獨占它們。她講得很開心，口水也亂噴。

外公的眉頭一直沒有鬆開。

「妳先回去吧。」

外公的語氣突然變得很冰冷。

「難得辛回來看我，我有些話要單獨對他說。」

母親的臉也突然冷下來，但潮紅。安靜了十數秒，咬著唇，微微的發著抖。

「爸，」淚水在她眼中打滾，「有些事永遠不要讓他知道還是比較好。」

然後就轉身退出門外，砰的關上車門，兩柱燈光在樹林裡顛顛簸簸的游移，一直到消失不見。外公嘆了口氣。

繼而沉默了好久好久，好像說話的機能突然被關掉了。就著微暗的燈火，那夜，辛在筆記本上塗塗寫寫，那棵大樹給了他很大的觸動，風過時嘩嘩的樹葉像在對他說著歡迎的話。

一直到昏昏欲睡，躺在床板上，床板竟然鋪了張白色的虎皮，黑白條紋，像斑馬。油燈有女人腰身般的玻璃燈罩，小得不能再小的微芒，勉強把夜推離咫尺。外公和他的床都沉沒在黑暗裡。辛感受夜霧從板縫間不斷的湧進，就宛如置身野外，想像一整個天空都是眨呀眨的小星星。

「有一次我在祕魯受了重傷，被食人魚咬的，全身都是傷口。」辛聽到自己的嘴巴突然講話。聲音有點陌生，好像在某齣戲裡。「差一點死了。」

「有一晚夢到舅舅墳上的那棵大樹，在夜裡開滿淡藍色的小花，像一樹螢火。一陣風吹過，花全數掉落，就像日本人最愛的櫻花。花落下時像小雨，濕濕的掉在我的傷口上，每一朵都是小小的藍色的唇，像極輕柔如風的吻。醒來時感覺就好多了，高燒也退了。我夢到一個長頭髮的馬來女人在照顧我，是個年輕的媽媽，給我吸她的奶，我大口大口的喝到打嗝——那年我都二十八歲了。醒來時發現那是個比我年輕得多的印第安女人，十五六歲吧至多，孩子剛滿月，奶水很多，就把我當嬰兒餔餵。她說巫師交代只有這樣才能把我快要散掉的魂重新聚起來。」

辛的故事裡隱瞞的部分是，那傷口不是魚咬的，而是女人。一個狂野的西班牙女人，發現姐妹倆同時被他拐上床，高潮來時就老實不客氣的壓制住他，全身上下狠狠的咬，咬得皮開肉綻，還舔吸他的血。那女人齒縫間殘留的發黴的西班牙起司，差一點要了他的命。

辛記得很小時，有一回母親餵她母乳，伊另一邊奶上卻是外公的頭占據著，咕嚕咕嚕的猛吸。母親一臉潮紅。辛伸出小手，奮力的想把他推開，卻被他的鬍子扎得刺疼。老是有見過父親和半裸的馬來女人親熱的印象，於是說了那一個故事。

「這房子裡發生的事，有的像夢。」外公果然開口了。「做的夢，卻像是真的。我也常常弄混淆了。」

——你小時候跟人說在屋頂下看到一艘船，那不過是你的夢。不信你明早自己爬上去看看。那些原木不知何時移走了，屋頂下方黑漆漆一片。

——你也曾說夢到你舅舅是被老虎吃掉的，一隻母老虎帶著兩隻小老虎，還說吃得只剩半個頭。其實他可能變成其他東西了，譬如一棵樹。

——很多人都懷疑你真實的父親到底是誰，有的還懷疑到我頭上——包括你外婆。她們同時懷的孕，她年紀大了，一直想再為我生回個兒子，醫生也確認這胎應該是男的沒錯，不料卻出了那樣的意外。

——那個大雨的夜晚我起來小便，打開門卻看到你媽的窗被打開，有一個男人從那裡頭跳了出來。冒著大雨非常快的往樹林裡跑。我追了一段，一路被灌木叢擋著移動得非常困難，但那影子卻毫無阻礙的消失在沼澤原始林的方向。那背影——

——我一回到家就看到你外婆，臉色很難看的在家門口等我，問我是不是又夢遊了，怎麼把門打開讓雨水潑進來？是不是偷偷爬進女兒的房間裡？你這禽獸！

——兩個月後你媽確認受孕。她也說是夢到辛好幾回爬進她房間，央求她把他給生回來。

（聽起來好像真是他幹的，媽的這老禽獸。夢遊。走錯房間。都是這些理由。他說這房子比想像的還古老。雖是他幾個朋友〔他們後來都死於打獵意外〕幫著他蓋起來的，卻是在舊的居址上，那灶也是舊的，因此它的靈魂還是舊的，更新的不過是軀殼。）

——它有時好像有自己的想法。

——園裡的幾座墳墓應該是它歷代的主人。後來發現了更多，有的棺木骨頭都化掉了，包括我挖的那幾口井。

——這塊地和房子原本是要留給你舅舅的，他沒了後，就只好留給你。但你人都在國外，怎麼守護它？你能不能以後每年都回來住一段時間，平時可以請人打理，我最近會請人來把它圍起來。我的時間不多了。黑暗中，他的聲音嘶啞，空空洞洞的好似來自古老墓穴的深處。

接著他對辛提了個要求：

——把我葬在這塊土地上，洞我挖好了，我選擇立葬，頭上腳下。你必須幫我辦個葬禮，扛一具假的屍體（木頭做的就可以）到墳場埋下。

辛全身發麻。想到母親而今的年齡恰是外婆猝死之齡，自己的年歲是大舅意外死亡時外公的年歲。

外公發出一陣陣的鼾聲，感覺那是這棟老房子本身的呼吸。頓時有一身而為多人之感。感覺外頭突然變天了，細細的雨灑了下來。像沙，像米，那一樣一把一把的被風的手拋下。遠方轟隆轟隆的，像是浪，從更遠的世界的盡頭推了過來。辛想起五歲時，母親曾帶他去底沙魯（Desaru）看海，那時海上鑼鼓喧天，龍壯士們蜈蚣般的手，划著掛著蒼老多鬚帶角的怪物頭的船——母親說那是龍舟——船身畫著紅色或綠色的巨大鱗片。

二〇一四年二月一日大年初二初稿

沙

《雨》作品六號

突然下起雨來，根嫂正待拔腿返園去收膠，卻聽到阿土衝口而出說，割沒幾棵吧？就算了吧。伊一愕，但也就停下腳步。聽那語氣有幾分強制的意味，看來絲毫未經思量，也許以前習慣了那樣對他妻子說話。

一猶豫，雨簾嘩的瀉下，那麼大的雨，即便已割了百數十棵，收回來的也是稀得不能再稀的膠水，顏色雖還是白的，水太多，卻再也凝不了了，收了也只是倒掉。

——進來屋裡坐坐吧。

阿土這時微微牽動嘴角笑了一下，叉開五指，撫一撫一頭上亂草，提著伊帶來的那包東西，往裡走，伊只好跟著。屋裡有股混合的怪味。發霉的，餿掉的，印度人似的。伊甚至明顯聞到他身上飄來股濃重的公騷味，不會是很久沒沖涼了吧。人極瘦，幾乎就只剩一個骨架，披著上衣，下身是褲管寬大的卡其短褲。或許也很久沒吃東西了，移動幾乎沒肉的腳骨時，可以感覺他上半身不自然的左右擺動——像划著船似的，竹節蟲似的長手甩動時骨節格格作響。屋裡昏暗雜亂，連神檯上大伯公神像都被打翻了。隨處是酒瓶。有的椅子竟是斜躺著的，衣物丟得到處都是，還有鋤頭鐮刀鎚子鐵釘散亂一地，好像被盜匪或士兵徹底的劫掠過，不像是個有人住的地方，就算床底下藏著屍體骷髏也不奇怪。移動時，得留神腳下，最好緊跟著他的腳步。

進到廚房。伊從未到阿土家這麼深處。往昔拿東西給阿土嫂，如果不是在園裡，最多也只是在五腳基。雖然和氣的阿土嫂多次請伊到廚房坐坐喝杯咖啡，伊都以工作忙婉拒——伊知道阿土嫂也不是閒著，事情多到做不完。割膠人都怕雨，天略變色就緊緊張張，趕著收膠。

阿土裝了壺水，從灶旁的一團黑色事物拔了一小撮，伊知道那是乾膠絲，火柴擦了幾下點著了，伸手把它放在灶孔裡幾根橡膠枯枝交疊的下方，沒一會就燒起來了，有一股火的味道。他隨手在灶頭輕輕敲掉菸斗裡的灰。再從上衣口袋掏出鏽色鐵盒，抖動著拈了一小撮菸絲塞進菸斗。彎身從灶裡取出一根燒著火的柴，低頭快速點著菸斗裡的菸絲，一陣白煙衝開遮沒他的臉。阿土閉目深呼吸，好像這時才醒過來。他把那根頭兀自灼紅的柴飛快的塞回灶裡。雨呼呼嘩嘩的下著。廚房多處水滴下來。

這時看到阿土長腳蜘蛛似的飛快的搬出大疊鍋子臉盆，擺在漏雨處，把不能淋雨的東西移開。伊也動手幫忙擺了幾個桶子。這才發現廚房鐵皮有多處可看到點點天光，「油煙」，咬著菸斗的阿土口齒不清，指一指灶頭。伊了解，這種房子，油煙燻久之後，廚房鐵皮朽蝕得特別快，下雨一定會漏水，如果不補，很快就會破成大洞。他身上有多處被淋濕了。客廳房間呢？他拿下菸斗，說還好，平日都有在補。

——飲咖啡麼？

阿土的聲音從煙裡傳出來，有點乾澀嘶啞。原來灶上壺裡的水燒開了。伊還沒決定，臉突然熱燙燙的紅了，下意識的雙手撫著臉，手指冰冷，還有股生橡膠味。只見阿土掏出咖啡濾，吹一吹、甩一甩。找出咖啡粉罐，用力拍一拍、搖一搖；斜眼睨一睨罐裡，嘴角牽動。接著手伸進去，聽到湯匙刺耳的刮磨，他似乎費勁的在擠壓著甚麼，甚至皺了皺眉頭，噗噗的噴著白煙。手小心翼翼的退出來，一滿匙黑亮亮的咖啡粉，倒進濾布。接連舀了數匙，熱水往濾布一沖，接著就聞到股熱騰騰的咖啡香，一杯冒著煙的咖啡就擱在眼前了。

雨不會馬上停，雨停了再走吧。他說，聲音聽來有股奇怪的眷戀。

根嫂心裡七上八下的，如果有人看到她獨自一人走進阿土家大半天，不知道傳出去會是怎樣的難聽話。伊心底一酸，還好愛賭兩把，酒後愛亂講話，又愛吃醋的老公阿根已經不在。幾個月前，被人亂刀砍死在草叢裡了。不然說不定會拿巴冷刀衝進來，再大的雨伊都要趕回自己園中的寮子，冒雨也得回家。

但伊仍不免有幾分擔心，眼前這男人，老婆死了一陣子了，會不會突然對伊怎麼樣，這年齡的男人。想著，不禁拉拉衣襟，胸前脹鼓鼓的，臉龐依然發著燙。但看他那麼瘦，要把他打翻看來也不是甚麼困難的事。

阿土搬出個蘇打餅桶，用他滿是土垢的骨棱棱指爪略使勁一扣，生鏽的蓋子霍地掀開，猶剩大半桶的餅乾就在他眼前。

我不愛飲咖啡。他說。我老婆愛，以前都是陪她喝。她死了後我自己也沒泡（所以咖啡粉多半過期甚至發霉了，伊心裡嘀咕）。

他把菸斗放在桌邊，啜了一口，說味道還好。根嫂也早聽說了，那對誰都很和氣很笑臉的阿土嫂，半年前有一天坐在灶邊顧火，多半是燒著鍋飯，突然心臟不跳就倒了，才三十出頭呢。在園子一端鋤草的阿土是聞到飯燒焦才發現的，發現時整鍋飯都燒黑了。也許就是那裡，伊張望，猜想，灶旁砌了個放鍋的水泥磚台，有一面矮牆，看來累時可以靠一下。伊那時靠一下，不料就死掉了，都說她是死於心碎。接連死掉兩個孩子，沒有一個做母親的受得了啊。還年輕，如果想得開，再生就有吧。男人就是不一樣，會找別的女人再生吧，再過幾年就忘了。伊乜了眼阿土，他眼眶有點凹陷，下巴鬍渣黑白錯雜，好像用剪刀胡亂鉸過的。目光灰黯，好像很久沒有好好睡覺了。

伊這才想起，剛才來找阿土時，狗吠了好久他才把門打開的，開門時他頭髮亂不說，一直揉眼睛，上衣看來是剛披上的，褲子也是剛套上的。雖然落魄，還是並不難看的。要不是打山豬的阿丁說，有空就幫忙去看看阿土吧。老婆死後連門都不出了，死掉都沒人知。昨晚還拎了包山豬骨要伊順道送給阿土煮給他的狗吃。伊也不敢走近，尤其是自己一個女人，跑去沒有女主人的家裡，萬一發生甚麼事，傳出去說不定都說是伊自己的錯。伊後悔自己的大膽，沒有多想想，就像今天這種天氣本來就不該來割膠的，天上雲那麼厚，那麼老經驗的割膠人，難道會看不出來嗎？一時沒多想。女兒上學後，老公不在後，伊出門就比以前晚多了，一個人還是會怕，還好阿土就在隔壁園，有甚麼狀況喊一聲應該會幫忙的。但自他老婆死掉之後就比較少看到他出現在林子裡了。即便出現，也像是在發呆，在有些樹頭前停很久，額頭靠著樹身——好像真的在拜樹頭，割一棵樹咻咻兩三分鐘就可以完成。雖然割膠人常自嘲是在拜樹頭。

林子裡草長起來了，狗看起來也沒精神，可能常沒吃飽。樹林裡常出現幾頭瘦瘦的豬，鼻子這裡拱拱那裡拱拱，挖蚯蚓草根，附近膠林中土地都被翻得鬆鬆軟軟起起伏伏的，走路稍不注意就要扭到腳。那多半是阿土家的豬，也不走遠，就在這幾片園子裡，還會斜眼看人。和那些雞一樣，都被放出來自己找吃。那些野放的母豬會引來野豬，不知道會不會引來老虎。雖然這一帶很久沒聽說有人看見老虎了，連腳印都沒有。下過雨，那些被豬翻過的地方蓄了一窪窪水，都是爛泥，要走過都不容易，很氣人。伊曾經遠遠的喊阿土把豬關起來，要不就便宜賣給殺豬佬，不要放出來作亂，還偷吃掉伊撿了要帶回去給兒子吃的幾粒榴槤，推倒伊的腳踏車，偷喝膠杯裡的膠汁（不怕腸堵死？）。

兩個孩子都死了，長子死得那麼慘，上半身都煮熟了。那麼一鍋豬食，要煮上好幾個小時，一直到半夜。一整晚要起來攪拌好多回。那裝得下一個小孩的大鑊頭，擱在墊高的石頭灶上，灶砌高是為了讓粗大的樹幹都可以塞進去，粗大才耐燒，不必一直去增添柴火。但那灶和鍋對一個七歲的孩子來說太高了，木板拼成的鍋蓋太重也太燙，木杓子也是。但也許是墊腳石沒放好，滑開了。是乖孩子才會想幫爸媽的忙，那天他父母都累得睡著了起不來，他擔心豬食燒焦了，想代父母去攪拌。但他不知道的是，鍋蓋打開的瞬間，那股衝出來的熱氣很猛烈，頭得讓開。一嗆，就栽進去了，發現時兩隻腳掛在鍋外，撈起來時，煮得最熟的頭，皮和頭髮一碰就掉了，手指也爛熟見骨。

那之後，阿土嫂就倒了。事發後，說不定也被阿土狠揍了一頓，那陣子有人看到她鼻青臉腫的，但阿土是疼老婆出了名的。聽說每天都哭一整天還不夠，半夜也哭。逢人就哭，一遍遍仔仔細細重複的講都是她這做媽的錯，那陣子誰都怕遇見她，像個瘋女人，講個不停。阿根嫂就聽了好多遍。不止沒法工作，不久竟還讓那一向由哥哥照顧的兩歲的小女兒發燒病死了。之後，她似乎啞了。不說話。只是哭，哭聲像鬼叫，傀儡木偶似的亂搖頭。不知是誰，把家裡供奉的木頭觀音也丟到林中了。那些天，遠遠的都可以聽到阿土的怒吼──莫擱哭了，像甚麼發狂的野獸。但也曾看到他在晾衣服，老婆的奶罩、內褲、上衣、長褲，他自己的。會為妻子晾內衣褲的男人應該不會壞到哪裡去吧。

雨轟在屋頂上，很快連說話的聲音都聽不到了。阿土的神情有一種說不出的悲慘，眼眶深陷，眼珠像躲藏在木頭面具後方。也許因為屋子裡昏暗的關係。除了屋頂及牆上漏洞的透光，只有他的菸絲一呼一吸之間閃爍著紅光，與及遠遠的灶頭的柴火，油珍切掉頂面加個把手改成的粗鍋，燒著水，和那一大包山豬骨。有點涼，伊感到皮表一整片的起著雞皮疙瘩了。

看這天阿土就不像有去割膠的樣子。不過伊觀察過，他園裡好多樹，看來很久沒受刀了，皮都結了厚厚的疤。屋子也好像許久沒打掃了，到處都是蛛網。從伊進來到坐下喝咖啡，就看他一路揮手不知毀掉多少蜘蛛巢穴。

伊心中閃過一個念頭——阿土不會在等伊到訪，像蜘蛛在等待獵物？但門可是牢牢拴著的，開門時清楚聽到門栓從裡頭抽出來，碰撞門板。

阿土應該是用更緩慢的節奏在過日子吧。沒有家人，甚麼都不必急了。

雨一大，天就暗下來了，竟像入夜，不是才九點多嗎？伊微微的不安，時間好像快速倒退流回去了。但眼看一時三刻都走不掉，伊突然鼓起勇氣站起來，朝著阿土朝向伊的那隻耳朵，用近乎是吼的，以確保阿土聽得到，說：「雨大，反正沒事，點個燈，讓我幫你把屋裡打掃打掃吧。」

阿土真的把燈點起來，廚房點一盞，廳裡點一盞，都是保衛爾玻璃空瓶改造的油燈——不過是蓋子鑽個孔，加個棉布燈芯，瓶裡裝上煤油——燈光昏黃。阿土見狀也幫著收拾，拿起斜靠在牆邊的竹帚，清掃牆上的蜘蛛網。鐵皮屋頂如遭重擊，那是持續灌注的龐沛的雨；經由牆的縫隙，阿土可以看到外頭的雨，好像有一條河就在牆外。牆邊時而有水滴彈跳進來，有的還會彈到臉上，一點點沁涼。屋裡鍋盆裡的水水珠四濺了，阿土把它逐一往屋外使勁潑。

水滾了，一陣陣骨頭湯的香味。他把灶裡的柴退出來了。

打開米缸，掏出幾粒爛熟的人參果，放飯桌上。一包豆皮長滿了綠黴，伊向阿土要了個大桶。一包綠豆長滿了蟲。馬鈴薯番薯都長芽。馬鈴薯的芽已萎凋，薯也乾扁如落葉，但番薯的藤次第長了紅梗綠葉，甚至早就穿過牆洞，爬到外頭去淋雨了，養分被吸乾的薯像個皺縮的果殼，剩在米缸旁。最底層的牆板，多處黴爛或長出小小的蕈，呈不規則波浪起伏。有爬藤的芽伸進來窺探，牽牛，蔓澤蘭，野葛——有的發現裡面一片黑暗，即轉頭從左近的孔洞鑽了出去。但有的迷途了，就在那兒白化、徒長、萎凋。

伊動作俐落的撿起散落的事物，拔掉簷下草伸進來的根，扯斷那些沒頭沒腦的爬藤。擦桌子、抹椅子、掃地，從櫥櫃下竟掃出一堆落葉（老鼠窩！），層積厚的沙土，伊費了點力氣才把沙土掃進畚斗裡。阿土接過，把它分幾次輕輕揚進門外雨中。看到伊背上漸漸濕了一片，滲出了汗水；臉紅紅的，白皙的脖子也微紅，發著熱氣；有幾道汗水，從眼角那兒流下。伊抬手以袖子輕輕擦一擦，繼續幫他撿起隨處丟的髒衣服，甚至可以隱約聞到伊身上的氣味，那既陌生又熟悉的味道，來自女人鮮活的肉身。阿土想起年紀輕輕就死去的妻子，他依然深深的眷戀的妻子溫暖的肉身，那胸乳，那些兩人在一起的美好時光。囝仔。心突然像被一隻大手猛力捏了一下，幾乎無法站直，背倚著牆，深呼吸。胯下兩顆蛋也隱隱生疼。

這自己跑來的好心腸的年輕女人，脹鼓抖動的胸乳，結實的屁股，看來是很能生小孩的。這麼大的雨，大聲叫喊也沒人聽見的。

女人沒有發現，兀自像是這個家的主婦那樣，從客廳掃到房間，一直聽到掃把和這裡那裡甚麼東西碰撞的聲音，有時低（大概伸進床底下去了）有時高（大概掃著牆上的蛛網）。阿土聽到女人大聲喊他，聲音來自房間那裡。他心裡的那面鼓被重重敲了一下。

阿土醒來時女人已經走了，他也不知道伊是何時走的。她留下的腳印大部分水漬已乾，留下從雨裡帶來的小撮小撮沙子。後門開著，舉目就看到雨瀑。

他坐在門檻上，大口喫著阿根嫂帶來的豆沙餅，已經吃掉一封了，而今拆第二封。咬時任由餅屑掉落腳旁，喝著冷掉的咖啡，悠哉的望著林中狂瀉的雨。

他大聲喊著愛犬的名字——東姑、拿督翁、敦拉薩……桶裡的豬骨頭一根根掏起，往樹頭處拋，幾隻狗均垂首、垂著尾巴，冒著大雨叼走，各自縮到屋簷下去，甩掉身上的雨水，埋頭啃食。

幾隻雞縮著脖子在傾圮的寮子下發呆。稍遠處，一群豬窩在香蕉樹頭啃食香蕉莖，領頭的豬公時時把目光投過來，可能也聞到了豬骨的香味。

大雨依然狂暴，沒有停歇的意思，也許曾短暫的停過，伊就是趁那空檔離去的，但也許就冒著雨。斗笠沒少，兩個舊斗笠黯淡的掛在釘子上。*伊會回來的。*他微笑著，瞇著眼望著雨瀑。雨來土軟，樹林裡的腳印都蓄滿了水。如果靠近了仔細看，還是可以看出軟土上深深的腳印的。大雨流潦把沙都帶到土地上來了。剛剛沒甚麼掙扎，幾乎可以說是順從的，所以衣褲都沒扯破。而且反應很熱烈，仗著雨勢，叫得很大聲，最後還緊緊抱著他。看伊的反應，說不定正值女人每個月最容易懷孕的那幾天，真是塊好土。阿土發覺自己的身體完全不受控制的強烈抽搐，眼前一黑，以為真的要死在伊的肚皮上了。昏昏夢夢間，似乎可以看見自己發光的種子，像千軍萬馬那樣朝伊身體裡頭最深處那顆太陽奔去。自己灑下的種子會很快發芽的吧。很久沒那麼痛快了，一結束，他就喘著喘著不知不覺就睡著了。其後夢到在樹林裡提著弓箭飛快的追著一大群有著黃金尾巴的野公雞，一口氣射下七八隻，妻子在樹下微笑，兒女拍手叫好。

野雞湯是最好喝了。還夢到三隻螢火蟲在戶外的曇花下，但曇花早已不開。把他們三個都生回來吧，連同可憐的妻。他覺得如今自己還坐在夢的尾巴上，風吹來，四腳內褲內的卵孵微涼。

一隻溫暖的手抹去他額上、頸脖的汗水，也不知是否是夢。

女人離去時還沒忘了給他蓋上被呢。

醒來時，發現床腳塌了，大概是被白蟻蛀得脆弱了。但他竟記不得是哪時塌的，多半是他像頭野牛一般衝撞時崩的吧。

這種天氣跑來割膠？又不是生手，抬頭一望就知道了。就算天還沒亮，風的溫度也不一樣，比平常冷，怎麼會不知道？阿丁也真會挑時機。

遠遠望去，阿根嫂的園裡那一棵棵被割過的樹，被雨一淋，膠汁就不再沿軌跡走，而是沿樹皮上的雨跡滲開成一大片，白慘慘的，真的像在哭泣。看來伊真的割了有幾十棵甚至上百棵，真是個勤快的傻查某。有個現成的女兒好，比現成的兒子好多了。看來蠻乖的，以前看到他都會怯生生的叫「阿叔」的。

伊在房裡喊他，原來是發現床靠著的裡牆有多片木板不知何時被白蟻蛀空了，沙土傾瀉而下。伊像個妻子那樣責備他——怎麼可以放任自己的家被白蟻吃成那樣？再下去不是連人都要讓螞蟻吃掉？那一身汗紅著臉喘著氣罵人的樣子，讓阿土再也忍受不住，卵疼。雨又那麼大。

伊會再來的。

看來整間屋要清查一遍，所有被白蟻蛀掉的都要趕快換掉。廚房屋頂要趕快補一補，那些笨雞笨豬要圈回來養肥了賣掉，豬灶要重新設計。

但也許，有時候可以到伊那兒睡。

廚房鍋碗瓢盆裡的水都滿溢了，逐一倒掉，掃一掃地板上的積水。被雨水撐大的洞，撿些木片鐵片塑膠片從裡側權且塞住。

之後他打傘去把那一身沙土的觀音刷洗乾淨，擦乾；大伯公的神位擺正，掃除蛛網和灰塵，妻的遺照也抹乾淨了，在她臉上輕輕親了一下，在她面前的香爐裡插了兩炷香。那被堆在門口的酒瓶，瓶口向下，整齊的沿著外牆邊排列。

真要感謝阿丁，阿土內心自言自語。只有阿丁會盡心盡力幫他想，一心想要讓他重新站起來。為此，不惜發揮獵人的本領，埋伏多時，在阿根喝了酒摸完麻將到林邊小便時，幾刀就收拾了他，警方多半會認為是山老鼠幹的吧。那之前，阿土只不過曾經酒後在阿丁面前說，羨慕那沒路用愛講大話的阿根竟然娶到這麼好的女人。那時阿土的妻子已經死了三個月了，阿土仍像印度人那樣，每天喝椰花酒喝到爛醉。那陣子常夢見自己死了腐爛在沼澤裡，烏溜溜的土虱擺動著尾巴，從他屁眼鑽進去，再從嘴巴鑽出來。而妻子插了一頭花，熱熱鬧鬧的帶著兒女改嫁給了多毛的馬來人。

阿土突站起來，伸長雙手就著簷瀑搓洗。然後甩甩手，在褲子上擦一擦，右手即從褲襠掏出軟垂的陰莖，一泡熱騰騰濁黃的尿冒著煙穿過簷簾射向大雨中。

二〇一五年一月二十一日埔里

另一邊

《雨》作品七號

辛幾度醒來，隔著薄薄的牆，清楚聽到父母和那兩個人說話的聲音。聲音有時高，有時低。來客說話的腔調讓他覺得陌生，父母的也是。他原本好奇的在客廳陪伴，但聽了一會，很快就覺得乏味了，而頻頻打哈欠。母親剛好掀開門簾，就悄聲叫他去陪妹妹。雖然客人表示希望他留下來，「應該提早接受革命教育」，復學也好幾個月了。但母親非常堅持孩子必須早睡，換她陪父親陪客。

辛知道她怕父親一個人應付不來，就算是陪著壯膽也好，有客人來總是如此的。

客人一進門妹妹就嚷著要睡覺了，母親只好抱她到房裡去，陪她睡了一會。

大概沒想到睡了一輪了客人還在。

自辛有記憶以來，這樣的事發生了不止一次了。晚飯後，夜來，倘不是為了煮豬食，一家人早早就入睡了。附近沒有人住，因此他們家的燈火，幾乎就是夜裡附近唯一的燈火，有心人就會朝著它走來，像飛蛾朝著火。即便全家入睡了，還會留一盞微弱的燈，以免晚上尿急起來撞到桌椅，或聽到甚麼風吹草動時，驚慌失措。手電筒當然是備在床頭的。父母都淺眠，有甚麼風吹草動，就起身了。

經常，樹林裡出現燈火，不知是甚麼人的手電，也許是獵人，或不知是甚麼目的甚麼人。好幾回，那燈火直登登的朝家裡來。不管狗怎麼吠，父親的手電照出他的身影，還是笑嘻嘻的走進家門來。有一個是獵人，揹了幾隻鼠鹿山雞，來討一口飯吃一口水喝，堅持要留下一隻山雞，但那回父親婉拒了，說我們快睡了不想費事處理；有一回是個「痟郎」（父親的用語），穿著一身五彩的破爛道袍，還戴了個鳥頭狀的灰色布帽子，說是看到一道金光降落在這裡，恐是天界有異物下凡，遊說父親在這裡蓋一座小廟。父母費盡口舌把他推出門勸走——事後母親抱怨說，一身臭豬哥味，不知道多久沒換了那身戲服——但那人堅持留下一個盆子樣飯碗大、烏溜溜的東西給辛，說叫做「啵」（缽），說可以收妖伏魔。身影沒入夜裡時還喊說，收好不要打破了哦，說不定哪天用得著哦。

有一回，竟是個身上很臭的「死郎」，一來就開口要借錢，要不就賴著不走，最後是父母雙雙持巴冷刀、鼓動三隻狗作勢要咬，才把他趕走的。那人走後，那張他坐過的木頭椅子還臭了好幾天，用刀剮掉黃黃的部分，又用肥皂椰刷刷洗過後，每天在大太陽下曬了好幾個小時，才慢慢把那臭味殺掉。母親碎唸說，臭得真像死人！

有一回有個「痟鬼」帶著刀，問明來意後，竟在門外與父親相互砍殺起來，還好有狗幫著從後頭咬那人的腳踝，母親幫著朝他的頭丟擲水桶石塊，讓那人一路退著去撞樹，父親沒把他砍死，只把一身是血的趕到小路的盡頭，看著那人消失在黑夜中，狗吠聲漸漸小了——聽聲音，狗獨自驅趕了頗長的一段路。那回，父親身上多處受了傷，還好都只是割傷，不是刺傷，母親說。她在燈下仔細幫他止血、消毒，塗了紅藥水。那晚睡夢中，依稀聽到母親悄聲問父親：你怎麼會舞刀？她說她看得出父親有留手，沒想要傷人，只想把那人趕走，不然可能早就把他砍死在樹下了。父親說倒被妳看穿了。少年時也習過幾年防身武技的。他說。

父親也許有祕密。所有的父親都有祕密。也許。此後母親就一直擔心有人來找麻煩，如果同時來個七八個——甚至是三五個——持刀的男人，全家被殺光也不奇怪。母親因此老是嚷著是不是要搬到鎮上去，另外找一份工，或者清晨再騎腳踏車到林中工作，「很多人都是那樣的。」

日本人來的那幾年，夜裡倒是沒人來。樹林裡是純粹的黑，只偶爾飄過大團大團的鬼火，大雨來前，悶悶的暗夜。日本鬼晚上不敢來的，怕被三粒星暗殺，母親說。他們都是白天來，一來就是一個小隊，吉普車都輾出條路來了。來了就到處搜看有沒有躲著他們要找的人，但也沒找麻煩，抓走雞鴨鵝豬，留下一疊香蕉票，說可以去換些米和飼料。有時乾脆送了飼料和小雞小豬來，要他們養大了好賣給他們。日本人撤走後，整珍的香蕉票成了廢紙，父親點了把火把它燒了。

但這回又不一樣，辛看得出父母都有點緊張，雖然來的兩個年輕人都穿得整整齊齊，長得斯文，像是讀書人，也不知道黑色公事包裡是不是帶了槍。狗吠幾度被制止，後來就沒再吠了。話從很遠的地方談過來。

我知道你們日本時代是幫著日本人的。日本人要甚麼我們敢不給嗎？要我們養雞就養雞、養豬就養豬，那些反抗的全家都被殺了。那些年大多數唐人都是那樣過日子的呀。不然怎麼辦？

語氣不太友善。

那年辛還去日本人開的學校學了半年的日語，會說些簡單的日語會話，也看得懂簡單的日語了。

那是個格外漫長的夜。

辛一直期盼那兩人快離去，好讓父母回來睡覺，夜漸涼了。但燈一直亮著，說話的聲音一直延續著。交互往返。

我們抗日軍可是辛苦的在抵抗、暗殺日本鬼啊。可是有抗日軍的地方聽說都被滅村了，德茂園大屠殺。育德學校大屠殺……

有時父親的聲音也變得陌生了，在幾種不同的方言和華語之間切換。母親久久插進一個短句，那流動的話語就頓一頓。在醒睡之間，辛突然知道他們在說甚麼了。好像有甚麼大事要發生了。想起來，但身體就是醒不過來。然後話語就在夢裡混淆了。

你們要做革命的後盾。支援革命。趕走英國佬。消滅資本家。……無產階級專政。建立沒有階級的國家。

辛聽到他們談俄國十月革命。國共內戰。偉大的毛主席。不抗日、腐敗的蔣幫。日本鬼子的邪惡。越南印尼的獨立建國。……但突然——像風吹斷了高樹上的枯枝——

——**你們到南洋沒幾年，哪來一大筆錢買地？**

——我爸被土匪打死，日本人來了，我就把故鄉祖先留下的老房子賣了，下南洋。

——不是搶來的吧？有人指證你在唐山搶過他家的金條，還殺了人。

風呼呼的吹過。狗零星的吠。那薄薄的三夾板壁，表面平滑，勉強攔得住的是風。

——幫日本鬼是不對的。

——全家被殺掉才對嗎？

父親的聲音變得很衝。辛聞到煙味，還有憤怒的火味。

——日本人滾蛋了。很多幫過日本鬼的漢奸都被我們處理掉了。黨寬宏大量，給你們一次機會，我們會再來的。

應該是走了吧？

沉默。

雨驟然落下，屋頂彷彿重重一沉，地面似乎也在下沉。也許客人被雨留下來了。持續傳入耳朵的聲音刺激著夢，擾動它的聲色、它的形狀。父親的背影。一身黑色緊身衣，幪面，左顧右盼。右手提著刀，一躍，上了牆頭。蜘蛛似的身影遊走於牆垣屋瓦間，刀上隱隱有血跡。

甚至那牆也一直在變化中，有時變成由堅硬的細磚糯米石灰砌成的高牆，大戶人家深宅大院的外牆。時而成為由巨大磚石砌成的山壁般的古老巨牆。牆縫間崩裂處，雜草小樹長了出來，一叢叢的，有鳥棲息。語字如水。古老的水聲如河流，漫過牆面。好像有一些爭執。叫罵。牆在震動。也許打起來了。

孫悟空捻起拳頭，來到洞口罵道：「臭怪物，快出來，跟恁祖公分一個高下。」那小妖又跑去飛報。魔王怒道：「這賊猴唔知又請了啥幫手來撒野。」小妖道，只牠一隻翹著尾巴。魔王道：「牠的棒子早被我收了，怎麼還獨自來，想找我相咬？」隨帶了寶貝，提了槍，叫小妖搬開石頭，跳出門來，罵道：「你那三個和尚已被我洗淨了，不久便要宰殺。你還不識趣，滾蛋了吧。」

睡夢中辛的手伸到床底下，摸到一個冷冷硬硬的東西，拉出來，往空中一拋，一陣繁複的碰撞之聲，也許上了屋梁。牆面靜下來了。但父母一直沒有回到房間來。

他感覺自己曾經繞到客廳，只是不知怎的，都不見人影。腳下一滑，差點摔倒。一灘水。辛心一涼。蹲下仔細看，還好是水，不是黏答答的血。空蕩蕩的廳，小小的油燈油已燒盡，將熄的火直接在吞噬瓶肚裡的燈芯，那棉布做的燈芯發出一股絕望的燒焦味。門大開，許許多多小水花濺了進來。為什麼沒把門關上呢？他心裡嘀咕。地板都濕了。那雨大得稠密得像堵水牆，逼人的寒意滲了進來。也許是走得太匆忙了。是被押走的嗎？還是，只是出去一下，很快就會回來？如果是那樣，至少也會把門關上啊。

看來狗也不在。

掩上門，回到房裡，妹妹竟也不見了。一驚。也許是夢。一覺醒來就好了。於是回到床上，躺在原來的位置上，鑽進被窩裡，好像蝸牛回到殼裡。

一層層的雨聲像一層層落葉，包覆著甫出土的蕈菇。

身旁有人翻了個身，辛聞到一股花香，不是妹妹，而是個身體比他長得多的大女孩。黴灰的木板，畫著攤開的女體呈W字形。簷旁的老楊桃樹，垂下纍纍青色果實，每一顆都有蜂螫的黑點，傷口處開始變成橘色。爛熟的楊桃散落一地，醬色，有股酸爛的蜜餞味。但那屋子似已變得空蕩蕩的了，處處是白蟻。隨處是垃圾，整疊的廢紙，成堆的舊衣服，被單、枕頭。一隻橘貓和六隻小貓在那裡做窩、戲耍。

身旁那人翻過身來。辛感受到她手臂的灼熱。是妹妹，「哥。」她醒過來了，微亮的燈光裡，看得到她一臉的驚恐。然後辛看到水的反光，掀開蚊帳，蚊帳也沉沉的，下襬已沾濕了。果然，房間裡地板上一片粼粼水光。辛抱起她，她張開雙臂、幼猴般緊緊的摟著哥哥，「阿爸、阿母？」鞋子被水帶到牆邊了，水已及膝，水冰涼。他腳步帶著水，拖著腳，摸索著走到書桌旁，摸到手電筒。再抱著妹妹走到漆黑一片的客廳。地板都是水，水浸過了椅腳，大門兀自開著。手電照向門外，密密實實的雨柱在燈光裡白晃晃的，就是一匹流水的風貌了。「阿爸、阿母咧？」妹妹在哭泣，活到五歲了，還未曾遇上這種事。辛輕拍她的背。「免驚，有阿兄。」水真的淹上來了。辛自己心裡也驚惶，和夢中所見一樣，父母果然不知道哪裡去了，也許是被那兩個人帶走了。

他突然想到甚麼，即回到房間，拉開窗栓，推開窗。果然，那魚形舟還在，被水托得一盪一盪的。辛把哭泣中的妹妹放在桌上，她不肯放開手，只得安撫她，非常嚴肅的看著她雙眼說：「得把船卸下來，水再升上來，我們只好坐上船，不然會被淹死的。」辛咬著手電，先卸下槳，長長的沉重的槳，先擱在妹妹身旁的桌上。再卸下船，把它掀過來，但仍把它繫在屋簷下。外頭雨還是很大，水珠一直飛濺進來。倘若讓它到雨中，很快就會盛得半滿了。不得已時——至少當水浸到窗沿，再大的雨也要冒雨離去。兩人都要披上雨衣，帶個水桶，一個划槳，一個拚命舀水。但那個時刻很快就到了，水淹過了床，桌子漂起來了，舟子也漂起來了。辛為妹妹和自己都套上雨衣，匆促之間撿到個隨水漂來的椰殼，從床底漂出來的膠鞋也被撿起來，放進舟裡。

當辛終於解開繩索，舟子漂向雨中黑魆魆的水，大顆的雨滴滴滴答答的打在雨衣上、臉上、手上，發出很大的聲音。妹妹驚恐的縮成一團，顫抖的拿起椰殼，舀著船板上快速積聚起來的水。

船遠離小屋了，那裡漆黑一片。辛根本沒划過船，也不知道要去哪裡。槳划了幾下，船幾乎只在原地打轉，但水有它自己的流向，雖然很慢，船還是漸漸被帶向某個地方。於是他放下槳，隨水漂流。但它一路磕磕絆絆的，要不是撞到這棵樹的枝椏，就是碰著那棵樹的幹，就得用槳撐一下，讓船離開。兩人還得隨時低下頭，閃躲下垂的枝幹。夜風甚涼，妹妹在發抖。

手電筒很快就耗盡了電力。而雨竟也停了。四野漫漫，一叢叢黑呼呼的是樹冠。有的大鳥放開嗓子大聲悲鳴。有的枝葉間有躁動，多半是有野獸藏身其間。有的動作看得出是猴子，有的是四腳蛇，有老虎也不奇怪。

這才發現滿天星斗，他們抬起頭。無窮遠處，密密點點細碎的光，無邊無際的布滿穹頂。竟然是放晴了。但似乎隔著一層無形的遮攔，那星光有一點難以言喻的朦朧。好像隔了層厚厚的玻璃。寒涼的風似乎也被擋掉了。

但水看起來是黑的，深不可測。

聞到一股淡淡的線香味。

「咦，」妹妹突然指向某個方向。那裡竟然有小小的燈火，緩慢的靠近中。也不知過了多久了，它們才到眼前。是一盞盞蓮花形的紙船，布滿水面。每一艘船上都有一小根蠟燭，在微微的風裡輕輕搖蕩。「用力咬我一下，」辛把一隻手伸給妹妹。他心想，不會是做夢吧。

「這不是夢。」妹妹握著他的手，烏溜溜的雙眼露出一種辛未曾見過的神情，「我們可能是死了。但我不怕。至少我們還在一起。一起變成魚吧。」

這時他突然看到前方光的色澤有異，似乎有點發散，蓮花紙船和蠟燭被甚麼無形的事物隔了一下，近不了身，好似被一堵透明的牆給擋著了。而周遭的世界大了起來，那不久前剛離開的房子，也轟然矗立如巨宅了。

有一團大火嗶嗶剝剝飄然而來，灼熱，水面也盡是熊熊火舌的倒影。細看，原來是一艘著火的三桅帆船，濃煙上衝，灰燼四散，沒一會就只剩骨骸，火光漸暗，倒影漸稀。而後，沉沒於漆黑的水中。

然而他伸向黑暗的手突然搆著了纜繩似的事物。

有光，刺眼的光亮，讓他一時睜不開眼來，伸手一遮。

待漸漸適應那亮光，微微張開眼，似乎是躺在張木床上，有點熱，背脊濕濕的也許流了汗，有點癢。是個被雜物塞得滿滿的房間，四腳朝天、倒放的桌子疊在另一張桌面上，更多倒放的四腳朝天的椅子，倚著牆的門扇猶掛著銅環、精細雕鏤的窗櫺，大疊斜擺的厚厚長長一片，不知是床板還是門板——都是原木的，眼睛適應了，可以看到斜光中擾動的浮塵，像淡淡的煙，上升。確乎有一股線香味，好似牆外的哪裡有香爐插著兀自燃燒的香。他突然想不起自己是誰。用力拍一拍頭，還是想不起。猛力拍時，閃過一個影像——似乎騎腳踏車摔了一跤。兩牆梁柱間赫然嵌了一艘獨木舟，兩端蛛網層層如紗，但中間下方龍骨的地方有多個土蜂窩，多不過數根指頭大小。這獨木舟，有印象。

這時注意到另一側的牆面有兩口鐘，都是有小個小孩那麼高的老鐘，滴滴答答的響，一口有指針，一口沒有；都有鐘擺，但沒在動。但那有指針的沒看指針在走動，兀自牢固的指著午夜或正午；那滴滴答答應該就是來自那沒指針的鐘。鐘旁斜靠著數個比成人大的木雕面具，諸神銅像，石像：夜梟、石獅、龜、龍——十多尊漆褪色的土地公，一座石觀音，一座漂流木觀音。觀音旁有個看起來很眼熟的東西，像碗，但平底，沉厚；色沉，光打在它的緣上。他想起來了，是那個陶缽。裡頭似乎盛了半缽水，泛漾著水光。缽口好似懸了根蜘蛛絲，亮晶晶的。

光撲進來，虛掩的門被推開。一個小女孩，甩著兩條辮子，笑吟吟的。雙手抱著一個玻璃瓶。

「阿葉！」他聽到自己喊道。

她一步步走近，把瓶子遞給他。他漸漸看清楚了，那瓶裡的東西——像畫，又像泥塑——瓶頸處有團白色像棉花的東西，它的底部泛黑，無數細小的水滴往綠色像樹冠的地方墜落。瓶底褐色拱起的，像是土丘。土丘上有數十棵瘦樹，樹間有棟鐵皮屋頂的木房子，五腳基上還有輛黑色腳踏車。細看，有細小的中年男人，坐在一把籐椅上，叼著菸斗，望向天邊，表情十分輕鬆。他身旁臥了一條黃狗，一條白狗，一條黑狗。另一邊長凳上，坐著一個婦人，和兩個孩子。兩個孩子專注的望著婦人，好似在聽比劃著手的婦人講甚麼故事。

土糜胿①

《雨》作品八號

伊還清楚記得那聲音。先是「拔塔——得、得、得」的斷裂之聲，剛把乾衣服收進籃子裡的阿土嫂，覺得突然天一光，甚麼巨大的東西嘩的打了下來，幾棵膠樹的距離外，那樹連枝帶葉倒下來了。一開始沒覺得怎樣，但瞬即覺得有甚麼不對勁——你爸呢？伊問辛，辛正在屋簷下撥開木頭找裡頭的蟻后。妹妹在廚房地板上以鞋帶逗小貓。狗吠。伊心裡十分不安，匆匆放下猶散發著陽光氣味的衣服後，快步走到那新騰出來的天光旁。倒下的枝葉像座小山，阻斷了尋常的路徑。伊只好踩著草繞過去。一繞過，就看到樹幹的斷口處壓著一個人，再熟悉不過的

①tō-bê-kuai（土糜胿），閩南語蝌蚪。此發音早已不復記憶，電視上有人詢及蝌蚪台語如何發音，屢思之而不得，查網上資料，竟有九種之多，但無一種屬之。乙未驚蟄，二姐恰自馬來訪，即問之，伊不思而答。即憶起，兒時抓魚時常誤捕蝌蚪，隨著棄之草間地上，任其自斃。土糜，爛泥；胿，肚腩亦稱胿。《Tw-Ch台文中文辭典》九種發音中第九種tō-kuí-á略近之。

身影。靠得很近才看到頭的位置到處都是血，喊他名字也沒反應。狗嗚嗚的試著咬他的腳，但也扯不動，擔心更傷，隨即被喝止。伊覺得全身的毛孔都泌出汗來，發冷。以前不覺得這樹幹有多大，但這當下，使盡力氣也移不動它分毫。

用粗樹枝作槓桿移得動它嗎？得找人幫忙。

抓起他手掌，掌心還是溫的，但脈搏很微弱。

怎麼辦？死了嗎？救得到嗎？誰去求救？

聽到女兒的哭聲。也許又該餵奶了。

不能離開。也許還……

不該讓孩子看到這悲慘的狀況。

做了決定後，伊轉身快步踅到屋旁，命令辛趕快騎腳踏車到最近的一戶人家——半哩外小山頭上的阿猴一家——求助，就說爸爸砍樹被樹壓著起不來，需要電鋸、救護車；辛丟下蟻窩想去看，卻被伊拉著，硬推著他到腳踏車旁。那兩輛腳踏車對辛來說都太大了，騎不上去，得從腳踏車桿下方彎著身子跨過去，手提得比頭高，看起來有點彆扭。但辛騎過。

伊輕拍吮吸著奶的女兒的屁股，期盼她喝飽即睡去。淚滾滾流著下，目送兒子以怪異的姿勢騎著比他大上許多的腳踏車遠去，轉彎時摔了一跤，爬起來，回望伊，好像期望沒人看見似的。拍拍屁股，扶起腳踏車，繼續他的旅程，使盡全身力氣往下踩，一下又一下，艱難的緩緩上坡。

少了一個說話的人，家裡冷清多了。

該恨那棵樹嗎？

葬禮結束了，七七也過了，一個人只留下一張遺照。這下日子該怎麼過？那麼多工作，一個人哪做得來？難免抱怨阿土笨，勸過他多少次了，就是講不聽。

辛變得不愛說話，常到那樹頭墳頭徘徊。也許因為大量的血滲進土裡，被遍布的根吸收了，斷樹頭很快重新抽長出嫩芽，辛恨恨的把它拔掉。但阿土鋸下的只是其中一根樹幹，竟有成人腰身粗。那棵怪樹，說是一棵其實像是一叢，五六根粗細差不多的樹幹，但卻共有一個樹頭——那樹頭更像是基座，樹幹間的空隙甚至還容得下一個孩子，辛有時會把自己藏在那裡頭，聽聽風聲雨聲。雖然父親一再警告他，那樹說不定會吃人——這種樹容易藏蛇，藏蠍子，咬人螞蟻，蜈蚣，讓人全身癢的毛蟲。阿土在那中空處發現疑似燒灼過的焦黑，甚至有生鏽的鐵器嵌在內裡，似乎是刀斧斷在那裡，被它緊緊咬住。也許它曾是棵巨樹，被放倒後樹頭經火燒，但未曾死滅，叢生的新芽重新長成巨大的樹幹。但也有認識的人警告說，看它長成那怪樣子，樹頭旁有殘石，香腳，有人推斷，說不定是砍大芭時留下來的拿督公樹，曾經庇佑那些開芭的人，有看不見的東西寄居，不好去鋸它。阿土就是鐵齒。他老覺得那棵樹枝葉太繁茂，雖然剛好位在兩塊園的邊界上，但它的樹蔭把附近十多棵紅毛丹榴槤山竹橡膠樹都遮得長不好。看它那枝葉茂盛的樣子，好像自有這土地以來它就在那裡了，它俯視。阿土就是看它不順眼。

連說夢話都會從齒縫間迸出「斬呼伊倒！」經常提著那把鋸面三角形的紅柄鋸，在樹頭揣摩。

那天伊哄睡了女兒，又獨自到阿土的躺臥處，狗趴伏在兩側，他身上已有四五種螞蟻爬得密密麻麻的在咬嚙，紅頭蒼蠅在附近飛。阿土的手已變涼了。

不知何時聽到狗吠，車聲，有人叫喚，怕女兒被吵醒會怕，趕緊往屋裡去，抱起女兒。小貨車後頭載著辛和幾個男人，一直駛到倒樹現場。有長者分析，樹倒時阿土沒站對位置，也沒注意到高處有粗藤纏樹，樹一斷就甩過來正面打中他的臉，撞擊力那麼大，馬上就暈了——說不定……然後是電鋸急躁的奔馳聲，三兩下即把斷樹最重的後段卸掉，樹幹切成幾段，很快阿土就被移出來了，血深深的滲入土裡。但見他一臉是血，手腳冰冷，心跳呼息似有若無，等不及救護車來，即被七手八腳扛上草草鋪了瓦楞紙的車後座。他們吩咐伊收拾些衣物帶著孩子上車，車子掉頭，輾過樹根，一陣陣激烈跳動，阿土也被震盪得屢屢彈起，更多血滲出，但未曾睜開眼。車子開得凶猛，轉彎、上坡、下坡，車後座的人都難以平衡，屁股常被震離坐處，兩個孩子臉色發白，阿土的血不知道一直從哪裡滲出來。

到醫院，印度醫生摸一摸、看了看，「傷口很深。這人早就死了。」他說，建議直接送去殯儀館。阿土整個頭被從臉部打裂了。

會館宗親長輩和阿土的幾個朋友建議由他們出面，湊點錢買塊墳地把他埋了，但阿土嫂突斷然表示拒絕——一意孤行的，堅決載回埋在自家的園裡。幾個有力氣的男人幫手挖了個深坑，就在大樹頭的一側。棺材也省下，幾個略懂木作的男人七手八腳的拼了個箱子，為此而拆掉屋裡兩面隔間牆，屍體放進去後夜深起霧了。屍體被打爛了，不耐放，白日天熱，蒼蠅都來了。一切從簡，道士的打齋也極簡，只鏘了一夜。時辰看對了，天一亮，卯時剛過完，辰時一開始，就下葬，埋土，連阿土受傷時血浸濕的土，也挖來填入。午時前，薄薄的水泥饅頭也都砌起來了。燒了冥紙，點了香。

其後百日，道士吩咐辛，吃飯時都要給父親盛一碗，像他還活著那樣。不到兩天，阿土嫂就受不了。好好的飯菜給狗和螞蟻吃？改盛放一小碗米，也不必依餐換了。

辛幾乎就不說話了。

家裡那口老爺鐘，阿土不知從哪個垃圾堆撿回來，仔細修好的，也停止了擺動。阿土嫂不會修，就任它停在那個既是傍晚又是清晨的下午三時又五個字。要看時間，就看日影。阿葉也突然不吃伊的奶了，只好喝紅字牛奶。她還小，應該是甚麼都不懂的。是不是味道變得不好了——伊曾拜託辛啜一口看看，但他搖搖頭就是不肯。伊擠在湯匙裡自己嚐嚐，還是原來的味道啊，淡淡的，有一點點甜。沒人喫就脹疼了。脹得難受，辛也不肯幫忙把它吸掉，睡覺時只好把奶罩取下。就那樣掛著兩粒沉甸甸的奶忙粗活，疼了許多天。有一夜雞鳴時醒來，赫然發現脹痛消失了，上衣的幾個釦子還打開，感覺是被貪婪的嘴吸乾了，感覺乳頭有口水漬。那張嘴離開了，而且是在伊醒來的那一瞬間。伊睨一睨兩個孩子，都在呼呼熟睡，看樣子是一直在熟睡中。仔細看，嘴旁也沒奶漬；聞一聞，也沒奶味。難不成是——阿土那死鬼？但那怎麼可能？正待探身朝床腳望，卻想起，為了怕嚇著孩子，前日終於下定決心在那樹頭旁挖了個洞，把骨灰罈埋了。辛幫忙挖土，伊警告辛，別再到這裡玩了。埋了後搬了塊石頭壓在上頭，就當那是棵拿督公樹好了，以後初一十五就一起上香。那土裡有好多好多阿土的血，幾場雨之後，如果沒被螞蟻吃光，也被大地吸吮殆盡了。

以為是天亮了，板縫也透進淡淡的光。但伊知道天還沒亮，那是公雉鳴月，遼遠清亮，但沒有家雞渾厚。一定是月將圓了。伊小心拉開被，避免吵醒小孩，下床後把被輕輕蓋回去。撥開蚊帳，見夜涼，即拎了件外套披上，小心翼翼的推開窗，只見外頭是月光朗朗，樹葉明暗對比強烈。一行行一列列樹的影子，被拉得長長的，把地表分割成欄杆的樣態。遠處，那棵樹那裡，被放掉而騰出的一角特別的亮，好像個透明的杯子盛滿了月光。

許久以來，在月將圓或將缺的夜晚，阿土就常悄悄起床遠遠的凝望那棵樹，看了許久；低聲喃喃抱怨說夜裡看起來好像膨脹得更大，好像整座林子都要被它覆蓋了，有時甚至會夢遊似的走到那樹下，仰頭好似和它說話。感覺他整個人都被它吸引住了。他還說曾經夢到它覆蓋了整個膠林，走根冒出芽，長成小樹；懸莖著地發根成新樹，絞殺了所有的膠樹，把它們統統吸乾了，剩下硬殼狀的皮、片狀多稜的木心，其餘的都化為塵土。但它又不是榕樹，其實沒有懸莖，沒有走根，安安分分的做它自己而已。伊甚至因此常嗆他：莫亂做夢。

但阿土就是看它不順眼，偏執的說要除掉它，有事沒事就在它的濃蔭裡徘徊打量。

但有時又自語的說，如果我比它先死，就把我埋在樹下吧，那裡陰涼。因此伊也不明白他到底在想甚麼。

輕風中，樹葉抖動，整座樹林好似細細的訴說著甚麼。就在這時，伊心一顫，突然瞥見那樹下似乎有人影。熟悉的身影。就在這時驚醒過來。

乳房的鼓脹感確實消退了，上衣鈕釦被打開，乳頭確有被狠狠吸吮過的感覺，好像留下了激情的唇印。更尷尬的是，胯間一大片滑溜溜潮濕。雞啼了，又該起床準備割膠，但看那林子一片漆黑，一個人還是會怕，只好嘆口氣，又躺回床上。辛已不在身邊。阿土死後就一直是這樣。但這一天，感覺天悶悶的，有點涼，雞叫得心不在焉，好似下過雨了。遠方隱隱有雷聲。莫不是又要下雨了？倚著孩子，奶又微微脹痛，不知不覺又睡著了。醒來時天已亮，還覺得四肢痠疼，好像做了一趟辛苦工，或與阿土久久一回的盡情繾綣——但那都得趁大雨之夜，第二天不必趕早起來割膠。

女兒在嘰嘰呱呱手舞足蹈的說著沒人懂的話，有時辛都自己起來到外面去自己找東西玩了。但乖巧的他，在父親故後，多半是到廚房生火，盛一壺水，在灶旁靜靜的看著火。但那天並沒有。

伊疲憊的起床後，很驚訝辛並沒在廚房燒火，驚慌得心都快掉了，但找遍屋內，也不見人影。但一開門，就發現外頭下著大雨，辛在屋簷下依偎著狗發抖，身上差不多濕透了。給他身體擦乾，換了乾衣服，讓他躺到床上蓋上被子休息。但那天剩下來的時間，他都發著燒，昏睡在床上，就那樣胡亂說著夢話躺了好幾天，有時喊著「快逃」，或大聲呼喝，經常手揮腳踢的，好像陷進了千軍萬馬裡。阿土嫂求神拜佛，祈求死去的阿土庇佑。辛退燒醒過來後，呆呆悶悶好多天不說話，母親一度以為他已燒壞了腦。病好後，和以前一樣乖巧聽話，會揹著妹妹去看公雞看松鼠，蝴蝶蜜蜂，只是行動似乎變得比以前慢些，腳跨出去有時會停頓在空中，好像腳自己也要想一下。還是喜歡蹲在樹蔭下看螞蟻從窩裡進進出出，抓青蟲從高處投下，給牠們加菜。但手經常停在高處，好像手指也在思考它和蟲的關係。

父親故後不久，辛也暫時輟學在家照顧妹妹。偶然發現包裹在帆布裡的魚形舟爬滿了白蟻。他把帆布拉開，輕聲模仿那平日和他交情不錯的母雞叫喚小雞的咯咯聲。好一會，母雞領著十幾隻小雞，蓬鼓著羽毛到他跟前，循著他的指示，一邊發出緊張急促的叫聲，一邊飛快的啄食，還伸出爪掏耙，把爬滿白蟻的朽木給抓下來，讓小雞分食，厚厚的床板裡都被白蟻蛀空了。好一會，那船就只剩下看來非常硬的骨骸，只有榫的部分依然堅實，牢牢的咬著船骸。辛覺得難以理解，父親在時不是堅硬得像鐵似的，怎一下子就脆成那樣？

那骨骸還是很重，他幾乎移不動。只好勉力把它沿著簷下水門汀拖拉。一拉開，只見牆板最底層有白蟻蛀上來了。他只好仔細的把它剷除，丟給小雞；再一隻隻捉走——一隻都不放過。其實他很想點根蠟燭，把入侵者一一燒死，像父親通常那樣。火柴盒在褲袋裡，隨身帶著根紅燭，過期的日曆也撕下了捲好。

那時母親忙伊的工作去了，妹妹坐在地上玩剛掉下來大而紅的落葉，咿咿呀呀的含笑學語，兩隻手各抓了滿把胡亂揮動，葉子都滿到掌外了。尿時換件乾淨褲子，尿濕的褲子拿去臉盆裡泡水；哭餓時泡個紅字牛奶，別泡太甜，要兌半瓶冷水，給妹妹喝時自己先嚐一口。哭時臉憋紅可能是要大便了，把丹斯里叫來，讓牠吃，吃完順便把屁股舔乾淨。別讓她亂撿地上的東西吃。有時可以塞一片蘇打餅給她；小心有沒有蚊子叮她，如果蚊子已飛走，蚊子包用口水擦一擦就好。如果包很多，可以用舔的——舔時，妹妹呵呵的笑得特別大聲——母親這些吩咐他都記得了。還有不要玩火。屋子燒掉就沒地方住了。但他後來還是到樹下燒了幾片葉子，煙如果大了，母親可是會聞到的。伊一再警告，芭裡著火也是很麻煩的。樹燒死了，就更慘了。但辛喜歡火的味道。

妹妹不耐煩時辛會揹著她，繞著屋子小步快跑。與他感情最好的丹斯里，也會搖著尾巴輕吠著，跟著跑。

遠遠的看到母親孤單的身影。母親也看得到他們細小的身影。但如果伊割到土坡的那一頭，就互相都看不到了。還好再一會，伊會再度出現。但一個人割確實慢了許多，日影很短了還沒割完，也只好回來喝一口水，看看孩子，再去收膠。囑咐辛洗米生火煮飯，抱過女兒撿查下屁股，如果紅了就用冷水洗一洗。欲掏奶給她吸，但阿葉總是搖頭推開伊，伊有時惱怒了，給她屁股熱辣辣一掌。阿葉哭一哭，就找哥哥抱，或找貓玩。伊立即起身到園裡，繼續接下的工作。

豬還沒大，但顧不來了，便宜賣了給也是養豬的阿猴；拜託他們買肉時順便多帶一條五花肉。除了飯，辛也會煮幾樣簡單的菜了，煎荷包蛋、菜脯蛋；魚，炒番薯葉。但伊要出趟門就不容易了，得先騎腳踏車把他兄妹倆送去借放在阿猴家，父親的腳踏車太大輛，怕摔，不讓他騎。如果載膠屎或膠片，他就得走路。抵達阿猴家後，伊再獨自上街，他得照顧妹妹一直到母親買好必需品回來。但那時車後座塞滿了東西，母親載著妹妹（她斜坐在腳踏車橫桿上）先走，他小跑著跟在後頭。上坡還好，母親也幾乎踩不動，得下車推；下坡就跟不上了。

倒是夜裡會強烈感受到母親的恐懼。

夜裡辛常被伊的驚醒給吵醒。因此床邊放了根結實的木棍，從床上一伸手就搆得著的。是那被放倒的樹的其中一截分枝，很沉的一段，他想，如果有人膽敢闖入，立即給他當頭一下，應該可以把頭打破。

但那一晚，他醒來，眼睛勉強睜開，但發不出聲音。窗開著，月光照得床前一片明亮。依稀看到母親仰起頭，嘴裡發出哭泣般可怕的聲音，伊的衣襟解開了，可以瞥見白皙的胸乳一角。有個黑影趴伏在伊胸乳前，咕嚕咕嚕的大口吞吃著甚麼。辛很想給它一棒，手腳卻動彈不得，兀自沉睡。它吃完了，像隻大鳥般飛到床下，再一躍，雙腳停棲在窗框上，一跳就出去了。這時他看清楚了，似乎是個枯瘦乾巴的老人。似曾相識。等他能起來，那身影已走遠。狗沉睡。拎了木棍從窗口跳出，再把窗帶上，從一棵樹的影子到另一棵樹的影子，辛躲躲藏藏的，心裡也非常恐懼，一直到最接近的一棵樹後。只見那黑影立在那杯子般的月光下，那棵樹前，阿土的墓前。它像是木製的雕像，好像沒有皮只有肉。只見它略略分開雙腿，雙手向上伸展，吸氣—吐氣，然後就是陣細細的哨子聲。辛看到那怪物全身上下都噴出絲絲白氣，這才發現它渾身上下都是氣孔。辛不禁勃然大怒，掄起棍子趨前就要打——手一涼，醒來，發現握的是床頭柱，整張床給扯得一震。但母親並不在床上。一摸，伊的床位微涼，應該離開好一陣子了。妹妹兀自熟睡，辛即把被堆到她身旁，以免發現身旁沒人驚醒。即翻身下床，悄悄推開窗，月光蔭影分明的林子，遠遠大樹下光杯裡，果然有人影。原想爬窗，心念一動，踅到客廳，後門果然開著。

他就快速的穿過門，連拖鞋都來不及穿，身體飛快的飄向林中。一直到最靠近的一棵樹後。他聽到母親披散著髮，嘴裡唸唸有詞。最奇怪的是，那大樹頭前，隱約有三座土丘，一大二小，連綿起伏。驚詫之下，辛更趨前，想看得更清楚些。幾乎已踩在母親的影子上，這時大樹好像抖了一下，有水珠飄落，斜斜的打在臉上。母親突然轉過頭來，但竟然沒看到他，且快步擦身而過往家的方向。確實是三個墳沒錯。待回過神來，母親已走遠了，進到屋裡，還響起喀啦的拴門聲。待到窗邊，又看到窗子關上，拴上。辛還來不及反應，天忽暗，大雨就落下來了，他就只好把自己縮在牆角。雨就在那嘩啦嘩啦，簷下水珠不斷彈到他腿上。一隻狗毛濕濕的偎了過來。

有一夜，阿土嫂突然醒來，又是胸襟被掀開，奶子有被吸吮過而不再漲疼的感覺。月光自板縫瀉進。辛沒在他的床位上。伊一驚而起，是他偷喫的嗎？一邊扣著衣襟快步踱到客廳，擱在牆角的鐘突然「滴、答」的擺了兩下。後門果然開著，月光幾如白日，但樹影很沉。辛的幼小身影在林中移動，黑黑的，就像是影子本身。伊想也不想，輕輕帶上門，套上拖鞋，就快步追了出去。心裡閃過一個念頭：奇怪狗怎麼都不見了。遠遠就可以看見那樹的巨大陰影，辛就朝那兒去；但大樹蔭裡似乎還有個東西在那兒，激烈的冒著煙。伊心念一動：怎麼它也來了，不是被阿土他們埋葬了嗎？就在這瞬間，眼前兩個身影都化成一陣煙，消失在樹影裡。阿土的墓，石頭好像有被移動過。伊心裡毛毛的，隨即回身，往家屋的方向走去。月光斜照在門上，但門竟推不開，竟然被反鎖了。

那之後不久，伊發現不再脹奶。感覺小腹裡微疼，但葬禮後就一直沒再來，阿土死的那天月經來了一次，莫不是又懷孕了？不可能，不會是阿土留下的種。

那天趁買菜之便，伊走了趟廟，既為孩子祈福，也問自己的事，廟裡的瞎眼老人竟然怪腔怪調的告訴伊，伊肚子裡有隻青蛙；那之後，伊另外找時間跑了趟印度人開的診所，確診後做了手術，順便拜託滿手黑毛的印度醫生把自己給結紮了。其後伊一直記得那雙手戴手套前，及除掉手套後的樣子。伊不敢看那從伊肚子裡掏出來的東西，不敢確認那是不是青蛙——如果是魚，一樣糟糕。伊也不敢想那東西是怎麼來的。

但這一切，阿葉如果不是不知道，就是長大後都不記得了。也不記得父親——好像從來就沒有父親似的，連他的臉都不記得了，更別說是氣息。辛也很少在她面前提起父親。那事後沒多久，他們因緊急狀態而匆匆搬離那兒，房子被辜卡兵一把火燒了。搬到鎮上，狗也沒能帶走。住到新村裡，租兩個房間，方便辛繼續唸書。伊回去割膠，但沒再讓他跟，即便是清明節。母親到園中時，阿葉常被寄放在雜貨店朋友家。阿葉甚至不太記得那段住在樹林的日子，但記得哥哥拿著紅色落葉當鈔票跟她玩家家酒，記得在搖搖欲墜的房屋裡玩捉迷藏的細節。當然她也不記得那棵樹了。有那麼些年，母親經常會抱怨父親「冇責任」，抱怨他把擔子都留給她，害她「苦到要吃土」。反覆叮囑他要用功讀書，但他也只勉力唸完初中。辛有時會想起父親，但身影愈來愈黯淡。緊急狀態間，他也去上過幾次父親的墳，那時甚麼都不能帶，只有香燭。那其間，他們被告知那塊地的產權有問題，母親被說服把它賣了，那錢買了間新村屋和中華義山裡一塊雙穴位的墓地。緊急狀態後，母親雇人為父親撿骨，在義山裡買了個雙穴的墳地。

母親晚年失智，後期惡化得常不認得人，即便是自己的孩子，生命好像掉進爬不出來的深坑暗井的惡夢裡，也失去了語言。彌留之際，幾度目光凌厲的望著孩子，指著他們，喉頭深處發出三個陌生而混濁，軟軟的音節。像遺言，但音節過於簡單。是名字嗎？但他們的名字音域不在那範圍內。叫錯名字，好像他是別人？

也好像他們在某個辰光被偷換掉了。好像他們是別的甚麼。

那讓辛和妹妹感到驚恐。以致他們很長的一段時間都成功把那詞語給忘了。一直到埋葬了母親之後，有一回雨後聽到陣陣蛙鳴，突然想起。

辛從沒跟人說——因為他不確定是不是夢。

有一個日影微斜的午後，他心血來潮，獨自騎腳踏車到那園子。腳踏車勉強騎進雜草夾道的小路，到那園子邊上，草高，只剩下人沿著膠樹走過的路徑，腳踏車進不去，只好停在路口。雙手還得一直撥開草，好一會，找到舊家殘剩的一角，幾片鏽鐵皮，一片牆，牆上掛著那口鐘，連指針都不見了，但鐘擺還在，只是都扭曲變形了。屋子其餘部分都崩塌而被雜草包覆了，辛腦中閃過那艘魚形舟，但也沒去找的興致，想說多半朽化成土了。再往前走，撥開雜樹找到應該是那棵樹的位置，竟然找來找去都找不著，也納悶那位置天空怎麼那麼亮。突然領會，那樹一定是不在了。在那周邊翻來覆去的找了好一會，終於在某些雜草蕨類的根處發現，那根著處不是土，而是腐敗幾近成土的倒木。把上頭長著的菇都泛黑的樹皮剝開，有白蟻兀自忙碌；肥大的蚯蚓陰莖狀的頭鑽進木心深處。然後發現倒木縱橫交疊，都是雜草小樹的食糧了。順著倒木回溯，找到疑似樹頭處，那裡崩陷為一輛大卡車寬的坑，雖雜草落葉層層包覆，還抽長著大叢莖細而長的小樹，但辛記得大樹樹葉的樣態——是小而厚，略顯油光，有點波浪狀的——但這叢不是，葉大而背有細毛。用樹枝撥開小樹樹頭處，只見殘剩的木心尖銳而單薄的朝上，像個脆弱的陷阱，一碰即成土，原來早已被白蟻蛀得薄脆如紙。

辛好奇的尋找它四下蔓延的巨大的根，想說會不會有新芽另抽長成新的樹。然而沒有。每一道殘根都腐爛得剩下鬆軟、土狀的表皮。

怎麼會這樣？

但稍一不留神，竟然絆到野藤，只覺頭一暈，腳一空，竟滑落那坑裡。不想它是如此之深，下半身頓時陷入軟爛的泥裡，一股巴窩的惡臭浮起。很多蛙在叫，好像大雨後的沼澤，牠們在歡唱雨季的到臨。

清醒時看到天空好遠好遠，因過於明亮而睜不開眼。他張嘴呼喊，但並沒有聽到自己的聲音。

然後有根粗藤從高處摔了下來，讓他緊握著，腳踏著洞壁一蹬一蹬的上攀，幾乎每一步都讓好些泥土剝落。一會，一隻黑色多毛的手伸過來，抓住他手臂。一張黑如炭的臉，一張咧開的缺牙的嘴，是個印度人。那人嘴裡發出兩個音節，好似是ka—tak，馬來語的青蛙，但又像是雄壁虎打架時發出的叫聲。只有那時他才會想起，母親臨終前對著他們喚出的其實是tō-bê-kuai（土糜胿）。

二〇一五年三月五日初稿，四月二十日補

後死（Belakang mati）

銀色的巨大飛機，貼著積雲的下方掠過，漸漸沒入一團張開大口的虎頭狀的雲。最先被吞噬的是機首、機翼右上方貼著的大大的黑色的國家的名字，斜體。首先隱沒的是最後一個字母a，然後咬著小寫的首字m。最後消失的是尾翼那朵紅藍相間的魚尾狀的風箏，像一尾魚遁入厚積的爛泥裡。

那細細灑灑的彷彿是雨聲，確實是，但不止是，雨聲裡捲覆著濤聲。而後，細碎而清脆的叮叮咚咚，及更多的難以形容的怪聲——好似許多堅硬的事物在相互摩擦，互相挨擠著。雨停，起了微風。天已亮，但灰濛濛的，霧霾甚至遮沒了天際線。然而岬角上的白色燈塔，時隱時現，像故鄉山上經常可以見到的地藏院靈骨塔。

L從霧裡回來了，妳看到她臉上有淚光，似乎是很傷心的哭過了。但也不排除是被露水打濕的加乘效果。

——去找過他了？是他沒錯？

她用力點點頭。長期靠玻尿酸維持彈性的臉有一種悲哀的塑膠感，流淚時更像人偶了。

——只是路過那裡。只是想看看活生生的他。但他在霧裡輕飄飄的像個幽靈，看不到腳。

L難掩悸動。

也許是沒認出來？畢竟——

霧太大了。

妳心裡想說的其實是，畢竟我們都已「面目全非」。是的，三十年過去，她已從過去的窈窕女子腫脹成「阿嫂」（大嬸），少女的腰身早已不見。層層的贅肉，虎背熊腰，河馬臀。雖然妳沒有發胖，但這本來就不是妳的故事。妳們各自的孩子都已大學畢業，有的都成了家，都抱孫了。

那天當L拿著雜誌（從美容院借來的——染髮時偶然翻到的）翻開那一頁指著給妳看，妳看到前景是單馬錫那頭老獅子，側身和一個滿頭濃密白髮、身著中山裝的藝術家模樣的華人握手，兩人都咧嘴微笑。背景是懸掛的彩色玻璃瓶，大大小小密密麻麻的重疊的光暈。因為單眼鏡頭景深的關係，它們的輪廓都被模糊化了，因此看起來是影影綽綽的色團，圓圓的光圈。標題上寫著「李資政拜訪隱居無名島的國寶級藝術家謝絕」。

「妳看是他嗎？」

「很像。但怎麼可能幾十年了都還是那樣子，一點都沒改變。不會是他兒子吧。而且他以前不叫這名字。但報導上寫說他『守護燈塔三十年』呢。」

「願不願意陪我再去看看？」

妳看到L表情堅毅，那是妳熟悉的神情。妳知道她的個性，一旦決定了，就不會退縮。但妳沒想到時隔三十年，她心中那股激情還未熄滅，雖然青春早已成灰。即使那是他，也不能挽回甚麼，人生不能重來。但她的堅決打動了妳。

那年妳們唸的雖是不同科系，卻住同一間宿舍。活潑的L很快的愛上同一科系、同一實驗室的學長M，她給他取了個暱稱柳丁（其後妳們習慣用不同的柑橘命名他）。他們長時間一塊做實驗，他經常到午夜才送她回來，有時她甚至到天亮才回宿舍。妳們看到她總是喜孜孜的奔向實驗室，總是穿上她不同花色的心愛的寬鬆的裙子，回來時即便是熬夜也是一臉興奮，臉龐紅撲撲的。

平時聊天，L談來談去也都是她的柑桔檸檬，他的好成績，他的聰明、認真、細心、體貼；他講過的笑話、故事，他笑時嘴角奇怪的翹起。家裡很窮，衣褲都穿到破洞、露出成排的縫線；鞋子穿到鞋底都磨平了，所有腳趾都探出頭來。妳們都知道他還寫詩呢，得過校園文學獎，獎金讓他換掉腳上的破鞋，還添了部半新的腳踏車。原本還一心一意想唸哲學，但據說他媽以死要脅。L不止向妳們請教，還曾央求同寢室的僑生大姐頭陪著到百貨公司去，給他買了件牛仔褲當生日禮物，但他不太領情。上衣就更不用說了。妳大約可以理解他的擔憂，L的善意看來並不像是不求回報的。M還婉拒她要幫他縫補衣服的請求——他只好自己亂補一通，線頭都露在外頭。其實L自己也不會縫補，她的衣服哪來得及穿到破。

多嘴的僑生大姐頭劉因此斬釘截鐵的推斷說，她一定早就獻身給那顆柳丁了。「做實驗，哼！做那件事吧。」那還是個保守的年代。

有時他們也一道去活動中心看免費的電影，逛書店，逛夜市，散步到天橋。妳們也知道吃飯甚麼都是她埋單的。妳多次看到他臉上的尷尬，甚至些許的委屈，因此M也經常婉拒L的邀約，不得已還會拜託不愛說話的妳出面，曉以大義。

有一天晚上，L回宿舍後兀自紅著臉，顯得興奮難平，妳們還以為她真的失身了。後來經不起連番探問，L吞吞吐吐的囁嚅著吐露，原來是不久前一道過馬路時，她因為沒注意而差點被車撞了，他一時情急一把把她攔腰抱起。L不斷的讚頌他溫暖厚實的大掌，一副意亂情迷的模樣。那時妳就知道，那柳丁多半連L的手都沒牽過。還沒開始。

最開始，為了一窺L的廬山真面目，妳們幾個室友不只一次刻意到實驗室去探訪她。M是個高瘦的男子，長得不難看，但也稱不上有多好看，看起來比實際年齡大得多。劉大姐探聽到，說M因為家貧打了幾年工，勉強存了飛機票方能一遂留學夢的，因此確實比L大上四五歲。他其實是害羞而寡言木訥的，妳們都沒能和他說上幾句話。即便是和她最為信任的妳，曾經多次三人一道吃便當的，也很少能和他說上話。吃便當時，他就像是顆安靜的橘子，異常專注的，閉上嘴，細嚼慢嚥——好似要公平對待每一顆飯粒、每一道菜、每一片肉——很珍惜的，幾乎沒有餘力說話。倒是她，不止把自己便當裡的肉夾給他，還一直和他說個不停。同學之間的、老師們的無關痛癢的事，甚至國家大事——電視聽來的新聞，他睜大了眼好似聽得專注，頂多是「哦」「咦」「真的嗎？」之類的附和著。

私下見面時，妳驚訝的發現M甚至會講笑話，會對妳聊一些他父親母親。還說他不喜歡吱吱喳喳的女人。妳直覺這L未曾提及的一切都必須對她保密。

L選上妳作為好友，除了同樣來自南部之外，也許就因為妳長得還不如她——她當然知道自己長得並不算漂亮——但她白而腴，妳黑而瘦。而俗話說，一白遮三醜。她認為妳對她不會有威脅。確實，相較於柑橘，妳更愛芒果。

許久以後妳才知道他原來不得不在實驗室工讀，那個科目他並不感興趣，只是當年為了滿足家人的期待，兼之高中時理工科的成績遠優於文科，順勢亂填科系，一旦掉進去之後想要轉出來並不容易，只好咬牙苦撐著唸下去。為了獎學金而必須拚出好成績。

一年冬天，椪柑成熟的季節，他不知怎的被說動和妳們一道坐火車南下，大老遠的到L的家去吃晚餐。不料那頓飯吃得很尷尬。有著大片山坡地的L的父母，一眼看穿女兒的心思，仔細的盤問那顆苦澀的佛手柑。他的家庭，父母從事的行業；有多少兄弟姐妹，家裡財產的狀況，他自己將來的打算——有沒有打算留下來，繼續深造——「我們家L沒和你商量過嗎？」他老實的說明了自己家境的貧困，「我答應過我爸媽，我一定會回去的，我還要幫忙照顧弟弟妹妹。」他柚子般呆頭呆腦的答覆說。甭說，他的答覆令L的父母非常不滿意。

「那你是不打算對我女兒負責了？」L的父親震怒的拍著桌子，不知道傻乎乎的L和她父親說了甚麼，還是他終究情不自禁對L做了甚麼。她母親則苦勸女兒一定要理智，時代不同了，不要被一時的激情沖昏頭。不客氣的說，看來這男人多半連自己都養不活。

那一夜，他撫著自己少年白的頭，L咬著下唇流著淚不知所措。

幾個月後，他一畢業就悄悄離台返故鄉。

那之前他大概就刻意和L疏遠了一段時間，反正他的學分修完了，就到南部哪個偏遠的工作站去工讀實習。而L被送到親戚家去住了一段時間，以致他返鄉後好一陣子，L方知曉他已離境。

妳忘不了她那時的傷心欲絕，無助的在他宿舍門口成列的阿勃勒與大王椰子之間反覆踱步，握拳大聲哭喊：「怎麼可以這樣對我？怎麼可以不告而別？怎麼可以——」

於是在那個大三的暑假，妳只好陪著L千里迢迢造訪M的故鄉。他連聯繫的方式都沒留下。但從學校僑輔室那裡，不難找到他老家的詳細地址。況且，妳向僑輔室上了年紀的女職員謊稱，他是妳室友的未婚夫，怎麼可以這樣不負責任？妳甚至給她看了他們的合照。是那年冬天在她老家門口前拍的，農田間獨棟的四層樓水泥樓房，四周有廣大的庭院，高大的玉蘭花。暖暖的側光打在臉上。一夥人都笑得挺開心，每一張臉都帶著青春的喜悅。但那並不是他們兩人的合照。

大姐頭畢業返馬了，妳給她打過電話，她嘆了口氣，要妳去問台灣的大馬同學會。安全起見，妳還詳細詢問了他同學會的同鄉——嚴格意義上的同鄉——妳才發現，從那窮鄉僻壤到台灣唸書的人真的寥寥無幾，連同鄉會都是寄在鄰近較大的校友會那兒。要抵達那地方並沒有想像中容易。

循著指示，飛機抵達半島的機場後，轉了三趟長途巴士，一趟短途，方抵達地址上那個濱海的荒涼小鎮，緊鄰著一片緊密的防風林。

一下車，妳們就聞到那股撲鼻的、鹹鹹的腥味。住戶並不多，房子疏疏落落的，生鏽的鐵皮木屋，家家戶戶屋簷下都掛著成排的魚乾，屋前短架上也鋪滿了剖開的魚，一直有人揮扇趕走蒼蠅。這可能是妳們到過的最絕望的小鎮了，居民看來都討海為生，幾乎看不到年輕人，只有小孩和中老年人。

妳們還真的找到他家，那是其中一間破敗的鐵皮木房子，M的弟弟妹妹若不是在唸書就是輟學到新加坡去打工。他父母雖然看來衰老，一問都還只是壯年。臉露驚訝，以為他們的兒子在台灣闖了甚麼禍。「那麼遠坐飛機來找他有甚麼事？」他母親問。妳們都搖搖頭說沒事，但妳們也知道那說服不了人，誰都會往男女關係上面想。他母親還抱怨為了讓他一圓留學夢，家裡向人借了一大筆錢。「不知道他讀的科系，畢業後竟然找不到工作的，他又不想當老師。」一他母親嘀嘀咕咕的抱怨。L也沒為他辯護，只要求看看他的房間。妳只在悶熱窄小的客廳，喝了杯他母親送上來的略帶著鹹味的白開水。而L，老實不客氣的掀開布簾，在他房裡看了好一會，才帶著淚光鑽出來，好像就只是去感受他留下的氣息。

妳們的造訪確實引起一陣騷動。

因那小地方前此還沒有台灣人來過，因此引起好多人來圍觀，竊竊私語、仔細端詳著妳們，目光在妳倆的小腹之間遊走。大概都是那酸柑的親戚朋友。兩個年輕女人千里迢迢的跑來，多半被懷疑是不是哪一個肚裡懷了他的孩子。如果兩個都被搞大肚，那就更是令人欽羨的醜聞了。

多年以後還經常被提起，成了好幾代人的記憶，一個小小的、傳奇意味的事件。你們偶爾從來自那裡的文青寫的散文看到那事的殘餘泡沫，在一本不知買甚麼文具贈送的散文選裡。包括妳們穿著的薄而美麗的洋裝，都在小鎮平靜無波的日子裡投下一顆小石頭。

L甚至流下淚來，她的急切更是令M的父母不安。擔心妳們會為他帶來甚麼麻煩，更確定了他們心中的懷疑，因此妳們當然甚麼都問不到。他父親說他居無定所，也很少回家，偶爾會給家裡寄張明信片。大部分時間都在學校兼課，但每一個地方都待不久，也不知道為什麼變得那麼不安分。但他不是才返鄉沒多久嗎？說著他從神檯上成疊的信函中找出幾張卡片，讓妳們把上頭的地址抄下。妳看到他帶回故鄉的獎盃。

那些陌生的地名，妳看了頭皮發麻，只好攤開從機場買來的馬來西亞地圖，請他指給妳看，好讓妳用紅筆把它圈起來。那些地方間隔都是天南地北，用紅筆串起來後，曲曲折折的感覺上像是某種絕望的逃逸路線。

妳有預感妳們找不到他。也確如妳料想的，他在每個地方都只是短暫停留，好似在試水溫的青蛙。每一處都是荒涼、絕望的濱海小鎮，相似的海的味道，對妳們而言都有幾分像他的家鄉。他確實到過，這一點妳們能確認，但也僅此而已。妳們最後抵達的那間防風林邊的小學老校長意味深長的說，妳們要找的那人好像失了魂似的。只留下一個綠色的扁平的小玻璃瓶，裡頭的空間窄得只容得下薄薄的幾顆沙子。校長把它交給了L。

神情憂鬱的校長說，十多年前也有一個類似的青年男人到過那裡，口音很奇怪，好像只剩半截舌頭。但那人更落魄，好似從海裡爬上來似的，一身海藻鹽磧。「留下兩個秤錘。」校長指指校長室牆上，漆金的「華教之光」獎狀下的那兩顆沉甸甸的灰色的像牛睪丸的東西。

但從此妳們就再也沒有M的消息。

以好友的立場，妳想那樣的結局對L而言也許未嘗不是好事。妳很難想像嬌生慣養的L，怎麼可能隨她心愛的M回返鬱熱的窮鄉過苦日子——她怎麼受得了餐餐吃鹹魚？她父母也不可能捨得的，而他的父母，只怕也不會對她太好。要不了幾年，當愛情被艱難的生活磨蝕盡後，難免成怨偶，而終究還是會怪罪於他的無力謀生而讓她陷於如此絕望的境地吧。

那之後，她似乎死了心，馬馬虎虎混畢業。畢業後在她父親的公司工作了幾年，就接受一個家境還不錯、算得上門當戶對的男生的追求，很快就結了婚。

而妳也走上相似的人生旅程，畢業、工作、結婚，平平淡淡的過掉了大半生。

經歷了初老的恐懼，孩子出生、長大，空巢；微整型、玻尿酸、染髮、更年期、老公的冷淡，孩子獨立成家……

——我也許終於明白了，雖然霧還很大。L紅了眼眶，「妳跟我去看看，也許妳就明白了。」

妳們抵達這南方的島國時，已入夜了。轉兩趟車、一趟渡輪，到達這小島上的民宿時，已不宜貿然拜訪了。雖然根據查訪資料，檸檬的隱居處已不遠，夜裡還可眺望到他家的微明的燈火，一如那崖上的燈塔。

這民宿是三數間蘑菇狀的木構高腳屋之一，漆成淺藍色，每間的空間都不大，勉強可以擠下一家四口。民宿的主人親自驅車——竟是輛二戰前流行的綠色金龜車——把妳們從簡陋的木構碼頭接到住處。「中國來的？」妳們搖搖頭，「台灣。」「敝姓謝，是這座島的主人，叫我老謝吧。」妳們發現這老人文質彬彬，談吐不凡，看起來像個讀書人，雖然他的華語口音聽起來有點生硬，有股金屬味。對妳們的來意，他也沒多問。

有一個黑皮膚、披頭散髮的老女人負責櫃檯，她看起來像童話裡的巫婆一樣衰老，好像已經活了幾百年，皮膚如枯樹皮，也一樣的沒有親和力。而且她說的話妳們一個字都聽不懂，感覺似胡亂纏繞的絲瓜藤、像連串的咒語，甚至聽不出那是甚麼話，好像是世間既有的語言之外的語言。那神情，也看不出歡迎的意思，好像妳們是闖入者。但她一看到老謝，對他說話，神情和語調整個都變了，微微的側首，語音軟昵、神態也柔順如少女，有幾分情人般撒嬌意味。

民宿裡竟然沒有其他客人，之前在台灣委託旅行社訂房間時，竟然被要求提供過往出入這島國的紀錄，也要求提供良民證。好像要造訪的是史達林時代的蘇聯。

你們都披上薄外套，穿上球鞋，沿著草地上曲曲折折的石板路。初亮的天，陣陣微涼的風，強烈的海的氣息。濤聲猶是一匹匹的，可以讓人清楚感覺到翻捲的形狀。妳們穿過一小片樹林，那些高大的樹感覺上和恐龍一樣古老，樹冠都在雲霧裡，只有烏鴉聲聲乾渴的鳴叫。

——我觀察過了。L微喘著說。「這島很小，看來整座小島都是老謝的產業。」

妳們有時往高處走，有時往低處；過了一道又一道厚枕木墊就的小橋。眼看目標就在眼前，走起來又是一段路。終於叮叮咚咚之聲顯得更其清晰而密集，層次也更為豐富，好像有無數的風鈴在回應著清風。

妳們眼前霧裡出現一小片防風林，影影綽綽的，像一群埋伏的士兵。

沿著防風林外頭的沙灘緩緩的靠近。沙的軟膩讓腳步滯重。但妳看到了，防風林裡密密麻麻的懸掛著大大小小、形狀顏色各異的千百個瓶子，在微風中相互輕輕碰觸著。然後霧快速散去，就像潮退。

大而圓的日頭從海平面跳出來，防風林裡即反射出多種多樣各色的光，讓人目迷頭暈。

霧散去後，妳發現蛛絲牽於瓶子與樹枝間。蛛絲上每每掛著成串微小的水珠，在風中顫動、抖落。瓶子高高低低的；有的瓶口朝上，有的朝下；有的橫放，有的斜擺，但都緊緊的挨擠著，像蜂窩蟻穴裡的蛹，呈團塊狀。有的團塊，瓶口之密，幾乎到了風也穿不透的地步。瓶的表面都是濕的，水漬一路沿著玻璃表面下墜。許多下方還垂掛著晶瑩剔透的露珠。只一瞬，就落到沙地上。無怪乎沙地上處處是水滴留下的一個個彷彿是手指戳出來的小洞。

而且仔細瞄了一遍之後，發現懸瓶儼然分了好幾個區。有的顯然是新的，大概仔細洗刷過，剛掛上去不久，還能維持一定的透明度，看得出玻璃原有的顏色。只有它們受風吹拂時，還發得出清脆的響聲。最舊的那一區，瓶與瓶就都卡住了——纏成了團塊。瓶與瓶間甚至夾了落葉塵沙，有植物發芽。有的瓶裡陳年的風沙和積水枯葉匯聚成薄土，風吹來的種子長了芽，長成了枯黃的氣急敗壞的草。有的甚至長出小樹，樹根塞滿瓶子後，枝幹伸長了，綠葉迎著光高高的伸起，似乎是片小小的、稀疏的次生林。但不論新舊，玻璃瓶畢竟是玻璃瓶，角度對了，都還是會發出玻璃的反光。

除了瓶口朝下的，或被植物塞滿的之外，其餘大部分的瓶裡或多或少的盛著水。舊一些的甚至長著青苔，因為瓶子顏色的緣故，有的看起來像黴。也泰半有孑孓，在濁水裡彈動；龍虱，水蠆。蝌蚪，有的擠滿大半瓶，有的瓶裡只有數尾。有的色黑，有的碧綠如玉，有的頭上有個白點，有的長出腳來，有的已成幼蛙，從瓶裡逃了出來。

但妳突然期盼看到魚。

那年M的友人從故鄉帶了尾黃色圓尾的雄鬥魚給他，他轉送給了L。平日高傲的在宿舍魚缸裡對鏡展翼，賁張著鰭、鰭、鱗，不可一世的模樣。某日寒流L忘了給牠加熱，竟然就褪盡豔麗、白色魚肚朝上浮在水面，冷死了。

死去的飛蛾、螞蟻或各色的金龜子，蜷曲的屍身蓄積在瓶底，像夜市裡浮誇的中藥。妳想起花市裡看到的豬籠草；業者向妳炫耀他的老豬龍草多麼會捕食昆蟲。

難怪L會那麼說。

妳也發現那張有老李的雜誌上的照片是從特定角度拍的，也只拍了特定的區域。僅僅是新的、最亮的區域。

當年她那實驗室裡，在那甫從歐洲留學回來的導師，兼有昆蟲學和精神分析的博士學位的怪咖，人瘦得像竹節蟲、脾氣古怪的N，被學生謔稱做公螳螂的，就在那奇怪的實驗室裡設置了若干個厚實的大瓶子。瓶子裡困著各種昆蟲，甚至蜂——虎頭蜂、蜜蜂、土蜂、草蜂；蛾、椿象及種種妳叫不出名字的。她們記錄著，牠們對光的種種反應；但妳牢牢記得的是那些昆蟲撞擊瓶壁的持續不斷的響聲，妳知道牠們憑著本能想要離開，但牠們並不知道，那光可以透過的牆，其實都是絕對堅實的隔絕。那透明玻璃的某處，有一個看不見的開口，風也進不去。那不可見的門或窗，其實是個厚重的塞子，即便是最強悍的虎頭蜂也不可能把它咬開。

妳聽說那實驗的主題是「希望」，但那些聲音聽起來非常絕望。妳一直不知道那是些甚麼實驗，但妳知道大部分昆蟲活不到實驗結束，L曾為妳描述清除蟲屍時的黯淡心情。牠們蜷曲、縮成一團的屍身，一個個都是絕望的標記。他總是收集了堆放在實驗室外一棵三層樓高的玉蘭花樹下。

也許那實驗的主題就是絕望。但妳不曾問L，她也不主動談這層面的事，也許她認為太哲學了。

但妳們都猜想，那時妳們並不知道，也許那些年，他已漸漸的被那樣的詭異實驗給一點一滴的蛀空了。

然後妳看到一身寬鬆的白色功夫裝的M出現在防風林的另一頭，一棟簡陋的鐵皮房子，屋簷下吊掛著一排白色的鞋狀的事物，看來像是壓扁的魚乾。妳一驚，那不是當年妳們千里迢迢找到的、他位於窮鄉僻壤的老家嗎？

白髮蒼蒼的他，就在小屋前的空地上緩緩舞動雙手、移步、震動，有時像白鶴展翅，有時像鷹；像虎，像熊，或雙手伸長了像蛇……

在妳們看得專注時，突然發現身後不知何時出現一個人，那笑迷迷、戴著漁夫帽的老人，無聲無息的，不正是老謝嗎？

於是妳和L興起和他聊聊的興致。

你們一道踱步到防風林外，他說他認識M已經很多年了，當年是他把他從沙灘上撿起來的。那時還以為撿到的是具屍體。他聽蘇拉威西的巫師說，有的人死了會忘記自己已經死去。多年來他在海邊不知道撿了多少具無名屍體了，「都埋在那裡。」他指了前方礁崖後方，一鼓一鼓的大大小小沙丘，東倒西歪的豎著一根根長短粗細形狀不一的漂流木，一路沿著崖壁延伸過去。儼然是座小型墳場，少說也有數百個。「很多都是沿著馬六甲海峽流過來的，但也有來自蘇門答臘的，甚麼種族的都有，但人死了看起來都差不多。」

他說，「老敵人有時就像老朋友。老李怕我閒著沒事幹，就給了我幾把鏟子讓我運動。東北季風時，有時一個翻船，一來就是幾十具，只好挖個大洞埋了，反正也不會有人來找。越南排華那些年更多，簡直處理不了，還好老李及時派軍艦來載去火化成灰，填海造陸。他說如果是活人，政府很快就會派人來把他們帶到澳洲的難民營去，因為這島那麼小，住不了幾個人，而且這地方的存在一直是個祕密。也許只有在某些很古老的地圖上才找得到它。」

只有三個人是他強烈向老李請求而被留下的，「為此我簽了不知多少文件呢。他來後我也算有個埋屍的幫手了。」

「三個？」妳難免好奇。

「內人，她自己說是摩鹿加群島人。就是幫我顧櫃檯的那個很醜的女人。」他伸出一根手指，接著指一指M，伸出另一根手指，「看他孤伶伶的，大概二十年前好不容易幫他撿了個妻子，也是個不願提起過去的人。只可惜幾年前病死了。」接著意味深長的盯著L的臉瞧。「奇怪，奇怪。怎麼會那麼像？」用力搖搖頭，發了會呆，L離開防風林後就把頭髮挽起來，露出依然白皙的脖子。老謝回神後即招呼妳們在一顆柔滑的石頭上坐下，捻鬚微笑：「上帝造了亞當，況且還為他造了個夏娃呢。」

然後妳們來到一個橫臥的、成人大的黑色石頭邊，那石頭半埋在沙裡，就像個無頭無肢、唯餘軀幹的臥佛。「讓妳們開開眼界。」他蹲下身，伸手抹開石側下方部分被沙掩埋處。有字。花體字羅馬字母。他以指在沙上把字劃出。逐字解釋：馬來文Belakang後面，Mati死亡，合起來是「絕後」。他解釋說，也許因為這座島是在海峽的最南端，被稱做*Pulau Belakang Mati*

絕後島。猶如中文裡的天涯海角，世界的盡頭，後面就是無盡的大海茫茫，再也沒有陸地，再也沒路了。就像人沒有尾巴，文章沒有待續。

後面沒有了。

「妳們認識他吧？」他突然轉換話題。L的淚水即時崩瀉了，用力的點點頭。「但我們不確定他是不是我們想的那個人。」妳忍不住補充說。「請問你叫他甚麼？」

「我都叫他阿木。」他聳聳肩笑笑。「那其實是我給他取的小名，他來時抱著一塊漂流木。我不知道他原來叫甚麼。他都不說話，身上也沒身分證件。為了說服老李讓他留下來，只好委屈他當我兒子，跟我姓謝。我偷偷跟他開個玩笑，他身分證上的名字如果譯回中文是謝謝。謝謝老天給我一個兒子。我不知道他是天生不會說話，還是發了毒誓，終生禁語。」

老謝也順道問了M原來的名字。「原來他也姓李。」他若有所思的說。

「老李想在這裡弄個故事館，多年來苦於找不出他的故事。曾經委託幾個本地和中國到這裡留學的小說家編，都編得不太理想，太好萊塢。」

「老李也老了，竟然發現故事的重要。那妳們叫他甚麼？」

聽到「柑橘」，他不禁撫掌大笑，「橘逾淮為枳啊！」

然後他帶著妳們到那破敗的小屋。

「據說數百年前，改朝換代時，亡國遺民乘桴南下到過這裡。船毀後，龍骨和桅杆成了漂流木，在沙灘上日曬雨淋數百年，我把它撿來蓋成這小屋。還有一些撿來的東西也放在裡頭，我還撿過一些書呢，各國文字的都有。」

「老李很寂寞，有時會特地來找我喝喝咖啡。畢竟同代的敵人和朋友幾乎都死光了，我也老到對他毫無威脅了。妳們看到的那張照片，是我拜託老李用不太張揚的方式發出去的，希望可以引來知曉他過去的人。」

我們模仿他，登屋前在階梯上用力蹭一蹭鞋底的沙。

簷下掛的果真是鹹魚，梁上還真掛了個木匾，題著隸書大字「故事館」。木廊上擺了三張咖啡桌，M獨自占了一張，正翻開一本《辭源》般厚的大書，專注的讀著。老謝向他介紹妳們，他也只靜默的轉過頭來，微微的點個頭，沒說話，幾乎是毫無表情的又回頭去看他的書。果真沒有認出妳們來的意思，眉毛都沒動一下，而他的樣子也幾乎就是當年那個樣子。妳瞥見那本書的字很小，而且一欄一欄的，似乎有不少插圖。

「他愛撿瓶子，就像我撿屍體。就如同我看到或聞到屍體非立即埋掉不可，他一看到瓶子就非得要把它們綁在樹上，那是他除了重複看那一本書之外，唯一認真做的事。好像那是他此生唯一的作品。為此我常寫信向老李要求釣魚線。」

老謝招呼妳們坐下，「吃個早餐吧。」他大聲喊了「古魯—古」。再高聲為妳們點了份 **nasi lemak**。妳們聞到濃烈的咖啡香。一個身著花布紗籠的女孩走了出來，提了一壺熱咖啡，輕輕叫了聲「阿公」。一看到那女孩，妳們不禁一愣。那女孩的神情，不就是L年輕時的樣子嗎？L蒼白著臉，用力盯著看。

妳突然覺得甚麼事情不對勁，而且是不對勁到不可思議的程度。好像不知道哪裡出了差錯，好像車子開出了路，闖進路旁的灌木林裡去了，迎面是長草矮樹，起伏不定的地面。時間隱隱波動，如深海的潮水。

天色竟然昏暗了下來，遠方有雷鳴。

一股黏稠的氣流湧進這空間。L她怎麼老是在流淚，就像許多年前的那個下午。在宿舍裡，在無限荒涼的海濱，妳們在沙灘上留下成排的、毫無意義的腳印。

妳突然發現妳們好像置身於一張舊照片裡，老謝的聲音像是遙遠的回聲，帶著嗡嗡嗡的顫動，像渾身毛茸茸的熊蜂採花蜜時的鳴聲。

（「那個夏娃竟然給他生了個長得像妳的女兒。」他對不知如何是好的L說。）

妳彷彿看到時間本身。那無意義的龐大流逝被壓縮成薄薄的一瞬間。L朝思暮想的那人就在那裡，就倚在靠著欄杆的老舊桌子上。他的樣子似乎沒變。彷彿看不出時間在他身上的變化。但也許，某個失誤，時間齒輪散架、脫落，讓他很年輕時就把時間用完了。他那時突然就老了，就把自己的未來給壓縮掉了。所有的時間成了一紙薄薄的過去，裝進瓶子裡，帶著它返鄉。

此後他只能活在沒有時間的時間裡。

那是這座島本身的狀態。

桌上有一本小小的紅色封皮的馬來語簡明辭典，妳無意識的翻著。

妳突然明白了老謝的意思。

Pulau，島。Belakang後，後於，背後，背面，未來，之後。Mati死亡，停止，中斷，枯死。無生命。

這裡是昨日之島。明日之島。

也許妳們搭乘的飛機早就失事了，摔進無限湛藍的太平洋裡。

空巢期的妳們，不是快快樂樂的要去峇里島看帥哥嗎？

難怪L一直流著淚。她豈不是被摺回到M離去的那個下午了，那個悲傷的瞬間。

「可以到裡頭參觀一下嗎？」妳聽到自己的聲音也像是隔著瓶子傳來，帶著厚玻璃壁堅毅但半透明的回聲。

小屋牆上有一面壁報，上頭泛黃的剪報紅色大標題寫著「新加坡監禁最久的政治犯謝◇◇被囚禁絕後島改行當行為藝術家」。

妳看到房裡有個巨大的沙漏，金色的沙子緩緩流瀉，如雨聲——沒錯，那讓妳想起平生聽過的無數次雨聲，那些有幸進入回憶深處的，所有的雨聲。甚至，雨的寒意與濕意，那膚皮緊縮的感受。牆邊擱著古船被撕裂的疤也似的殘骸，猶勉強看得出半個船首的弧度。而整個小屋內裡片片數吋厚、帶著歲月的裂紋而微微鼓起的地板，分明像是廢棄的船艙的局部。妳甚至看到其中一張桌子上有個肥胖的細頸瓶子，裡頭煙雲繚繞。

瓶底有一小片土地，浮於薄薄的藍色的水上。妳看到小小的綠色叢林，沙灘、墓園、防風林；破敗的小屋，簷下廊裡喝咖啡與看書的人，都只有螞蟻大小。妳看到L，兩個白髮人、走動的女孩。當妳微微蹲下，就可以透過敞開的窗看進那小屋。看到那裡頭的沙漏、船骸、瓶子，與及專注的看著瓶裡的世界的螞蟻般的妳自己。如果妳看得更仔細，妳會看到那個妳也在看著一個瓶子裡頭的妳看著另一個妳看著另一個瓶子裡頭的妳看著那無限縮小的妳看著——

而耳畔只剩下雨聲。這世界所有的雨聲。

有的夢變成一朵朵雲。有的雲變成了夢。

（字母M，從mort死亡）

二〇一四年四月十九日初稿

小說課

之一、暮色裡的灰貓

〔情節／國王死了，然而王后然而然而……〕

窗外蟬鳴，此起彼落的，在樹的高處。

講台上，講課的年輕老師兀自口沫橫飛的講著，怎樣的手段能讓讀者持續被吸引到故事上頭。得過幾個文學獎，出版過幾本暢銷小說的老師一頭亂髮，講到激動處——不幸的是，他常激動——他的口水真的飛濺出來。事緣於他的嘴巴上下半部好像不能完全咬合，下巴似乎比上顎大上了半號（小乙腦中浮起左右腳不同號的鞋子）。

她想起最近讀到的一本講ＤＮＡ的科普書，有一章談到歐洲皇室因為怕尊貴的皇家血統被污染而喜歡親上加親，堂表通婚有時還嫌不夠純，親兄妹或姐弟搞，或老爸和女兒，就跟猩猩猴子一樣，結果很多糟糕的隱性基因都獲得表現，長出豬尾巴，滿身黑猩猩毛，長出穿山甲般的鱗片，長出刺蝟般的刺。有個王室的末代子孫竟然下巴比上顎長得大一號，每逢進食都非常痛苦，喝水也會從兩旁漏下來，因此長期營養不良，精神不佳，也長不高。

燠熱，她可以感受到膚表正散發著陣陣的熱氣。教室兩旁綠色落漆的風扇發出陣陣震動，努力旋轉著，但好像沒甚麼風。汗水從髮際淌下，她感覺腋下討厭的汗濕了。彷彿聞到某人飄散出一絲羊羶味。她懷疑是那走個不停的老師，涼鞋子在老舊的講台上踩出許多聲響，猛搖著畫著孔雀的扇子，汗濕了上半身。

動物園的氣味。獸欄的氣味。

黑板塗滿了奇醜無比的字——筆劃都被拖得太長，遠離中心，和不相干的字發生亂七八糟的糾纏。他的手不斷揮動，手勢誇張。關鍵字：場景與物件。他費勁的擦掉一些廢字，畫上一口變形的箱子，筆畫藕斷絲連。開始講一個女人和一口皮箱的故事。（「如果是推理小說，箱子裡多半有一具屍體，也許是乾屍，也許是嬰屍，也許是斷肢——一隻手，腳，或頭顱，玻璃瓶裡一套生殖器。」）

老師忽而插進一句：作業要開始動手了哦，不要拖到最後再來哀求延期。

第七堂課了。還有一半左右。第十三週就要交作業，最後一週老師要發回作業暨現場講評。

有一滴汗沿著背脊往下溜，鑽進褲子裡了，她的臉沒來由的發燙，像雨濕的螢火蟲的屁股突然亮了一下。頭昏。腳底，屁股大腿和椅子接觸處似乎也都汗濕了。左側的阿冒眯著眼睡得上半身晃呀晃的像擺渡，後側幾個男生目光飄浮，看來也都神遊了。她心想，汗濕後的背，乳罩的肩帶勢必一覽無餘了。

而蟬在聲嘶力竭的鳴叫，彷彿在歌頌熱夏。

寫甚麼呢？

怎麼寫？

「你有故事嗎？」老師進來之前，小乙曾悄聲問那無時無刻擺出詩人模樣（好像隨時有人會偷拍他）的阿冒。「故事？甚麼故事？」他笨笨的回應。

〔敘事者／虛構／懸疑〕

小乙想起故鄉那些燠熱然而安靜得多的午後。父親一如往常的躺在籐椅上垂著雙手打著鼾，張大了嘴淌著口水；老狗鴨都拉趴在他椅旁熟睡。父親有時會突然醒來，揮揮手趕走意圖停歇在唇上的蒼蠅，或者抓抓癢，一隻母蚊吸飽了血剛離開他額頭。發現她不在身邊會大喊一聲，她的應答有時來自紅毛丹樹上，有時來自山竹樹深處，有時是楊桃樹枝葉間，或是更遠的哪裡。聽到她的聲音，他就安心的立即回到夢裡。鬧鐘響時，他即彈起身，披衣，又喊她的名字，要她小心看家，當心「痟狗牯」①，即騎上摩托車回到園裡去。那是母親離開這個家多少年後的事了？

木瓜樹總是纍纍碩果，總有一兩顆熟黃了，白頭翁還是甚麼鳥把它底部啄開了，吃了個大洞，晶亮晶亮的黑色種子裸露，灑了一地。她厭惡那股爛熟的味道。就像她深厭父親在那放工具的寮子裡，摟著榴槤街那個恬不知恥的寡婦阿土嫂，撩起伊的上衣吸吮伊肥大的奶，甚至露出屁股壓在床板上做那公狗母狗才會做的事，還發出令人燥得渾身發熱的聲音。還有那空間裡留下的淫穢的味道，甚至會附著在鐵器上，鋸子上，釘子上，黏黏的。那牆上貼著幅年輕香港女星的半裸照，擠出半顆泛黃的奶，大紅的裙子，都褪色了。

那阿土嫂一有空就會過來小乙這裡瞧瞧，父親的叮囑吧，怕她一個人在家被欺負，經常過來看頭看尾，主動把她泡著的父親的髒衣服整盆拿到井邊去刷洗。小乙的衣服，早早洗好晾著了，她喜歡一有空就把事情處理好，就像學校老師交代的功課，一有時間就先把它整整齊齊的做好。（阿冒說，每個人都有故事。妳一定也有吧。這老師很有名的（她抬頭看看，那口皮箱還沒被打開，老師掏出手巾擦去下巴不斷氾濫的口水）。文學獎獎金可以買很多書呢。也可以回一趟家裡。但家有甚麼好回的？）小乙很不喜歡父親那些被汗水反覆浸漬的衣褲，有一股很難聞的味道。用洗衣粉泡著還是覺得臭，踩一踩，一盆水還都是黑的，常常要泡不止一遍，換

①指發情的公狗，色狼。

了清水重新放肥皂粉泡過。因此經常就被阿土嫂順手接了過去，好幾年了，伊就像是這個家的主婦那樣，哼著流行歌曲晾曬那些伊費了好大力氣才刷乾淨的衣物。雜貨店的阿伯常問她說，聽說伊即將要成為她家的女主人了，是不是真的。小乙記得阿土嫂有個高瘦的兒子阿光，比她高個幾屆，但他們沒說過幾句話，他臉上很多擠爛的青春痘，油油的，她不太敢靠近。但父親和阿土嫂都說，功課有問題可以問他，他成績很好的。她想，他身上一定有一股甚麼可怕的味道，誰知道獨處時會不會對她怎樣。

〔層次／意外／事出有因〕

然而那回，當她俯身觀察一個蟻窩，撿一些飯粒讓牠們搬回地下的洞穴，卻出事了。她喜歡牠們的勤快，穴口粗大的砂粒輻射狀的排列，螞蟻繁忙的進出。小學畫畫作業她都畫牠們，顏色簡單，只有黑和白（沙子的黃色省略了也不會怎樣）；線條單簡，用點和線即可，螞蟻的身軀是稍大的黑點。聞到異味要轉身逃開已經來不及了，那個被稱做「傻仔」的流浪漢已經像垃圾山那樣壓了下來，把她壓趴在蟻窩上，一雙魔掌從後頭用力抓她胸部，隨即撩起裙子硬扯她的內褲，把她扳過來，褪到膝蓋了。她看到那張醜陋的臉咧嘴笑著，口水滴在她肚皮上，「傻仔」自己的下半身早就脫光了。好臭。死了還比較好。她先是咬牙掙扎，然後大哭，拚命要把他推開，但那垃圾山簡直難以撼動。突然聽到「傻仔」大叫一聲，手一鬆放開她，她聽到狗的吼聲，原來是鴨都拉及時醒來，用缺牙的嘴用力的咬著他的腳踝。「夭壽！」幾乎同時，她聽到不遠處一聲熟悉的女人的吆喝，她翻了個身，快速把內褲穿回去，弓身拔腿就跑，拖鞋都來不及穿。

跑到十數米外，驚魂未定的回頭看，鴨都拉已經被踹開，那人兀自大聲吆喝，作勢要打狗。他短褲只拉到膝間，胯下那坨東西黑魆魆，那根和公狗一樣的東西還紅通通的挺著。快步高舉著棍子喝罵的是阿土嫂，但伊顯然不敢太靠近，可能怕殃及池魚。那人齜牙咧嘴的發出怪聲，一隻手扯著褲子，另一隻手胡亂揮舞，快速移動套著破皮鞋的腳，咿咿呀呀的逃走了。

——有安怎麼？（有怎樣嗎？）

小乙用力搖搖頭，淚水在眼裡滾動，阿土嫂的表情有幾分狐疑，目光在她胯間飄移，好像在找甚麼蛛絲馬跡。

那一天接連發生了許多事。

之後就謠傳小乙給那白癡「強姦」了，給破了身，小乙恨死了，她知道阿土嫂的嘴巴脫離不了干係。以致多年以後父親工傷老病，阿土嫂像個妻子那樣不離不棄的照顧他，伊叫阿光給她寫信說父親想念她，要她常回家看看，但小乙就是不情願返鄉。就像她此後不愛穿裙子，也格外留心身後的動靜。

那天父親匆匆回家後，要她給醫生檢查，她不肯，堅持沒事，即便父親暴怒失控斥罵，她也不為所動。她聽出父親竟然擔心她懷了那白癡的種。她覺得可笑之至。

那「傻仔」平時就在附近蹓躂，一身破爛衣服好似未曾更換，陳年的尿味汗味糞便，餿水湯汁，還有不知甚麼亂七八糟的髒污，內急時就拉下褲子，張開腿、跨蹲在街邊水溝上，露出大屁股，當眾就拉出屎來。不會說話，有時會對路過的行人大聲呼喝，但他似乎認得自己的家人，會定時到特定人家去取飯喝水。據說他的父母親是親兄妹，還是祖父和孫女，反正是胡亂交配的產物。和另外幾個變態一樣，有時會躲在暗巷裡，遇到小女生經過，就褪下褲子，露出那根和公狗一樣的東西在那裡使勁搓揉，還會笑嘻嘻大喊「喂」，要人家看他幹的蠢事。小乙記得那一身噁心的味道，平時也十分留神陌生男人的身影，那天怎麼就疏忽了呢？怎會沒聞到那股惡臭呢？小乙家在鎮的盡頭，自成天地，有圍牆，果樹，但鐵門很少拉上。哪會想到這回那白癡竟會跑那麼遠還闖進來。

她上下學必經那人經常出沒的地方。那塵土飛揚的黃土路，兩旁開著幾間生意清淡的小店，雜貨店，冷飲店，腳踏車修理店，早餐店。她往往順手買個麵包當午餐，椰渣的，奶油的，或兩個咖哩餃，一個大包；有餘錢就再買個冰條，黃梨口味的，或紅豆，橘子汁的。她從不東張西望，角隅裡常有不想看到的東西，有時是糞便，有時是死貓死狗，當眾交配的公狗母狗，玩自己卵叫的鹹濕佬。

那天黃昏，氣沖沖的父親提著刀硬拖著小乙去理論，威脅要報警，最後爭論的焦點竟集中在小乙是否被「強（姦）到」。小乙氣死了，這下完了。

父親自然拉了阿土嫂去作證，她斬釘截鐵的說，她看到了。她看到白癡脫下褲子，露出「硬扣扣」的可怕大傢伙，還硬扯掉了小乙的內褲，她甚麼都看到了。

小乙說不出話來，只是掩面痛哭。她知道她說甚麼都沒有人會相信的。她知道一切都完了。這下慘了，不鬧沒人知，一鬧所有的人都在那裡亂講。她第一次想到死。

對方也不甘示弱，男男女女十幾個圍了出來，你一言我一語的，那些男的臉孔都有幾分相似之處，尤其是不太安分的眼神、隨時準備流口水的嘴角（小乙自忖，如果我這樣寫，老師會不會懷疑我在影射他啊），都是遺傳的印記。「傻仔」好像是製造過程中被機器多壓了兩三下，比較扁，比較寬，比較歪斜。那些不安分的眼睛都不斷往她胸腹間烙。平日她走過時，他們也是毫不客氣的盯著她的胸臀，好似要在那白校服上燒個洞。

小乙搞不清楚那些人的親戚關係，從來都不知道那些塵土飛揚的小店都是他們「自己人」的。一個婦人（平時賣雪條倒很和氣）特別牙尖嘴利，大聲說，我們阿寶雖然頭殼生下來就壞掉，有時有會脫褲嚇查某囡仔，三十年來未曾有聽講有備去強姦啥人；她說白癡其實很乖，雖然有時會好奇去掀查某囡仔的裙子，但不會去脫別人的底褲，他自己沒穿。

父親在揮刀吼叫，他一向口才不佳。小乙這才想起母親，想起很小的時候看過他們吵架，母親一開口，父親完全沒有招架的餘地，張大了嘴說不出話，像粗硬的破折號——也許因此而經常動手，猛力揮掌，要她閉嘴。

〔薛丁格的貓／有老虎的故事比較好〕

火車站。北上的火車鳴著汽笛。幼小的她緊緊抱著母親的大腿。母親穿著黑底小白花長裙，摸摸她的頭，親一親她臉頰，最終卻和父親合力掰開她幼小的手。她蹲在小乙面前，拭去她的淚水，自己也流著淚說，「媽要去找工作做，帶著妳沒辦法。」然後父親一把把她抱起，母親提著她的皮箱，上了火車。

大人在吵架，白癡在一旁望著她咧嘴傻笑，一隻手搔著處處打結的亂髮，另一隻手猶起勁的在胯下抓癢，很快那裡又鼓起來。哪個長輩猛力在他頭上搧了一掌。白癡呀呀呀的怪叫撫著被拍打處，比手劃腳的抗議。那老人又高舉著手，白癡頭一側，一閃，往右挪了幾步。

「要有證據啊！」有人從後頭大聲說了句。

阿土嫂重複的說，「我親目看到了！」

於是那些人和父親均又轉而問小乙，但她只是搖頭哭泣。

問而不答，父親勃然大怒，舉掌就要打，阿土嫂適時抓著他暴怒的手。

從那時開始，她就想遠遠的離家，不再返鄉。

父親的兄弟放了工，也聽聞消息騎著摩托或開著車趕來了。眼看事情有擴大的趨勢，不知是誰去報了警。天漸暗，蚊子也多，警車汽笛一響，人自然就散去了。

家族裡的人聚在她家，大聲高談。伯母和嬸嬸把她叫去房間仔細問，她斬釘截鐵的說「沒有沒有，鴨都拉咬他的腳。」「可是阿土嫂說有看到。」小乙火大了，「不信就算了。」不理會她們要檢查她身體的暗示。她想起小時候，有幾位她很喜歡的堂兄表哥常找她玩，就曾多次扮演醫生，脫掉她底褲，仔細檢查過她的身體了。他們到外地唸書多年，很少回家，也都有女朋友了。

小乙聽到有人獻議，「沒法度，只好通知伊老母來處理了。」有人說那就趕快去給伊打個電話。

那一晚，小乙一夜難眠，雖然有養了七八年的黑貓「暗暝」默默的陪她睡。

她想起從小聽到伯母嬸嬸她們掛在嘴上的，許多女人被強姦的傳聞，沒想到有一天竟差一點發生在自己身上。

十年了，母親未曾回來看過她。只知道她當初是去投靠小乙的姑姑，她的中學同學，也是最要好的朋友，是家族裡最會唸書的，甚至考取了教師資格。因為和家裡的兄弟打財產官司（祖父留下了幾十依格②橡膠園，祖父歿後，祖母堅持只給兒子不給女兒），英殖民的法律讓她打贏了，分到她應得的那一份，但也因此和兄弟決裂。她還鼓勵姐姐也如法炮製，分到了地賣了，帶著現款開開心心隨夫南遷新加坡，而她與丈夫北遷檳城，在那裡買了房子，教書為生。母親沒別的依靠，只好北上找她。

小乙聽說她不久就委託律師南下處理離婚事宜，隨即改嫁給一位姑姑介紹的小學老師，短

②即acre，英畝的意思。

短幾年內生了兩個孩子，當然再無暇理會她。雖然每年生日和農曆新年都會收到她寄來一兩張紅老虎壓歲錢。有時會給她寄張卡片或短箋，但小乙從來不回。她幾乎已忘了這個母親，也很少聽人提起她，只依稀聽說她也當了老師。

然而此時，小乙只希望母親能帶她離開這裡。甚麼條件她都可以接受。

〈偷故事的人／如果沒有皮，牙齒也好〉

天剛亮，母親就出現在大廳，白底黑螺紋的旗袍。一接到電話，她即向學校請了假，行色匆匆的從檳城搭夜班火車南下。她看來老了些，多了些皺紋，揉著疲憊的雙眼，但小乙覺得她還是很美麗。她用力摟著小乙，撫著她的背，在她耳畔悄聲說，妳長大了，妳受委屈了，對不起，媽媽來帶妳離開。聲音有點沙啞，不知是哽咽還是感冒。她拖了個蛇皮果斑紋的舊皮箱，推給小乙囑她準備收拾非帶不可的東西。

接著就和前夫談判，說不管怎樣，小乙的名節被搞壞了，不能再留在這地方，那些「三星」③一定會欺負她。學校也不能再去，醜事很快就會傳過去，她會成為笑柄。這年齡很敏

③指小流氓。

感，她會活不下去。必須帶她到一個沒有人認識的地方重新開始。母親顯然有備而來，向前夫陳述她想好的計畫：再過三年小乙中學畢業，到時申請到台灣唸師範大學。她查過了，不用學雜費還每個月有津貼，畢業後回來教書，一世人平平穩穩。她都算過了，接下來每一年的生活費、學費大概要多少，她家有個小房間可給小乙住，其他的就要她父親幫忙分攤……父親沉默無語，點點頭。拈著前妻抄給他的帳戶資料，好像都沒意見，只是有幾分落寞。那畫面讓小乙感受到父親猝不及防的感傷。

隨即她去陪小乙收拾衣物，那些書、玩具、信件……挑挑揀揀的，大部分都被要求留下，舊衣服和那隻貓也是。那種種事物中，小乙最不捨得的就是那隻貓。但母親不許，說她對貓過敏，「暗暝」又太野，沒辦法帶。小乙知道，「暗暝」自由慣了，生存是沒問題的，只是她會很想念牠。

父母隨即去給小乙辦了轉學，一干手續辦完後，傍晚就搭上往檳城的火車。臨別，父親送她一個意想不到的禮物：一顆老虎牙齒，有點鈍的兩吋長犬齒，有明顯的磨損的痕跡。祖父曾經和英國佬一樣愛打獵，打死不少大老虎，皮陸續都賣掉了，父親只分到一顆牙齒，據說是相當好的護身物，辟邪。那牙齒玉米黃，小乙仔細聞過，有股淡淡的爛牙味。她心想，這老虎可能也一大把年紀了，也許是獵人打山豬時，從山豬身上發現的。她聽過那樣的故事，衰老的老虎不是壯年公山豬的對手。

火車往北走時，漫長的季風雨季開始了。火車穿行在雨裡，穿進漸深的夜裡，在車裡聽不到雨聲。

就那樣，在母親那裡住了下來，小小的房間似傭人房只開了個很小的窗，但她不介意。母親另外的兩個孩子，一個小一，一個小二，都熱切的喊她姐姐，不會排擠她。小乙也認分的承擔了不少家務，好在煮飯洗衣拖地等都難不倒她。轉進去的女校很單純，想念父親時就在外頭的公共電話打幾分鐘講幾句，父親每三個月也準時把錢匯進母親指定的戶頭。就那樣過了三年，她想念家裡的貓，想念父親，想念老狗鴨都拉，但就是不想回去，好像那是個處處糞便的地方，她的腳不想再踩上去。

父親也給小乙寫過一封信（之後就是阿光的轉述了），那字體，那站不穩的筆劃，拙稚得如同小孩，還有好多別字，讓她錯覺那是比她小得多的孩子給她這個姐姐寫的信。信中報告了老狗鴨都拉的死訊，是被車撞死的。小乙走後「傻仔」常找牠麻煩，看到牠就丟石頭、揮棍子，有一次大概不小心亂衝就給囉哩撞死了。他寫道，自妳走後，「暗暝」就離家出走了，再也沒有回來。

學校重視英文，鴨都拉之死讓小乙無限感傷，就寫了篇英文隨筆〈My Friend Abdulah〉刊登在校刊，深情的寫鴨都拉曾拚死救過她，當然不會仔細寫那是件怎麼樣的事。

小乙偷偷問過母親，以她的條件，當年怎麼會愛上父親？怎麼看都不匹配。「年輕啊！」母親感嘆的說。「妳也看過他年輕時的照片，多好看的一個男人。一不小心就懷孕了，那個年代，只好趕快結婚。」「人不笨，就是愛玩，不愛唸書，沒一技之長，守著一點祖產過日子；

脾氣又壞，愛喝老虎啤，可惜了。」

繼父是小學華文老師，姓游，個性溫和。家裡二樓有間全家共用的書房，壁櫥有幾百本本地和台港中國的文學書，要小乙有空就自己多翻翻。有一天，小乙在書架上偶然發現一本薄薄的藍色封面的小書，《暮色中的灰貓》，短篇小說集，陌生的筆名，但本名竟然是繼父。她把自己的發現秀給母親，原來她早就知道了；繼父很靦腆的拿起筆，在扉頁題簽了送小乙，題詞有點肉麻，「給我美麗聰慧的女兒」。他說他年輕時也有過文學夢，有一年犯傻，用年終花紅自費出版了這本小書。但出版後文壇反應非常冷淡，文友也沒好評。印了五百本，堆滿半個房間，賣不動，送學校、送會館、送同事親友、鄰居，每年拿一大疊送給有興趣的學生，「和妳媽結婚後，繼續送了五年，大概也沒甚麼人會把它看完。出書真是件可怕的事，以後就不敢了。」好不容易送完，才發現送過頭，只剩下孤本。此後遇到真正有興趣的文學青年來索書，倒無可送了，「最後一本送給妳，是個完美的句點。」

依著母親當年的安排，畢業後小乙填選了生物系，錄取了，準備飛去台灣。她喜歡母親那口蛇皮做的舊行李箱，向母親要了帶出門當做紀念。父親賣了小塊地，錢匯了給小乙帶出國，囑咐她唸書不要有後顧之憂。

她心底有個奇怪的遺憾，在老虎的故鄉馬來半島上不曾見到老虎，第一次見到老虎竟是在他鄉木柵動物園。她也知道，很多馬來西亞人都只能在動物園見到老虎，馬六甲的動物園，或新加坡動物園。同學會迎新活動上，逛木柵動物園看到活生生的老虎時，她才興起那樣的感慨。為此，她為自己買了個老虎玩偶，不知怎的，那些玩偶看起來都像貓，也許太小隻了。不夠大，是不會有老虎的感覺的。

負責帶隊的外校阿拉伯語系學長阿冒（被同儕謔稱「哈利冒」④）是個正牌文青，高高瘦瘦的，話多，說從小就憧憬沙漠，想要移民撒哈拉。自視甚高，不斷對她示好，說她的微笑溫暖了他深秋的心。他的文藝腔讓小乙忍不住想笑，於是冷冷的對他說，「我討厭沙漠。」散步時聽小乙提起陪伴她成長的黑貓，阿冒隨即跑了許多條街為她找來一隻日本進口的黑貓布偶。他喜歡寫句子很長的詩，全心攻略文學獎，一心要成為「第二個陳大為」，一直暗示希望她可以是「鍾怡雯第二」，還慫恿她轉國文系，令人啼笑皆非。

〔自傳性／自身經歷／在他人的故事裡〕

小乙自忖，如果那樣寫，就算不是真的，也會被讀的人認為是親身經歷。即便不是被強姦，內褲也一定被脫掉了。《暮色中的灰貓》也有幾篇陰暗的小說，好像是小乙故事的幾個不同變奏，女孩被逼姦或誘姦或猥褻的故事。沒想到那麼斯文的一個人，會寫些那麼灰色陰慘的

④harimau，馬來文，指老虎。

故事。繼父解釋說：都是些自小聽來的故事。那類故事很多的，報紙上常有報導的，社會上可能真的有很多那樣的事，天底下其實沒甚麼新鮮事，很不容易寫好。原來在聽到母親轉述她的故事之前，寫小說的繼父就聽過並且寫過許多那樣的故事了，她早就在他寫的故事裡了。他說，親身經歷過的人反而不易下筆，自我暴露是非常痛苦的。他的體會是：「自傳性必須藏在背景深處，像隻暮色中的灰貓。」

作業遲交，最後一堂課她也沒去。作業她是託阿冒代交的，封在牛皮紙袋裡（附了回郵信封和一張道歉的卡片），警告他不能偷看，阿冒用分行長句寫的作業要給她看卻被她婉拒了（聽他說是大禹治水時被兩頭蛇咬傷的故事）。

一週後，收到老師以回郵信封寄來的包裹，附了一本他上課反覆預告過的新作品，驚悚小說《暗夜裡的黑貓》，題贈給她，在她的名字前竟寫了四個抖顫的字：「後生可畏」。那行李箱裡原來藏的是隻黑貓。

作業上有許多細緻的批語，小乙覺得最有趣的兩句是：

〔第十二課。類型小說的法則：相似元素的不尋常密集堆疊。〕

那個繼父真的不是個變態嗎？

二〇一五年五月十四日初夏試筆

之二、公木瓜樹

〔小說課第十講：多出來的故事〕

老六洗完了澡，開始用他的晚餐，一面在欣賞他的那些鬥魚。二號芭的特大種，有衝力，肯纏。峇東丁宜的鹹芭種，短小精悍，靈敏無比。紅梨園的長身種，慣於偷襲，咬嘴不放。

——宋子衡，〈貓屍〉

老師講課時依然噴著口水，像大熱天跑了太久的狗，舌頭都快掉出來了。他叮囑說，「一定要去試試文學獎，那是本課程的終極考核。」

窗外有一棵木瓜樹，看來是公的。開了叢叢白花，花簇帶著細長的柄，很多蜜蜂嗡嗡叫著鑽進鑽出，味道飄進教室還蠻香的。很快就會被砍掉吧。沒有多少人能容忍公的木瓜樹，花開得那麼張揚，又不結果。

但她記憶中就有故人特地養了一棵，做實驗。

小乙想起那些年，有一些週末，功課比較不忙時，繼父會帶她去和他那幾個文友吃飯聊天。他們的年歲和繼父接近，有時是他們來拜訪，或者相約到某一位的家，或到咖啡店去。她幾乎都只是靜靜的在一旁喝冷飲，聽他們講話，或者安靜的看書。話題從最近的政治時勢，各自職場裡亂七八糟的事，共同認識的熟人身上發生的事（生病，家裡死了人，離職……有了外遇），到文學話題，最近讀到哪些構思巧妙的佳作，誰又出了一本不應出版的爛書，誰哪篇文章哪個句子用錯了典故，正確的應是甚麼；哪個詞用錯了；哪篇小說如果用另一種寫法會好得多；哪個新人看來很有天分，諸如此類的。不知道是因為有她在場的關係，總覺得他們一副很正經很長輩的樣子。從話語與眼神交會的縫隙裡，她可以感覺到他們自覺避開了她不在場時不是禁忌的男女話題。母親鮮少參與。有時某位的太太會因故與會，也和她母親一樣一直打著哈欠吵著是不是該回去睡覺了。

幾個初老的男人，教書的，開店的，當書記的，燒窯的，打鐵的，都是藝文愛好者，多住得遠，甚至遠在怡保、蘇坡。常往來的只有兩三位，都住島上。他們自己也常開玩笑說，可能只有葬禮才湊得齊。二十歲左右就認識了，都喜歡寫點東西，也有過壯闊的文學夢，二十多年後，都認命了。他們至少都出過一兩本書，甚至一起搞過小出版社。對時局和寫作，一肚子意見。小乙很快看出，裡頭一位被戲稱為Y教授的叔叔是這批人的意見領袖，他是位中學英文老師，書讀得最多也最細心，常慫恿她選外文系，以便來日返鄉教英文，永遠不愁沒工作。「這可是紅毛統治過百多年的地方啊。」

Y教授主動借她Alice Munro的兩本英文小說《Something I've Been Meaning to Tell You》和

《Lives of Girls and Women》，她查字典勉強讀完第一本，第二本到高三畢業了還讀不完，敘事節奏太慢，讀了前面忘掉後面。Y教授只好在送別的茶會上，拿來簽了名把它當成禮物送給她帶去台灣。

小乙感覺他們喜歡她在場，聽他們講話。有傳承的意思嗎？她也不是很確定。送她他們自己的作品，時不時會打聽她讀了有甚麼看法。他們的孩子都比小乙小幾歲，都很認真的在拚成績，大多計畫唸本地大學，只有Y教授的子女打算去澳洲或加拿大。他們英文都比中文好很多，對父輩寫的東西連翻一翻的興趣都沒有，更別說是他們那些無聊的文學話題。

繼父在同儕裡算晚婚的，也許因為年輕時愛上一個馬來女人，母親反對，猶豫不決多年，被耽擱了。

Y教授寫的幾本書也有送小乙，鄭重其事的題簽，稱她「世姪女」。小乙發現他的小說文字比繼父難看多了，那些華文語法怪異，像硬生生譯出來的。寫最多的除了初戀，和舞女真真假假的戀情，就是一個南來移民裁縫父親的故事，結局都寫得苦澀。從他們的聊天中，寫作對他們每個人來說都好像是件很痛苦的事，菲薄的稿費對生活沒甚麼幫助（壓稿、退稿是經常事），作家的虛名也沒人尊重，甚至還會被取笑，是「傻仔」的代稱。就不知道他們為甚麼還那麼堅持？有一回，Y教授淡淡的回答她，也許只是想更了解自己吧。有些事情一直忘不掉，寫出來也許會好過些。如果還不行，就再寫一次。再一次。就像做夢那樣，有的夢會重複做。

小乙問過他，小說裡那個悲傷的女人是真的存在的吧？為什麼他四十歲以後的小說那麼悲傷？

離鄉前一年，繼父生日那天邀幾個老朋友們來家裡小聚，Y教授那天多喝了兩杯威士忌，臉紅通通的，神情更像個孩子，側著頭在小乙耳邊用華語夾雜廣東話講個不停，一度眼眶還紅了。他太太就在一旁，但她不懂華語，只會講英語、馬來語和潮州話，插不上嘴；但有時會伸手輕輕拍他的背，像安撫孩子。Y教授談到幾年前愛上一個很迷人的混血女人（他雙手比了個動作，意思大概是：奶很大），癡迷時幾度想拋妻棄子；但又想到妻子是他初戀情人，雖然她老了，但他永遠不會忘記她年輕時美麗的樣子，也不會忘記她年輕時深情的樣子，「但我竟然差點拋棄她和我們的孩子！」說著竟然男孩式的嗚嗚的哭起來，他太太只好輕輕摟著他，用英語頻頻向大家說，對不起，他喝多了，隨即扶著他離去。那次聚會只好匆匆散了。

稍後繼父補充說，那次事件鬧得很嚴重，搞到連Y教授任教的學校都滿城風雨。他們那些政府學校的教員課後喜歡去有女人陪酒的地方喝兩杯，很多花邊新聞。那個叫瑪麗的混血女人長得高挑漂亮，身材很好（母親插話：「你看過？」繼父紅著臉點點頭，拍拍她肩膀，「耐心聽我講完。」）很多人都喜歡她。但她也真是人看多了，知道其他那些穿襯衫的都是公猴來的，都只是想玩她。只有Y教授是實心人，有可能動真情。但也沒想到他認真起來是那麼痛苦，他幾乎就要朝她要的方向去做了——和妻子離婚，娶她。但她也感受到這個原本幽默單純的有婦之夫變得非常痛苦，有一陣子幾乎天天借酒澆愁。

「她找過我談，也偷偷去看過Amy（Y教授的老婆）和他們的小孩，看她送小孩上學，尾隨她上巴剎買菜，那是她羨慕的正常家庭的生活。她還問過Y教授希望她為他生幾個小孩？Y

教授最意亂情迷那陣，她還偷偷跟著Amy在同個時間同一家店吃過叻沙，就坐在隔壁桌，就近觀察。看到那以前笑嘻嘻開開心心的小女人眼裡含著淚望著大街上的行人發呆，她突然覺得很難過，並沒有勝利的感覺，想說自己是不是太自私了。她突然決定退出。那時她找我喝過一次咖啡，問我有甚麼看法，就在小印度轉角那間咖啡店。

「她也動了真情，所以選擇她認為對Ｙ最好的方案，也就是自己離開。她跟我說，『一個人傷心，好過三個人傷心。』她不知道Ｙ也很傷心，而且傷心很久，那就像是他第二次初戀。那時她要我在Ｙ找她找不到向我訴苦時轉告他，她回泰國去了，不會再回來。別去泰國找她，她不久後可能會到澳洲或加拿大。幾年後我們各自收到她從紐西蘭寄來的一張明信片，」繼父從書架上找出一本書，翻出那張明信片，藍天白雲青草，兩個小小的人和一群綿羊，空白處是細細如蟻的英文。原來她早有Ｂ計畫，嫁給了個退休喪偶的洋教授，跟他回紐西蘭養羊去。

最後的初戀顯然讓Ｙ教授傷心了很多年，傷心的原因之一是他覺得自己幾乎背叛了最初的初戀。他的小說一再重寫的就是這個。他太太不懂中文，不能從他的寫作去體會他的心事，不能理解他中年後的悲傷，他的懺情。但她有耐心，默默的在一旁陪伴。夫妻倆都是很純真的人。

這給小乙結實的上了一課。

見過多次的「粗魯叔」的故事也很有趣。他是個專業鐵匠，鋪子開在大路後那裡，打一些鋤頭菜刀甚麼的。聚會時經常只穿件白背心汗衫，露出一塊塊古銅色的肌肉和大叢刷子般的腋毛，豬哥味很重。臉上也是橫肉遍布，和繼父、Y教授的斯文文人模樣全然不同。講話的方式也不同，經常會不小心冒出「奶」、「卵叫」、「腳尻」之類的不雅字，一被朋友喝斥（「莫亂講，有姪女在！」）就向小乙鞠躬道歉：「歹勢！歹勢！阿叔是粗魯人。」初次見面就那樣了，因此小乙就叫他「粗魯阿叔」。他的妻子是個黝黑瘦小的婦人，有種被榨乾式的衰老。三個兒子都二十多歲了，都在吉隆坡工作，逢年過節才會回鄉。

他屋旁有一小塊空地，種了幾棵果樹，就有一棵樹身有人頭大的公木瓜樹，樹形彎曲成怪異的梯狀，好像有幾處斷折。遠遠看去，樹身上有成排的黑色細小凸起物，像半邊拉鍊。小乙木瓜樹看多了，公樹很少被留下的。

就像是甚麼不祥的東西，很少看到被養到那麼大棵，還結了果的。小乙靠近了仔細端詳那棵樹，竟是樹幹被打進一根根生鏽的鐵釘，從露出的「柄」來看，是三吋長的大釘。隔兩三吋左右就打一根，樹皮有的部分爛掉了，露出網狀的纖維；好幾處爛的幅度過大以致向下斷折，靠一層表皮撐著繼續長，重新向上。結果後，也許太重，又下垂，折而不斷，就那樣坎坎坷坷的長得葉子高過了屋簷。那是「粗魯叔」的得意之作，用那麼極端的方式，讓公木瓜樹也結實纍纍，已活了將近二十年。結出的木瓜，肉厚，還甜得很。樹身網狀空洞裡還住著一窩窩黑螞蟻。

離鄉時「粗魯叔」就送她一個「沒路用的物件」——兩根從樹身拔出來的陳年鐵釘，它們身軀鏽蝕得忽大忽小不成直線得都快斷了，像曬乾的蚯蚓。他特地截了段相思樹，挖空，刨製了個盒子盛裝。那盒子被繼父文雅的稱做「櫝」，看來更適合裝鋼筆。小乙想像，如果把它放在博物館的玻璃展示櫃裡，從上方打著燈光，看來就像個鐵器時代的文物了。繼父送她一枝派克鋼筆，和一本厚厚的空白筆記本，鼓勵她多寫，「寫甚麼都好」。不出書後，他自己都只寫在筆記本上，堆滿了一個書架。

但那「櫝」和殘釘她沒帶出國，留在繼父家。母親為她準備了個厚皮箱，把那一干亂七八糟的東西都裝在一起。

「粗魯叔」的小說文字一樣粗礪不修邊幅，動詞橫衝直撞的，好像一頭公牛跑進了小學教室。小乙和他說了自己的看法，「粗魯叔」很開心，說自己是粗人，只讀了幾年小學，平時工作忙，讀書的時間也不多。他的小說裡堆滿了屍體和死亡、臭水溝和後巷，貓屍狗屍之外，妓女和流氓也常出沒。繼父說，「粗魯叔」出身貧寒，青少年時在社會底層打滾過，聽過很多可怕的故事。後來在報社排字房打雜時遇到貴人，愛上鉛字。聽他講故事聽多了，那人用稿費引誘他寫作，很有耐心的幫他一字一句的改。但他的文字就像他那一身肌肉，很難改的，只是改掉明顯的錯字，及教他怎樣依層次展開敘事而已。「我們也經常幫他改的。」繼父微笑著說。小乙想，那個「貴人」說不定是他和Y教授的複合體，他是不是用小說的語言對她說故事呢？

小乙也注意到「粗魯叔」小說裡老是寫一個年輕男人被成熟的女人引誘，從最開始的短篇到晚近的長篇；初初是隔壁餵嬰兒吃母奶的婦人，然後是樓上寂寞風騷的寡婦，之後變成失婚飢渴的表嫂。也許他初戀的方式與眾不同。但她不敢多問。她有時可以感受到他眼裡閃過的燃燒的慾火，會大膽的盯著她的胸脯和腰、臀，欲言又止；是這些長輩中最放肆大膽的，因此她也最為小心，不留任何獨處的機會。

有幾回，蘇丹生日、印度人、馬來人過年之類的連續假期，繼父開車載著她和幾個老友去找遠方的一位文友，路程很遠，都是山路，抵達時天都黑了。有時遇上塞車，開到月明星稀，烏鵲南飛，都還找不到路，幾個大人還會為該拐哪個彎而吵起來。長輩們說，這一帶以前最多老虎了，現在看到算你行大運。石虎比較多，要看到還是要看運氣。

有心的話，最後總是會找到的。那人總是守在窯火邊，顧守那一窯燒製中的陶杯，神情疲憊的就著窯火翻閱書本。窯邊釘了個很粗略的書架（每一片板的大小厚薄都不一樣），搖搖晃晃的，書塞得亂七八糟，都翻捲蒙塵了，有一本被白蟻吃到到處是洞的《百年孤寂》，殘存的封面依然華麗，是叢香蕉樹開花結實。窯旁，一片尺許寬的薄木板，夾著一疊稿紙，有時寫了半頁紙，有時只寫了幾行，每個字看起來都飽受煎熬，像窯火邊的螞蟻。繼父要小乙喚他「雨叔」。是個瘦弱的老頭。

那是個溫暖的聚會。路上繼父會在小鎮上的某家茶餐室砍一隻白斬雞，或包半隻鵝；Y教授從家裡帶一瓶威士忌，「粗魯叔」買一大塊脆皮燒肉。「雨叔」喚老妻泡壺唐茶，就那樣聊到半夜，膠杯（盛放膠汁的陶杯）燒好後再到屋內小睡。「雨嫂」在儲藏室給小乙用長凳併張小床，睡得腰痠背痛。天一亮，「粗魯叔」就拎起斧頭幫著劈柴。小乙拿起破布逐一抹去架上書封的灰塵，用蚊香烙死白蟻。怕迷路，他們午飯後就離開了，即便雨叔總是依依不捨，目送久之。他也有書贈小乙。不知怎的，她總是進不去那些故事，他的文字好像在抗拒故事，人物在抗拒文字，因此一本都看不完。

最後一次拜訪他時，他送小乙一個新燒的陶杯，上半部抹了葉綠色的粗釉，兩吋許底部是土色。摸起來還是熱的，外側還有指紋清晰的捺出來的：祝福。上方刻上「給小乙」，下方有細瘦的樹枝刮出的「雨」字簽署，日期。陶杯底部挖了個排水的小圓洞，說可當花盆。因此她用報紙鄭重的包了幾層，帶去台灣，鋪了粗沙種了棵很尖銳的仙人掌，每年春天它都認真的開著大朵燦爛的黃花。

文學獎季過後，以為今年會大有斬獲的阿冒，和去年一樣全軍覆沒，連個同鄉會小文學獎的佳作都沒能撈到，當不成才子，有幾分尷尬。小乙以重寫的（偷來的）故事試筆，倒一口氣拿了兩個校園文學獎的首獎。她知道她已引起國文系才子的注意，那人以自認為很有古風的毛筆字寫了幾首七言律詩送她。小乙把它重新封好，派阿冒限時專送親手退回給才子。

那樣的才子式的調情，早在唸高中二年級時她就領教過了。她高中的華文老師，鍾怡雯的學弟姓傅，留學時以新舊體詩得過幾個文學獎，薄有詩名，自視甚高，同輩沒幾個瞧得上眼的。剛畢業返鄉教書兩三年，未婚，對她特有好感，寫過幾首看不出好在哪裡的詩送她。已決心離鄉的小乙詐傻裝看不懂，還謊稱對文學沒興趣，聽說他帶了上千本文學書返馬，雖很好奇，也不敢向他借。她把那些才子贈與的詩作交給繼父過目，繼父說寫得還可以；淺了點、浮了點，那字體看來有點傲慢，像絲瓜藤蔓那樣自以為是的鬈來鬈去。還告誡她「才子最麻煩，自認高人一等，貪圖妳年輕貌美而已。我認識的才子在家裡都不洗碗的，像大老爺那樣，換個燈泡都不會。這種人如果真的在一起，恐怕不好相處，不冷不熱的保持距離就好。得罪他，萬一惱羞成怒，潑酸把妳毀容就不好了。」

但小乙偶然在作文裡寫到陪她成長的黑貓「暗暝」，才子就把自己收藏的《烏暗暝》送給她，那裡頭有些小說讓她想起那幾個漫長旅途，那些有父輩人友誼溫暖的暗夜篝火。赴台前夕，才子把自己剛出版的詩集《那些有貓的轉角》拿到她住處親手送給她，希望她讀裡頭的詩時能想起他。繼父請他進屋裡喝杯紅茶，小乙瞧見他金框眼鏡後的眼眶紅紅的，「寒暑假要多回來，看看朋友和家人。」

出門時她把長輩的贈書都留在房間裡的小書櫃，希望能專心的研究螞蟻和青蛙。《那些有貓的轉角》倒是帶出門了，後來阿冒去阿拉伯實習時給他帶去沙漠「閒讀」。

抵台後還收到才子幾封感傷的信，露骨的說季風雨時他有多想念她，她可是一封都不敢回了。為免他漂洋過海來看她，繼父來函要她不如直接把話說清楚。才子是不怕失戀的，失戀了才好寫詩，說不定會刺激出真正的佳作。雨季過後，小乙就給他寄了張有黑貓的卡片，說她有男朋友了，是個研究雲豹的原住民學長，很是健壯開郎的。

要不是阿冒的冒失，小乙也不會去參加文學獎。阿冒多事幫她在小說課報了名，還幫她出了報名費，那對他可是一大筆負擔。小乙要還他，他竟說「除非妳拿到文學獎——我只接受文學獎獎金。」小文學獎的獎金並不多，但比報名費還多出許多。剩餘的部分，她提議要分一半給辛苦打工為生的阿冒，但他婉拒了。她知道那是面子上掛不住。只好請他吃了幾餐稍微豐盛的，又買了幾本詩集送他。沒想到詩集那麼貴，字少空白多，難怪阿冒會想要寫詩。

阿冒殷勤如故，依然常到女生宿舍找她，邀她一起到夜市去用餐、買日用品、逛書店、看電影、到動物園看老虎，到醉月湖聽蛙鳴。但她總是技巧的避開他更進一步的親密動作，他的手，他的擁抱，他的唇。看他的樣子，基因可能不是很優良。她可不想跟他去阿拉伯，去當他的三毛。

他說準備再給自己兩年的機會，再不行只好準備將來到吉隆坡的阿拉伯大使館，或阿拉伯的馬來西亞大使館上班。到時也許再試試看用阿拉伯語寫詩，也許可以改行攻讀深受阿拉伯文化影響的古代馬來文學。真是個天真樂觀的男孩啊。小乙不忍心澆他冷水，依馬來西亞的種族固打制，那兩個地方只怕都不會有他的位置的，即便只是打雜。

有一天小乙心血來潮，特地繞到小說課老舊的教室外，發現那棵公木瓜樹早就被砍到只剩下及踝的一截頭，周邊辛苦冒著許多孱弱的新芽。如果在熱帶，還有機會重生成一棵母樹。但這裡不比熱帶，眼看冬天將至，看來是活不了。小乙忍不住詢問在附近割草的校工，老人說，依民間做法，打了釘、灑了鹽，還是只開花不結果，固執，沒路用，怪模怪樣，只好把它砍掉了。

二〇一五年五月十七日

南方小鎮

歸土

你忍受著最大的痛苦
讓白刀子
把你的皮肉割開
用你潔白的乳汁哺養著馬來亞——杜紅〈樹膠〉

雙穴的壙位，另一邊挖開了，潮濕的黃土堆積成土丘，像果瓤。棺木擺進陰濕的土穴裡，仵作囑咐你的兄弟幫忙看看有沒有擺正，兩側土壁挖了數個方形的孔，裡頭各有一盞油燈。然後大群兒女內外孫曾孫絡繹繞著墓穴，象徵式的輪流各朝棺木上擲一把泥土。

埋，葬。

皆散去，次日唯子女復來。

墓碑上有父母各自的黑白大頭照，亡者，兩側寫著祖籍地福建 南安，但只有父方的祖籍。顯考妣，名姓，卒年，香爐。一干兒女媳輪流上香，燒紙錢，擲筊，呼喚逝者魂兮歸來朝食。執出信筊後，祭拜者即聚而分食。燒肉，油雞，魚，炒麵，炒米粉。蒼蠅紛飛，晨風微涼。

水燒開了，沖一壺熱咖啡。濃郁的咖啡香飄過一座座土饅頭。如果死後有靈魂，如果靈魂猶不忍與死去的身體分離，如果死後有靈魂，如果靈魂還留在那荒蕪，勢必會微微顫動而深深吸一口氣的吧。

你信步去看看父母前後左右的鄰居，陌生的名字，但也許父母知道他們生前的綽號，畢竟是同鎮之人，廣東大埔，廣東梅縣，海南文昌，福建福州，福建安溪，廣東陸河，廣東潮州……必要時，用華語也可以溝通吧。

那一帶都是一般平民的墳塋，占地小，前後左右都緊挨著，沒有留下任何通道。想看他人的墓，都得從窄小的排溝緣上走過，腳踩進對方的皇天或后土裡。

有一個墓墓碑上是個小女孩的照片，河口／陸河，姓葉，名字旁寫著「ＸＸ弟妹立」。最奇怪的是，並立著另一個碑，同樣的祖籍，寫了同樣的姓，照片空著，名字空著，卒年欄只有◇年◇月◇日，推測應該是死者的兄弟姐妹。小哥說，也許是立誓將來往生時陪伴她吧。再往左，赫然有一對老夫婦的墓，彩色照片，同樣的祖籍、男的姓葉，興許便是女孩的父親。死於庚戌之年的女兒和死於乙酉之年的父親，隔了三十五年。老父親下葬時，那女兒的屍骨多半已化為泥土。昔年立誓來日入土相伴的兄姐，都已是中年人，多半各有配偶孩子，不太可能實踐當年的承諾，多半也把年輕時的允諾忘了。自己的孩子說不定也比當年早夭的妹妹大得多了。

附近有個墓，碑被砸爛，照片祖籍和姓都被砸掉了。

還有個墓被徹底剷平。哥哥說，上次來時看到那墳被人用挖土機挖開，棺材屍體都被拖出來，不知道有甚麼深仇大恨。仇家找上門，死了就再也逃不掉了。

稍遠處另一區，墳地都大得多，一個要抵上平民區五六個，還蓋了小廟似的屋宇，門面貼著華麗的馬賽克。別墅區。但遠不如你在台灣看到的豪門巨室誇張，占地大到像操場。而且凡是視野好的山頭都有舊墓，恬不知恥的占著，庇護自家風水。幼年時曾多次陪父母來掃墓。祖父在裡頭孤零零地躺了許多年。

埋葬了母親，順道去看祖父母已顯得陳舊的墳，墓園處處長著草，還好有人還記得位置。幼年時曾多次隨父母到這掃墓，祖父在他的墓裡孤獨的躺了三十年。那些墓上的字，清明掃墓時重新用黃漆描過，「顯考貽盤黃公／妣穩娘柯氏之墳墓」。墓左翼小字寫著皇天，右側是后土。

埋葬了兩代割膠人（母親常自稱：咱割膠人）。

這座位於鎮郊的墳場原來也是一片連綿的膠林，墳場的周邊一直也是。但附近的膠林好些都翻種成油棕了，已經不容易見到一整片完整的膠林。橡膠樹至少還有個樹的樣子，油棕像一紮紮巨型的草。一個時代又快過去了。

你記得漸漸老去的阿嬤常說，想回故鄉看看。

有好些年，唐山還有伊的晚輩寄信來，從其他宗親手上轉過來，轉了好幾手，信封都皺都微微得起毛了。字寫得整整齊齊的，藍線條信紙，橫寫，信裡說了好些長輩過世的訊息，你用半生熟的閩南語唸出，你看到祖母聽信時表情凝重。信中說數十年來阿公很想念年紀輕輕就隨夫遠嫁南洋的妹妹，常常提起的，但歷經日本人侵略、戰亂、逃難，當年寄回家的批信都失落，可能也都燒掉了，沒能留下地址。建國後有很多年沒辦法和外國人聯絡，就那樣過了幾十年。那些年裡，只要有南洋的鄉親返鄉，只要一有機會，甚至會託新加坡那裡的宗親幫忙查探。信裡說，「只探知您一家落腳州府多年，其他的就不知道了。好不容易遇到有人返鄉探親，問到一點確切的消息，但老一輩的都過世了。」還填充了許多四平八穩的客套話。

祖母說那是伊的姪孫輩，伊離開時他還未出生。伊喃喃感嘆，嘴唇不自禁的顫動。「原來兄嫂都已過身多年，我自己也阿呢老了，大哥很疼我，唔甘我嫁南洋千里遠咧。」

你看到伊眼角潮濕，濕意沿著皺紋漫開。

伊坐在窗邊的籐椅上，解開髻，鬆開長而鬖而稀疏的灰白的髮，就著衣櫥的鏡子，持篦使勁梳開。伊不識字，要你幫伊回信，寫幾句話，報個平安，但沒有具體的指示。你提到祖父在你出生前就過世了（既然他們和其他南洋的親戚有聯繫，多半早就知道了），你從沒見過他，更不可能聽他說甚麼唐山故鄉的事。關於他的故事，只有零碎的轉述，但你寫不了幾行字。你突然想起對方也是祖父的晚輩，一定也沒見過年輕就下南洋的你的祖父，況且他還是祖母那邊的親戚，遠得不能再遠了。兩封之後，其實就沒甚麼話說了，只好隨便寫些甚麼，純粹為了保持聯繫。

很快的，收信人也從「姑婆」變成表弟。

膠林裡的父母親過著苦日子，沒必要多說，自己學校裡的事，瑣瑣碎碎的，其實也沒甚麼好寫的。但那些空白任其空著，好像對不起那幾張印著紅毛丹榴槤山竹的郵票。祖母過得節儉，但那郵票錢卻捨得花。掏一把盾仔①，伊會要你到批關②幫忙買一些屎怗（stamp）③。每回伊叫你幫忙找東西你沒找著，伊也會嗔道——死囝仔，目睭貼屎怗（眼睛貼了郵票）？

而把那空白填滿，需要一些故事，有的沒有的，小小的故事。但你常覺得找不到東西寫，覺得那比學校的作文還難寫，於是經常拖延回信的時間。起了疑心的祖母會催促：批寄了沒？

你記得有一回，被問得實在煩，就把好不容易剛寫完的作文抄在信紙上，抄了滿滿兩頁紙。

具體的細節你忘了。但那作文為了塞滿老師要求的頁數，你寫了大量的細節。如今你只記得寫的是那次學校假期，因久旱，沼澤地帶水都變得很淺，你們——有時和哥哥，有時是獨自一

①指零錢。
②指郵局。
③指郵票。

人——幾乎天天拎著桶子和畚箕往沼澤深處跑。水變淺之後魚就容易抓了，即便是有一兩斤重的鱧魚，有時也手到擒來，更別說是那些小魚、蝦子、烏龜。但只消踩踏了一會，水就變得太過混濁，靠眼睛做不了事。你最記得你們得把手伸進黏滯的爛泥裡撈，有時會摸到枯枝或殘根，刺刺硬硬的，但木頭不會動。但如果摸到魚，魚一定會掙扎，手必得跟著牠動的方向追捕。如果是土虱，稍不小心就會被牠鰭畔的刺戳傷，但那滑滑的魚身的觸感並不難辨識。鱧魚反應靈敏，一碰著，就擺頭、彈動腰身，稍不注意，一竄就逃走了。最刺激的是捉鱔魚，長條形滑溜溜的，一時間很難判斷是魚還是蛇，於是抓著了也是先把牠拋離濁水，好確定那是不是蛇。

你甚至寫說，你們一直希望摸到神祕的龍魚。你們相信，那雨林深處一定有大的、不可思議的東西。像龍魚那樣神祕的珍稀事物。其實抓到色彩豔麗的鬥魚就很開心了。

你當然不記得對方緊接著的回信究竟寫甚麼了。大概是些文筆活潑、敘事生動之類空泛的讚美，你根本懶得細看。但你也記得你那時的華文老師（因頭不成比例的大，被你們私下以各種方言謔稱為大頭吔——他常掏出一疊美麗女孩的照片給你們傳看，說那些是他留學台灣時的「女友」）對那篇作文的評價其實並不高，遠不如班上那幾乎懂得花俏比喻的女生。評語無非是「平淺」、「平直」之類的，也許因為全然不會用比喻，不懂得任何文章技巧。但從小生活於小鎮大街上生活豐裕的他對你描述的那生活本身很感興趣，此後多次問你說，能不能找個機會讓他也去那爛泥混水裡也摸摸魚。

唐山表哥最後的來信你也還記得。

信中最重要的一段說，歷經多次政治動亂，老宅已相當破落。父母商議要把它翻新成磚房，之後就可以考慮為兒子娶媳婦了。但積蓄還不夠，尚欠人民幣十幾千云云。

展信時，祖母在廚房忙碌。蹲坐矮凳上，削著紅蘿蔔——那菜市場撿回來的紅蘿蔔，爛得只剩下頭那小截還可以吃。

地上水漬未乾，前一日夜來大雨，淹過了水，凌晨方把黃泥掃盡，猛力洗刷一遍。

灶裡兩根柴燒著，鍋口冒出一圈層疊的泡泡，你聞到陣陣飯香。

門敞開處，飄來雞屎味。

牆是由長短不一的木板拼湊而成的，多處牆腳都有大老鼠可自在進出的破洞。

庭前，水退後地上兀自泥濘。你的腳踏車仍以鐵絲繫在曬衣桿上，鍊子和腳踏上掛著糾成一團的塑膠袋和破布，它們猶維持著水流的動勢。

腳踏車右側的把手蝕了一截，騎車時你的左手只能往裡，握著它剩餘的部分。

那些信都收在神檯下的抽屜裡，以火柴、線香、竹柄蠟燭壓著。

其後再有信來，你連拆都不拆了。祖母也少問起故鄉來信，但時不時心血來潮會說伊想返鄉看看。伊的父母過世時伊人在南洋，多半想回去掃個墓吧。

不久來了場大水，匆匆搬家時連神檯連同香爐、慈眉善目笑臉常開的大伯公都沒來得及帶走。

你們搬離那裡後，就再也沒收到唐山的來信。

祖母返鄉的心願又說了幾年，父母依然住在膠林裡。二哥每年都換新車，每年年末例行到泰國嫖妓多日，人也越吃越肥。大哥努力拓展事業，來信說，「近日賺進第一桶金，打算再生個孩子。」

不知哪一年開始，伊不再提起返鄉的事，一直到過世。

南洋

再會吧，南洋！
你不見屍橫著長白山，
血流著黑龍江？
這是中華民族的存亡！——田漢，〈再會吧，南洋〉

祖父母的故鄉有的是千年古廟，見證過多少生滅。你想，也許應該為他們到廟裡上個香。

你先是造訪鰲的遺址，他的名字是個華麗的紀念碑。你祖父的同代人，也是一個最遙遠的對照。他是華僑裡的巨人，一度是世界樹膠大王，他家生產的輪子和鞋子，曾經賣到非洲和南極。其後毅然返鄉（還真是個窮鄉啊）興學，在中國最危急的年代不斷募款捐錢，不惜危及自己在南洋的產業，那不可一世的橡膠王國。也一再號召華僑子弟返鄉抗日，譬如南僑機工。你看到那洋樓式氣派的中學、大學，也走訪了他的墓園，一個臨海的紀念碑。望海，浪起時，有股難言的悲涼之感。大潮時，低矮的部分多半會浸泡在水裡吧。令你納悶的是，一向重視風水的中國人，怎會選擇一個會泡水的墓址呢？廈大位址選得多好啊，背靠南普陀寺，面向鼓浪嶼，簡直是風水寶地。討厭廈大的憤世者曾寫道：「前面是鼓浪嶼的濤聲，不遠處後山點點是南普陀寺的燈光。」

你曾在資料讀到，文革時陳的墓園被紅衛兵砸毀，屍體還被拖出來，曝曬了好一段日子。

然而在離大陸最近的這座蛋形的島，你一度找不到訂好的旅舍，一遍一遍的經過它，但就是看不到，它彷彿置身於其他房舍的褶縫裡。每一條路，每個巷弄都不對。你拖著行李，沿著斜坡上上下下，走了一趟又一趟。小巷旁有個年輕人在賣花生麻糬，爐火烤紅了他帶著痘疤的臉。走到盡頭，那裡有幾家水果攤。竟然有人賣山竹與紅毛丹，紅毛丹的枝梗都被拔除了，一顆顆毛茸茸的看起來不太真實，你忍不住拿起來摸一摸。婦人向你力薦，說是南洋進口的。你想起月前你在赤道故鄉還吃了好幾公斤。更新鮮，也更便宜。

路旁有大娘用長繩拴了一隻黑雞和一隻白鴨，在等待被買去宰殺前，牠們除了鳴叫就是大便。另一側木板胡亂拼搭的一個小閣樓，沿著鑄鐵螺旋梯子踅上去，有一家學生風格的咖啡店搖搖欲墜，播放著嘶啞的反越戰的英語老歌。長臉長髮女孩為你煮了一大杯熱呼呼的咖啡。壁報上便條紙浮貼著稚氣的學生留言，沒有別的客人。臨街的窗，初秋輕風微涼，風中有股微焦的花生味。絡繹的年輕人上下斜坡，如此接近，又如此陌生。那地方讓你想起淡水。

你走進冷清的博物館，迎面而來的是數艘轎車大小的三桅帆船模型，隨即拉開歷史長廊——船艙裡密密挨著的顆顆不是香瓜波羅而是豬仔的頭。藍色的是海，白色魚鱗弧是浪。衣衫襤褸的華工塑像露出胸骨，頭繫毛巾，表情呆滯，或站或蹲或坐，有的啣著長菸桿，衣褲均如破布。十數棵沒有樹冠、垂著稀疏綠塑膠葉的橡膠樹，背景漆成夜色，五六個土色塑膠男女頭戴著燈，分散在不同的樹頭，彎腰割膠；壁畫採礦船，戴著斗笠彎腰淘洗錫米的琉琅女。……挑擔的小販，各式小吃的圖片，錫罐、水壺，磅秤……店鋪、商號，婚喪喜慶的畫面，一整個柱面的僑批——父親大人膝下，母親大人膝下，□□吾兒……裝幀簡素的出版品，各式蓋滿戳記的證件——歷史匆匆走過，日軍南侵，國家獨立，……你發現馬共竟然被缺席了，直接被跳過去。雖然博物館門口高牆上有三顆浮雕的紅星。

好幾個名人的塑像或站或坐在各自的位子上發呆。拐個彎，一道窄窄的長廊，牆上寫著斗大的「華僑機工」字樣。牆的盡頭是一台電視，播放著紀錄片。黑白的畫面，一個青年女子在高亢的朗誦著昨日之聲：

家是我所戀的，

雙親和弟妹是我所愛的，
但破碎的祖國，
更是我所懷念熱愛的！
……

彩色畫面。一位滿臉老人斑的老先生以你熟悉的方言口音的華語緩緩的訴說著，六七十年前改名換姓偷偷報名北上到滇緬邊境協助輸送物資的往事，那是抗戰時瀕臨絕境的中國最後的運補線。老人說，離別時，碼頭歡送的群眾人山人海，喊著口號、唱著抗戰歌曲，高高拋起帽子，讓他們油然生起「壯士一去兮不復返」的豪情。他此生未曾再經歷那般激動人心的離別，他在那裡掉了一塊骨頭，以致廢掉一隻手。另一個老人說，他返鄉後被英殖民政府懷疑是馬共，經常受內政治官員騷擾——經常被請去「喝咖啡」。但更多人死了埋在那裡，很少人會記得他們。旁白的聲音說，超過三千兩百南洋華僑子弟，戰後只有三分之一返鄉。三分之一死在那裡，都只不過二十多歲。三分之一留在中國，戰後物資短缺，有的流落街頭淪為流浪漢，最終餓死街頭。留在中國安家落戶的那些人，文革時都被打成「敵奸」，個人檔案上都有斗大的「敵偽檔案」標記，被整肅得很慘，他們的孩子一整代也被犧牲掉，不能上大學，不能入黨，沒有好工作。因為是祖國的敵人。

不知牆的哪邊重複播放著〈告別南洋〉，青年男女的合唱，大概是舊時代的錄音，背景有沙沙的雜音，還可以感受到擴音器聲嘶力竭的金屬抖顫：

再會吧，南洋！
你海波綠，海雲長，
你是我們第二的故鄉。

旅舍電視裡播著紀錄片，那重返昔日滇緬戰場的退休老將軍你認得的，他有著兩片招牌的海苔眉，他說，「我九十六歲了，回來看看昔日陣亡的弟兄。」他突然提起南僑機工。「你們一定很奇怪，為甚麼會去招募南洋的司機來幫忙運輸？那時中國車子少，會開車的人跟今天會開飛機的人一樣，並不多，那時南洋比較進步嘛……」

僑鄉

鼓浪嶼四周海茫茫
海水鼓起波浪

鼓浪嶼遙對著台灣島
台灣是我家鄉——〈鼓浪嶼之波〉

一座極小的島。人比掉落地上的糖果上的螞蟻那樣多。

……清晨的陽光，拂照著長長的青石板路，石頭表面有不規則的鱗紋，側背著書包，水手服，女孩輕快的腳步走過，臉上有笑意。揚起藍色的裙角，及肩的黑髮，叮叮咚咚的琴聲如沉重的水滴落銀盤。白鞋踏上洋樓斑駁的台階，小鹿般躍起，沒入洋樓寬大的五腳基，那陰涼的迴廊。

幾片巴掌大的落葉被風拖曳著、時而掀翻，打了幾個跟斗。

伊穿過長廊、中庭，畫面裡的少女轉而變成中年女子，成熟的風韻裡有充分的自信。一小女孩自屋裡跑了出來，似乎叫喚著媽媽。中年女子豐腴的臉龐，笑容裡有一種為人母的滿足。背後是高大的洋樓，紅磚像重疊的句子，斜陽金光打那表面輕輕抹過像一陣金風。那是部反覆播放的宣傳影片，年輕女人歡快的歌聲響徹船艙，歌聲中盡是陽光、地名、花與希望，呼喚台灣。船裡擠滿了人，有孩子在啼哭，渡輪兩側濺起陣陣浪花。

山頭上洋樓別墅林立，從高處往下望，層層疊疊紅牆灰瓦，但近看，好些其實都已荒廢傾圮了。骨架雖仍完好，但門窗都破成大洞，屋瓦亦多處崩落，有的屋頂甚至長著芒草和小樹。但從那些骨架，那庭院，仍可遙想昔日之輝煌。有的整理了做觀光之用，然而永遠失去了家居之感，太新。那些「家人」都離開了，留下的仍是個空殼。仍有人住的，即便門開著，也拒絕讓人闖入。昔日的僑鄉，衣錦還鄉者在家鄉蓋的豪宅，都難免有幾分鋪張炫耀。

季風來時，浪濤陣陣如戰鼓。許多都是名人的故居。

但更多人選擇安家落戶，只勉強在那裡擁有唯一的一間房子。無力返鄉，也無意返鄉。

不知哪裡樓頭飄來女人哀怨的歌聲——好像就在耳殼邊上，字字急促如刻字：

一隻火船起新煙，下晡四點備開船。

眠床闊闊是好翻身，我君一去到番爿。

一暝袂睏個看天窗，目屎流落眠床枋。

你走進一處行人較少的巷弄，兩旁的圍牆都高於人。有一棵高大的芒果樹，樹蔭下紅牆灰瓦，你聞到熟悉的咖啡香。南洋咖啡館，陶匾掛在牆柱上，八字鬍似的隸書寫就，尺許長，字的兩端和鐫了棵椰子樹。你內心微微觸動，腳就踅了進去。幾張桌子，沒幾個客人，生意冷清。你挑了個朝外的位子坐下，點了杯「羔丕烏」。果然是家鄉的沖泡方式，正待問，有人拍拍你的肩膀。一張大臉出現在你眼前。一個不成比例的大頭，咧嘴笑時，眼睛被擠壓成三角形，有蛇的微芒。啊，原來是他，「老師你怎麼在這裡？」你不禁失聲問道。是那位當年多次想隨你去洄澤摸魚的華文老師，家裡在鎮上有多間店面，小兒子，叛逆，偏偏跑去台灣唸中文系，可能曾經懷抱過甚麼隱祕的文學夢，父兄也拿他沒辦法。你中學畢業後就再沒見過他，但他竟沒甚麼變，只好像頭變得更大了，也許因為下半身更其縮小了。輾轉聽說他與這裡那裡的華校高層處得不愉快，早辭了教職，換了幾個工作都很不順利，老是和老闆槓上。最後不得不到中國去投靠他在那裡擴展家族企業的哥哥，據說也不是很得意，連你們都知道他很愛抱怨。

他也兩鬢灰白，膚色黑，眼角皺紋密布。談到生意上的事，他就猛搖頭，「一言難盡。」但他也坦承，那幾年的「賣身」賺得這棟老房子（「還好登陸得早，」他臉上不自禁有幾分得意。「現在是買不起了。」）和一個很能幹的妻子。只見他粗豪的吼一聲，一個方臉大耳壯實的女人快步走來，「這是賤內。唐山姑娘。」唐山姑娘是以閩南語說出。他笑笑的抓著女人的肩膀說，婦人一臉憨厚，連聲問好。他說孩子都上大學了，他也退休了，開個小咖啡館自娛，沒客人時就自己看看書，寫寫文章。他慨嘆說，流浪中國那幾年，最想念家鄉的咖啡味，他家那排店最後一家是賣咖啡粉的，每次一炒咖啡，整條街都是咖啡香，從街尾流過來。說話時，他的手掌誇張的從你眼前徐徐劃過，模仿香氣的軌跡。

「來塊糕點吧？我老婆親手做的，我帶她回柔佛找師傅學的。鄉愁啊。」然後他自得其樂的哈哈大笑。

你看到櫃檯上，赫然是紅的綠的，灑了椰絲、榨香草蘭的汁製成的娘惹糕，和你一見就流口水的熱騰騰的咖哩餃。

千年古廟沒有想像中大，也看不出如記載的那般古老，樹看來也不過數十歲。歷經劫難，一再重修，一再更新，也許只有幾尊佛像，一對佛塔是舊的。但即使是仿照做舊的你也看不出來。

從清冷的千年古刹出來，你散步在樹老蔭重的老街，走到十字路口。踅進一條街，低矮的雙層樓房，木構的二樓灰色瓦，老舊的木窗敞開，伸出竹竿掛著褻衣。賣菜的、賣肉的、賣小吃的、理髮的、打鐵的、賣飲料的、賣衣服的、專治雞眼的……那氣味，那些衰老的臉孔、神情，盈耳的鄉音都如此熟悉。難怪那些北方人會說，你們的故鄉像極了他們的南方小鎮。先輩離鄉時，有意無意的，一點一滴把他鄉建造成記憶中的樣子。

你想起祖母的穿戴，自有記憶以來，就是那襲深藍唐衫，挽髻。那樣的身影在伊的原鄉隨處可見，都老成了同一個樣子。

你想起祖母有一回心血來潮講的故事。那些過番的男人，有的是留下一家大小，自己南下做苦工，大部分男人半年幾個月的，會用僑批捎些錢回唐山。但也有從來沒寄錢回家的，辛苦掙的錢賭掉了，或吃鴉片、玩女人花掉了。家裡人等不到錢餓死、賣小孩的也有。有的新婚沒幾個月，就把妻子留在家鄉照顧父母，自己走了，那些女人多半肚子裡懷著孩子。請人寫信來回一趟要好幾個月，有的幾年會回一趟故鄉，有的賺到錢，就在南洋另娶老婆，生一堆小孩，就再也不回去了。唐山的女人就一輩子守寡，等著等到死。伊算是幸運的，隨夫南下。苦是苦，但一輩子沒有分開過，還能親自給他送終。

那些唐山來的信件都不知道哪裡去了。你不記得那些名字，更沒抄下那地址。也不知道祖母過世時是否有人通知伊唐山的親人。多半沒有。沒有人會注意這些芝麻小事。對方也不會在意吧。生生死死，死死生生，不過是歷史的塵沙。

無名之輩，不會被記載於書冊。如果不是到墓前，你也不知道伊和祖父名字的確切寫法。平日問起，伊有點害羞，笑笑的說Kua yün，你們都以為是「蛞蚓」，好似是蛞蝓和蚯蚓合在一起的省稱。

然後你到另一座島。曾經風聲鶴唳的島，地表下盡是田鼠坑道。秋意濃，夜來風涼。古老的聚落，小巷深弄，青石板路，那些還鄉的人蓋的房子都有相似的考究，縱然還沒到洋樓豪宅的規模。紅磚牆，飛檐角，門面特別講究。主屋屋頂有陽台，別緻的樽形石欄杆，拱形山頭上有泥塑天使、孟加里、鳳凰、飛馬、菠蘿、花草等；門楣上金色大字匾額：「紫雲衍派」、「濟陽衍派」等，大門兩側有對聯，聯側則是極盡華麗之能事的，以藍色為主調的馬賽克拼貼，多為幾何狀的花草，萬花筒似的。在你凝望時，那菱形方形圓形的多色套疊，好像兀自在旋轉。似曾相識。

人夜，有一扇陳舊的木門為你打開，一婦人笑笑的走出來。並不認識，但那張臉並不陌生。親族裡的中年婦人也依稀是那副模樣。嬸嬸，阿妗，阿姨，甚至姐姐。她好像在等待你歸來，而不只是到來。親切的問道：「吃飽未？」

窄小的中庭，一側擺了花盆，瑪格麗特，虎頭蘭。雙扇的木門，外側是銅環，裡側是木栓。一盞黯淡的小燈，木床，木百葉窗，天花板也都是圓滾滾的原木。興許是南洋運來的。小小的三合院，不大的天井裡擺著松柏盆栽。幽暗的正廳裡，牆上有許多墨寫的儒家的治家格言之類的陳腔濫調，高處掛著十多幅比真人略小的男女暮年半身畫像，微光裡臉色灰暗。應該是這房子往昔歷代的主人。婦人說，這房子原本荒廢了，她承租下來整理了做民宿，東西都是原來的，努力讓客人有一種家的感覺。

你想起你在台灣鄉下買的房子，是由被好賭吸毒、被地下錢莊追債的敗家子手上取得的。據他嫂嫂說，那是他母親用一輩子在山上採茶的積蓄蓋的，房子蓋好前老人就病逝了。而他母親過世不到五年，房子就被賤賣掉了。

清理垃圾時，你們發現樓上公嬤廳有張破舊的電視櫃。打開一看，裡頭赫然有兩幀巨幅遺照，也就是一般的父親母親的樣子。那神情，拍照的瞬間好像就有心裡準備這是要做遺照用的。直視著你，好像你是他們的孩子。

你走過遺跡、老宅、氣派的洋樓、依然氣派的洋樓的殘骸、坑道、紀念館，看到許多陳舊的黑白全家福，離鄉返鄉的故事，發跡的故事、失蹤的故事，聽了女人怨訴的褒歌，一生的等待；此生未曾見過過番父親的女兒，恨一個名字。棄的故事。

離開前那一夜月光清朗，周遭廢棄的房子都只剩少許牆，白蟻吃剩的梁，月光直照在昔日廳堂欣欣向榮的雜木上，暗處蟋蟀鳴叫。

睡眠的深處有雨聲。好像下了一夜的雨。但也許雨只下在夢裡，在南方的樹林深處，下在夢的最深處，那裡有蛙鳴，有花香。

故鄉

月兒高掛在天上，
光明照耀四方，
在這靜靜的深夜裡，
記起了我的故鄉。——〈思鄉曲〉

南方，古陸塊的盡頭，小島，咖啡山。

老人有點面熟，好像在哪裡見過。一隻眼濁白很可能已經看不到東西，但卻戴著鏡片很厚的眼鏡，揹著塑膠水壺，手提長柄鐮刀。他的華語的口音有濃重的閩南方言腔，有些詞彙還堅持用閩南語發音，有時還會突然哼起七字的閩南古歌。但聲音像隔了道牆似的有點濁，歌詞聽不太真確。老人住得靠近那裡，破落的房宅，在這蕞爾小島上竟然還能以鐵籬笆圍起一小片土地，屋前竟種了棵榴槤和波羅蜜，樹結著纍纍拳頭大的刺果。他家離那裡有一小段長滿茅草的路。

在那近旁祕密的孵育龍魚的朋友在電話裡說，他知道那墳場不為人知的祕密，他答應送他一條他其實買不起卻一直要他打折賣他的金龍魚仔，他才答應帶你走一趟，但你得答應保守祕密。這位養魚的朋友，常告訴你一個驚恐的訊息：這座島上的回收淨化水，不知道為甚麼魚卵孵出來的都是母魚，沒有公的。喝多了這島上男人的卵孵可能會縮小到比花生米還小。

老友熱切的聲音好似也來自牆的另一邊。他說，別看他那樣，可是南洋大學歷史系讀過幾年書的老左，年輕時很激進，吃過不少苦頭。那地方他最熟了，他退休後想用這座墳場的資料寫一部大小說，不知道被甚麼卡住了，好像一直沒甚麼進度。

老人微微跛著腳，手持長棍引路。就是這，都快全部剷除掉了。要開路，要蓋大樓，死人不能和活人爭地啊。爭也爭不過。這裡很多蛇，他說。因為有很多青蛙，有專家調查過，說至少有一百多種。

他說以前他進去考察都要帶把鐮刀，穿雨鞋，但很多地方還是到不了的，像座深芭。

墓園入口的雜草灌木看得出已清除過一段時間了，都已重新在抽芽了。頂芽，或側芽，有的甚至重新長出了綠意。但大樹還是大樹，大到不能再大的那種感覺，好像從恐龍時代以來就在那兒了，但它們的年輪，頂多也就是這墓園的年歲。枝幹都和相鄰的樹糾纏交錯，彷彿彼此都是對方的牆。粗壯的樹身，樹皮黑而潮，苔蘚、蜈蚣蕨和各色的攀緣植物都長住在樹皮上，死去挨著樹皮就地化為養分，新芽從屍骸旁冒生，反覆不知道繁衍了多少代了。巨大的鳥巢蕨彷彿真的就有鳥在其上棲止，樹冠層層的葉子篩走日照，陰暗的綠意中有水的氣息。你心裡想，這地方就算有原生種島民也不奇怪。

樹上有猴子探看，松鼠過枝。小徑清出來了，有點泥濘，但不算難走。零星的遊客，興許是在尋覓已被遺忘的祖先的丘墓。

連那頭老獅子外婆家族的墓群也是在這林子深處找到。

要劏除的新聞出來後，方陸陸續續有人來關切。之前很少人會來這裡，清明節也只有最外面那些墳有的會有子孫來祭拜，清除雜草。那裡的（墓）比較新。

掛藤有的被砍除了，就像那些從墓的裂縫裡長出的雜樹和芒草。但即便是墓石上，也著滿青苔。

而清晰可以辨識的墓，其實都是經過一番整理的，遮蔽的雜木都被劈除了。於是在大樹之間，東一個西一個，數十座散落於光斑樹影間，遠看確實像一隻隻巨龜，揹著綠草，有的還躲在灌木後頭；有時偌大一整片地表墳起，高低起伏的圍壟確立分界線，那是有錢人的墓了。有的是沿著斜坡起伏，緊挨著。那是平民的聚落了。此前，除少數例外，那些墳幾乎都被雜草灌木覆沒，即便是豪門大戶占地寬廣。樹和草的種子飄落、野藤伸過來，一年半載就掩沒了。

有的能看到一小截墓碑頭，或者有錢人家的石獸、孟加里兵翁仲。年深日久，就像一片尋常的雨林。這裡開埠前應該也就是一片大芭。

南國的小島，海峽的盡頭。因此數百年來一直是最繁華的唐人小鎮。所以墓地最廣大、最古老。因為它有名，風水好，很多有錢有勢的人死了都想埋在這裡。老人沙沙的說著。聽說那些年，甚至有人想從棉蘭、馬六甲大老遠把屍體運過來這裡埋。以前有些有錢人屍體還要裝在最不易朽的木頭做的棺材裡，特地用船載回唐山，落葉歸根嘛。

你想像有一艘船布置成靈堂，巨大的棺材擺在船艙，一路搖啊搖的，搖到唐山都變成一鍋濃湯了。

英國佬早就算到了，唐人那樣喜歡土葬，如果墓地一直擴大下去，很快整座島都要讓給死人了。一九六三年左右，葬滿了，就不再有新墳，新的死人就搬到石◇崗去，那裡只能埋二十年，期滿了就要撿骨挖走。

這裡為什麼荒廢成這樣？

一個聲音問。

你也知道的，他說，唐人拜祖先很少超過三代的（聲音像來自地下電台的廣播）。阿公的爸媽會去拜的就很少了，更別說是阿公的阿公阿嬷。沒見過面，就像是陌生人了。如果有鬼，也是陌生鬼了。我們這裡的華人嗯，很多人連自己阿公的名字都不知道的。再上一代更是甚麼都不知道。五代以上一定忘光光，除非是同一家族的全部埋在一起，後人拜的時候順便拜一下。你有看過嗎？非常有錢的人乾脆弄個祠堂，裡面密密麻麻的擺著神主牌，但那些名字誰會記得？就算你家有族譜，那些名字也都只是些陌生的名字而已。只有名人的名字像名字。關公的名字所有華人都知道。

華人都是這樣的，不斷向前看，把過去忘掉。一代一代忘下去，永遠只記得三四代，久沒人拜，就長了樹長了草，只知道那裡是墳場，可是沒有人在意誰埋在那裡。死太久了就好像從來不曾活過。他的聲音像舊時代的錄音，夾帶老舊機械的嘶嘶沙沙聲。有的單詞還會脫落，像泡過水的書頁。

甘蜜世代，胡椒世代。咖啡世代。橡膠世代，可可世代，油棕世代。

老人似乎有很深的感慨。詳細介紹那些有來頭的墓，名字載於史冊的大官、曾經稱雄一方的富商，及他們的姬妾，訴說尚在世的後裔是哪些人。「史學家比他們清楚。有的大老闆看到報導還會叫家裡人來尋根一下，有的根本沒反應，太久遠以前死去的家人就像是別人家的死人。」時而翻開書，指著裡頭的記載；跟著他緩慢的步伐，你們走到墳場深處。「別人家的死人就跟死狗沒兩樣了。」

你細看墓碑上的重新上了紅漆的祖籍。泉州安溪。泉州南安。泉州同安。泉州廈門。廣東梅縣。廣東潮州。廣東大埔。廣東雷州。金門。台灣台中州……熟悉不熟悉的姓，一個個陌生的名字。一大群天地會會眾的名字。

走到人跡罕至處，走到林子深處。路愈來愈小，以致幾乎沒有路，只餘身體勉強擠出來的路跡。幾天沒人走，就幾乎恢復成原來的樣子了。像獸徑。這林裡野豬、四腳蛇、猴子、鳥都很多的，只差沒有老虎。他說。

但老先生似乎連那些草木都認得，輕輕一撥就看到路徑，只是常需要彎腰，甚至降到用四隻腳的高度，幾乎是用爬的，因為有粗大至極如巨蟒的藤橫過。

也不知道走了多久，衣褲都濕得黏在膚表上。你聽到自己的喘息聲，愈來愈看不到天空，看不到雲，沒有風。走了大半輩子久似的，感覺走過海峽，走到過去，走進馬來半島原始森林的深處。唯一的差別是隨處有墓，雖然有的被亂草整個的覆住了，但有的還能勉強擠出一個小角落，它們就像界碑，像里程碑。你甚至多次看到了挨著樹頭長著一圈的豬籠草，深絳色短而胖的杯子，水滿溢，飄浮著蟲屍，蜜蜂、大大小小的螞蟻。野芋寬大的葉子，蛞蝓吸附在腋處。

繞過一小座土坡，披開長草，就到了。

一座綴滿馬賽克的閩南式房子，山頭巨大，龍鳳蘭雲浮雕，匾額門聯一應俱全，希臘式立柱，門前蹲了兩隻石獅，石獅旁站了兩個泥塑錫克兵。雖然都長滿黑黴，大半棟房子均被蔓藤雜草包覆，灰瓦屋頂也長滿了草，但房子仍舊是房子，總是比墳墓挑高。

——住家？

老先生搖搖頭。

他說他原也以為是住家，仔細看看就知道不是了。大門已被白蟻吃剩下一小半截，跨過絆腳的攀藤，輕易就推開它。只見大廳正中央是個男女主人的泥塑像，坐在泥塑的椅子上，好似仍在閒話家長。地板上是沉積的爛泥，疙疙瘩瘩的蚯蚓糞便。撥開長草繞到屋後，只見高高墳起的墓龜，墓前有道門板大小的碑，碑上寫著墓主的祖籍、名姓、生卒年。

他指給你看，東一間、西一間，有的竟還是雙層的，但陽台上是一片樹林。有的平房整棟被榕樹牢牢的纏著了，巨大的根把整面牆的磚石扭曲，黏接處鬆脫了。或硬生生坐在它上頭，瓦片都被捲入根鬚裡。雖然樹多草雜，仔細看，簡直就是個古村落嘛。好幾排的房子，五腳基洋房，百葉木窗，兩排房子間留有路——當然也都長滿了樹。整體來看，幾乎就是個典型的唐人小鎮了。

甚至還有間小廟，大伯公笑嘻嘻的端坐在裡頭。頭頂上吸附著好幾隻南洋大蝸牛，身上亮晶晶的是乾掉的蝸牛涎，額頭、嘴角、基座旁一條條蜷曲堆疊的是蝸牛糞。

再走一小段路，一棵綁著紅腰帶的巨樹下，你看到不遠處有數人圍坐地上，身量比一般人略矮小些，好似在商量甚麼事情，但比劃的手姿勢僵固，沒有在動。走近一點看，是塑像，難怪臉和身體都黑了，頭戴帽子，前沿有三顆不是很分明的凸起的長著黑黴的五角星，頭頂白白的沉澱飛濺到臉頰大概是鳥糞。你仔細看那些臉孔，都是熟悉的，書上看過的，都是歷史上的名人了。有一人眼光向下，看著甚麼。你順著他的目光望去，地上有一口湧泉，兀自冒著水，水中隱隱張著魚嘴，嘴旁有兩根短鬚。這時你注意到它們的背後黑幢幢的，竟是個褐色鱗狀的巨大土饅頭，有碑。那碑上污血紅的隸書讓你嚇了一跳：明監國魯王墓。更令人心悸的是，你又看到墓後露出一張多毛而色彩鮮豔的臉在張望，像是舞獅的頭，張嘴帶著幾分笑意。但腦中有個聲音告訴你，那應是隻年紀很大的老虎，牠身上的條紋凌亂，齒牙殘缺，眼神非常憂傷，兩隻眼睛好像都瞎了。

你聞到股濃郁的花香，蜜蜂無聲而忙碌。只見牠背後有幾棵樹，枝幹上密密麻麻的開著*

字形的小白花，那不是咖啡樹是甚麼？

你猛回頭，帶你來的老先生竟然消失得無影無蹤。

一輛嚴重鏽損的小貨車半埋在土裡，從重重纏繞的爬藤下伸出半個堅挺的頭來。車頭燈、窗玻璃當然都沒了。但你竟然看到一個嶄新的橡膠輪胎胎紋深刻，擱在鏽紅的引擎蓋上，黑得發亮，胎側極其清晰的浮雕著一個名字：陳嘉庚。沒錯，你在某紀念館看過這輪胎，有燈光打在上頭。你心念一動，怎麼它也在這裡？

然後好大粒的雨就嘩的突然從樹葉上這裡那裡滾落下來，四野迷茫，一會，就甚麼都看不清楚了。

好像從雨水與泥土的撞擊裡，水花在你耳畔濺出一些字句：

棄置勿復道，努力加餐飯。

二〇一五年一至二月

【跋】一個微小的心意

二〇一四年五月毛遂自薦在寶瓶出版一本小說，大約抓個字數八至十二萬字，以感謝朱亞君多年來對馬華文學的支持。這些年，寶瓶出版的馬華文學集子已居台灣之冠。在這出版界不景氣的年代，是十分難能可貴的；尤其是對尚未站穩腳跟的新人的支持和鼓勵，直可說是一種義氣了。

雖然我的書其實也賣不了多少本，但總是個心意。我想寶瓶出版馬華文學也不是因為它能賣；馬華文學的附加價值並不高，也不能增加多少象徵資本。

原題《歸來》，但這標題最近被用得太頻繁了，就改成《雨》。篇章順序也移來挪去，有的放進來又抽走，抽掉了又放回來。不過是一本小書，太單一不好，太蕪雜也不好。

關於這本書的某些小小實驗，原本在〈跋〉裡寫了長長的解釋。後來我自問，寫那麼多幹甚麼？因此刪剩兩個句子。沒興趣的讀者怎麼樣都還是沒興趣的，有興趣的讀者，自己會去找解釋的路徑（雖然，我也常對那些算是友善的讀者不太滿意）；心懷惡意的讀者，你怎麼寫他們還是找得到否定的理由，甚至胡批亂罵——那也只好由得他們去。我自己也是個論述者，二十多年前在剛摸索寫作時，一位「前好友」在一場座談中，就曾勸我們要培養鑑賞力，「至少可以自己評估自己的作品寫到甚麼程度」，而不會太受他人的目光左右，就可以比較自信的走下去。

最近在對談的場合回應一位青年朋友關於我的小說在台灣「封聖」（canonize，這不是很好的翻譯，早期台灣英美文學界多譯為典律）的提問，我的答覆很簡單，那止於一九九五年——迄今已二十年——也即是〈魚骸〉得中國時報文學獎之年。五年後，即便是更有野心的《刻背》（二〇〇一），也得不到像樣的關注，在大馬更不可能。即使在多年以後，好些我的文青同鄉，也都以〈魚骸〉為我的小說之路的盡頭、天花板，認為那之後的——也就是近幾年密集寫的，都不必看，也無足觀矣。寫作反正就是這麼一回事，你也不能怎樣。

得失寸心知。

關於馬華文學，我的感慨當然很深，尤其當你發現再怎麼努力都改變不了整個結構時。「寂寞新文苑」。依然只能是「個人的戰役」，但總好過甚麼都不做。

最近給某位學界長輩寫信時，不禁寫下這樣的句子：

馬華文學不會有甚麼大希望。多年來，即便是李永平張貴興，論文寫最多的也是我。

這和認同沒有直接關係。

大馬華人的心態，我也不是很了解。大馬華人人才外流至少有五六十年的歷史了，可能最好的人才都走光了，英美澳加新台港。但也不會有人注意，因為國家根本不在乎。華社看來也不是真的在乎，也根本無力解決。

離境而持續用中文寫作的人，就像是自己畫好靶心的靶子。這支小文學，也許最終還是會消失在歷史裡，因為它在世界文學裡微不足道，消失了也不會有人惋惜。

就像台灣這個小國，在世界歷史裡也就是個小點。最近我常向我兒女輩的學生澆冷水：別高興得太早，小國被滅在歷史上是常態。幾十年後，就沒有人記得了。歷史是殘酷的。歷史的基礎是遺忘。晚明遺老拚死抵禦的，民初清遺民為之殉死的，不是同一個東西嗎？

節錄前輩的回函：

的確，馬華文學大概也就是這幾十年光景。時代改變，傳媒改變，你所想像但從沒有發生的馬華文學盛況大概也就如此了。

臺灣文學也的確可能是類似命運。漢魏六朝亂了四百年，小朝廷一個接一個，我們都記不得了。

所謂的馬華文學盛世，大概也就是這二三十年了。

當大馬華文教育進一步萎縮——馬來民族國家不斷強化國語文教育（現在進行式）、持續的不學英語無以和國際接軌的壓力——為生存，華人普遍會做更「務實」的選擇（或可稱之為新加坡化，或菲律賓化）；當文學發表媒介（副刊版面，文學雜誌）變得更小，出版變得困難，品質也難要求，只求**有**（因為**好過沒有**）；當這一切都收縮至極限——甚至民國－台灣也自顧不暇，也不再能提供文學場域園地租借；當有能力離開故土並闖出一片天的寫作人再也不願被歸屬於馬華文學（覺得那是個沒必要的框限，或爛品牌），而「識時務」的加入更有資源的文學體系（譬如：中國文學）時；當陰影線收縮至極限，它就不得不顯現為沒有面積的消失點。

除非至愚，否則大概難以否認，馬來西亞建國後這些年的馬華文學，民國－台灣確是幫了很大的忙。甚至可以說，馬華文學是中國分裂的實質受惠者，讓它有充分的資源可對抗僵屍化的馬華革命文學。六〇年代以降，冷戰裡流亡的民國（隨著它自身的經濟起飛），意外的開啟了一個有一定包容性的文學公開領域，讓馬華文學得以嫁接再生，開花結果。文學獎、副刊和出版社是最重要的環結，但這三者近年都急速萎縮，那時代也漸漸過去了。

在修改補充這篇跋時，正值十年來最強的寒流襲台，連日凍雨，多處山上飄雪，有生之年，恰好經歷這異象的人，都會記得今年的怪現狀罷。

收錄的作品幾乎都發表過，只有兩篇需稍稍做點說明。〈另一邊〉《雨》作品七號應該是發表了，大陸某刊物（刊物名我忘了）的一位青年朋友向我邀的，說他是某君（我的朋友）的朋友，刊出後還有電郵問我稿費如何處理之類的。但那刊物一直沒寄給我，我也就無法判定是否真的刊了。〈樹頂〉《雨》作品二號是二〇一四年《字花》隨刊附售鍾玲玲《生而為人》時，因台港轉匯手續費太高（應高過那本小書的售價），我就問《字花》編輯能否用一篇小說來交換，編輯答應了，《生而為人》隨即收到，但之後我一直不知道〈樹頂〉《雨》作品二號到底是否有在《字花》刊出，在鄉下也不易查證，想說反正以物易物交換掉了，就當做已刊吧。

〈雨〉系列原本只有四篇，是《魚》的一部分，原擬穿插在《魚》諸篇之間——魚應比人更悅雨吧。

計畫改變之後，又是另一回事了。

感謝天文姐文義兼美的序。

感謝張景雲先生慨允轉載〈不像小說的小說〉（原為花蹤文學獎的贊詞）及〈論馬華中品小說〉（原為私函的一個完整段落）兩篇短文，感謝寶瓶張純玲小姐的細心編輯。

二〇一五年六月初稿，二〇一六年一月下旬、三月上旬補

【附錄一】不像小說的小說——花踪馬華文學大獎讚詞

張景雲

小說這個敘事藝術發展到卡夫卡（Franz Kafka）就來到一個奇特的高峰，他可以說是一個失敗的小說家，然而其對後世小說藝術的影響之深遠，卻不亞於西方／歐洲數百年來這方面的諸多典律。其所以如此，應該說得力於他這個人的兩點決絕，而首要的當然是他的生存意識的決絕。他一再的透過文字來表達一個意思：生存是不可能的；他不能容忍作為在猶太／基督教文明底下一個男人的生存處境，他不能接受生存的「這個版本」，然而他又看不見生存又有什麼別的「版本」。他的另一點決絕是附麗於那首要的決絕上，或謂是由其首要的決絕所驅動而產生，那就是他的敘事策略的決絕（其實策略是個完全與他不相稱的概念），小說（或謂在他之前的）這個文字藝術形式其實並無法恰當的容納他這種生存意識的決絕，他掙扎著寫寫改改，又撕撕停停，大多數（特別是長篇）作品都不能終篇，經其摯友Max Brod保存、編輯甚至補綴而成的，就是一些不像小說的小說了，而這就是他給後世的小說家樹立的標竿。後來的追慕者們肯定沒有條件（要求的是心性而非能力）去表達像卡夫卡那樣十足的生存意識上的決絕，在卡夫卡不太成功的不像小說的小說這方面，後來的人則固然有更多的時間和技藝上的磨練去攀登這枝標竿，然而缺乏那首要的決絕，附麗的決絕就幾近娛樂了。

在這樣的認識上閱讀黃錦樹，首先得接受比附落差上的增減和轉換。他何以耗費那麼大的心思創作這麼多的馬共小說？是不是因為他從事馬華文學的研究而發現到這個龐大的空洞：文學作品沒有處理這個本來是繞不開的題材，政治霸權下歷史只剩下政治正確的妝點，而他覺得他應該可以填補這個缺憾？他的時代感是強烈的，這一點他顯然遠遠超越馬新兩地那戀戀不忘某種「不敢說出自己的名字」的文學意識形態的作者們；他顯然了解對那過去的時代的時代感，在一個二十一世紀的小說家而言，可以是一個題材的礦脈，也可能是一條歧途的開端。他的讀者們可以感覺幸運的是，他完全拋棄歷史小說這種體式（genre）的定式，他是在寫小說，而且創作出來的是不像小說的小說。那麼，在這個寫作不像小說的小說的過程中，時代感和歷史意識應該如何處理？他告訴自己，他不是歷史小說家，他更不是歷史學家，他並不想烹調出一桌關於馬共（或華人左翼運動史）的「我方的歷史」或另類史論述。他對霸權歷史反感，但他反擊的方式是通過一種新的敘事藝術，一種不像小說的小說，來建構一個霸權毫無專制話語權的「虛構的真實」，而這，正是一個真正的小說家的印記。馬華文學不必奢言典律（canon），但應該大膽的把目光投向無論可以或不可以作為標竿的經典（作品或作家），而黃錦樹顯然是在這條路上積攢了可觀的資糧和功德。

附：論馬華中品小說／張景雲

馬華小說現象，經過這次密集閱讀之後有點感覺，是過去也自己在納悶著的，這次感覺就很濃厚了，就是小說方面我們high-brow奇缺，middle-brow風行，讀者、作者們，甚至文學研究者都是以middle-brow為high-brow。美國文學界／文化界很早（大約四十年前）就有批評家警告，high-brow不僅是kitsch糟粕的對立面，其實middle-brow對high-brow危害更大，但是美國畢竟是個文化大國，他們的小眾也足以構成一個市場，或文學共同體，由於這個市場鑑賞力高，middle -brow只有「水往下流」，趨近low-brow，而不可能上升去趨近high-brow，去魚目混珠被當成high-brow。馬華小說的情況則是大家都以為middle-brow的貨色就是high-brow，他們多缺乏現代思想（特別是美學）的裝備，因為他們誤以為這些裝備只是學術界某類人的虛榮，對小說家（藝術家）是多餘的，不必花心思去追求，因此以為high-brow就是這麼一回事。這其實是對現代小說藝術的背叛，因為一個時代的小說（這裡只能以歐西為例）必然是那時代的尖端思想（文化與美學，以及政治與社會）的最具包涵性和代表性的藝術表現，其所以如此，因為這個尖端思想必然是最能反映人類當前全處境全面貌的精神手段。不追求這種認識，不追求這樣最貼近我們人類今天的human condition的現代性（現代性從十九世紀末開始就必然需要不斷更迭的重新解釋），任何小說／小說家所能做的就只是重溫往昔的、缺乏「關乎宏旨」性質的人類精神面貌。（當然high-brow

這個標籤像任何標籤都是具有誤導性，打出這個東西很容易被人誤會是一種虛榮，好高騖遠，在馬華文化界這樣思想修養趨低的社會，要用high-brow這個即使是權宜性的名詞，也都要準備腹背受敵的。）

附記：

這六百字，是張景雲先生二〇一五年十一月三十一日給我覆函的補充部分的一個完整段落，徵求同意後附錄於此。我去函是徵求〈花踪馬華文學大獎讚詞〉同意讓我收入《雨》作為附錄。

middle-brow一詞，王德威先生二〇〇〇年為《爾雅短篇小說選》寫的序論裡譯為「中品」，刊出時引起軒然大波，以致收入《爾雅短篇小說選》時被迫刪掉近八百字的幾個批評性段落，後來在收進自己的文集時才把它恢復（王德威，〈溫文爾雅——《爾雅短篇小說選》序論〉氏著《眾聲喧嘩以後——點評當代中文小說》台北：麥田，二〇〇一：四一二—四二六）。但那些被刪掉的文字，有的可以引來做張景雲先生middle-brow之論的補充。

「爾雅短篇小說的主要陣容，是由我所謂的『中品』作家所支持。我藉『中品』一詞對應英文的Middle-brow，意味品味不高不低、雅俗共賞。……

簡而言之，中品作家的首要關懷是世路人情。他（她）們的作品與言情小說相比，多了人間煙火味；與高蹈小說相比，又少了野心與創意。……中品小說的限制，是對文字及人性的鑽研每每適可而止；既要追求社會倫理的共識及修辭建言的圓通，就不能孤注一擲。……

在文學獎與小說選當道的這些年，中品作家多半不受青睞。但當讀者抱怨文學愈來愈『看不懂』的時候，中品作家恰恰就是寫來要讓我們『看得懂』的。」頁四一七—四一八。」

張景雲先生的批評看起來比一向溫文爾雅的王德威教授更為嚴厲。以馬華文化界刃匕首投槍的風氣，公開發表這樣的意見，腹背受敵看來是很難避免的，但我認為，馬華文學必須面對它。

〈溫文爾雅〉中描繪的中品小說以「看得懂」為準繩，恰恰是十五年後的當下的台灣文學的「王道」，也普遍受到文學獎和選集的肯定。開卷周報就是那樣標榜的。

當然，馬華文學的處境更為困難，一直以來「以middle-brow為high-brow」實有其不得已處。長期在歪斜的革命文學影響之下，其實連middle-brow都很難得了，更別說甚麼high-brow了。如果不怕得罪人直言，可以這麼說：很多寫作，其實還是非常初級的，僅僅還只是徘徊在門檻邊而已。我們的處境遠比「非常困難」還困難。

二〇一六年一月二十一日

【附錄二】沒有位置的位置

黃錦樹

去年底，有人出版社的朋友說要推薦我角逐本屆的「花踪馬華文學大獎」。我想如果那能讓《火，與危險事物》多賣幾本，「角逐」看看並無不可。有人之決定出版《火，與危險事物》，雖不乏文學史意義，但我總覺得高估了我在大馬華文閱讀公眾中的被接受度。

這些年，大馬華文青少年文學的閱讀人口有顯著的成長，但那似乎和馬華文學關係不大。靠政治熱情支撐的那幾十年（**那時並不要求我們非常在意的「文學品質」**）過去後，馬華文學的讀者大概只剩下同為作者的那批人（**品味好惡分歧學養參差的文青或老文青，自古文人相輕，能相互欣賞的大概也並不多**），即便在台灣，也很難吸引讀者。在國內，它不只競爭不過舶來的台港純文學（及汪洋般廣大豐饒的世界文學），也競爭不過武俠、科幻言情小說、連環漫畫之類的通俗讀物。一直都是那樣的，看來未來也不可能有多大的改變。即便對大馬華文讀者而言，也有「為什麼要讀馬華文學」的問題（這可視為「為什麼馬華文學」的另一種再問題化）。也就是說，馬華文學的困境之壁比我們想像的堅固得多（更哀的是，有的局外人還以為它和**馬華公會**有甚麼關係）。我們窮盡一生的個人努力，也許終究還是改變不了馬華文學的實存窘境。雖然，花踪的獎金對年輕寫作人還是很實惠的鼓勵，即便是在馬幣大貶的年代。

大馬本土論者有個講法也許部分是對的，用華文寫作，永遠不可能寫出跨族群雅俗共賞的大馬「國民文學」（譬如夏目漱石之於日本文學）；沒講對的部分是，在可見的將來，用馬來文也不能——即便馬來文以國家的力量強行占據了華文、印度文的社會溝通功能。在最壞的情況下，方言母語也會在強勢語言裡哀嚎，讓它不純，在國文裡抽搐，那是文學的天性。族群分化，分歧的國民想像，一直延續著的不平等結構（**雖然我不久前還讀到某大馬本土華語語系論者高調的寫道，種族問題早已過時**），造成了我方的歷史與我方的文學的必然分殊，文學和歷史很難避免那樣的族群創傷經驗。先哲早有名言，自由難，平等更難。受損害者的文學很難被既得利益者青睞，既得利益者的經驗不可能在被損害者那裡得到共鳴。即便寫作者選擇官方立場，但官方立場的國民文學也只能是官方文學而已。

對文學的局外人而言，文學語言如同一種方言，文學愛好者似乎是某種方言群，有他們自己的**方言群認同**（也許依文類分，詩與小說各為異類——而散文，人人都會寫）。在台灣，我們或被謔稱為「馬來幫」，既是同鄉會，也是某種差異語言小共同體。早期東南亞華人移民確實是依著血緣地緣拉幫結派以求自保，繼而以方言會館、宗親會館、商會等以凝聚共同體。而在台灣，我們幾乎都是「孤狼」，很少聯絡更別說見面。人太少，寫作也不需拉幫結社，也沒有甚麼利益需要用那樣的方式去保護。

這被困鎖在特定族群語言裡的華文文學，它在國境之外有更廣大的競爭群體，以致在漢語文學的家族裡（所謂華語語系者），它每每只能忝居末座，甚至位居附錄（在美、日、韓的中國現代文學學術體制裡），那是個沒有位置的位置。這也讓為什麼要寫**作馬華文學**——尤其在離境多年之後——成為我們必須持續面對的、尖銳的倫理與文學政治問題。

再過兩個多禮拜，我離開馬來西亞就滿二十九年了；留台的日子，也快要成為我自己的「三十年夢」。最開始的那些年，每回返鄉，只要睡兩個晚上，幾乎就可以把離鄉的日子「忘掉」，好像離鄉只不過是一場夢，原就不曾離開過。隨著離鄉的日子愈來愈長，返鄉之眠不再有忘卻他鄉的功能（**也許根本的原因在於從小居住的老家沒保留下來**），即便在夢裡，也已知此身是客。

如果母親還在，花踪重達兩公斤的獎盃就不必勞駕朋友千里迢迢扛來台灣。二十一年前（一九九四），我曾把更重的聯合文學小說新人獎的「雛鳳」獎盃扛回去給父母。如果母親還在，頭腦還清楚，這個錦上添花的獎，會讓她開心好一陣子吧。

二〇一五年九月十二日埔里

【作品原刊處】

〈雨天〉《南洋商報．南洋文藝》二〇一五年八月四日

〈彷彿穿過林子便是海〉《中國時報．人間副刊》二〇一五年三月二十四日

〈歸來〉《短篇小說》二〇一四年十二月號

〈老虎，老虎〉《雨》作品一號《中國時報．人間副刊》二〇一四年七月三十、三十一日

〈樹頂〉《雨》作品二號《字花》疑似未刊

〈水窟邊〉《雨》作品三號《自由時報．自由副刊》二〇一五年一月十三、十四日

〈拿督公〉《雨》作品四號《短篇小說》二〇一四年十月號

〈W〉《聯合報．聯合副刊》二〇一四年十月十二、十三日

〈雄雉與狗〉《南洋商報．南洋文藝》二〇一四年九月九日

〈龍舟〉《雨》作品五號《蕉風》五〇九期，二〇一五年十一月

〈沙〉《雨》作品六號《聯合報．聯合副刊》二〇一五年四月十六、十七日

〈另一邊〉《雨》作品七號大陸某刊物

〈後死〉《蕉風》五〇九期，二〇一五年十一月

〈小說課〉分為兩部分；〈小說課〉《中國時報．人間副刊》二〇一六年二月二十日，
〈木瓜樹〉《自由時報．自由副刊》二〇一五年十月二十日

〈南方小鎮〉《聯合報．聯合副刊》二〇一五年九月二至四日

【跋】〈一個微小的心意〉以〈馬華文學的感慨〉刊於馬來西亞《東方日報》二〇一六年四月

國家圖書館預行編目資料

雨／黃錦樹著. --初版. --臺北市：寶瓶文化, 2016. 05
面；　公分. --（island；256）
ISBN 978-986-406-055-9（平裝）

857.63　　　　105008168

island 256

雨

作者／黃錦樹

發行人／張寶琴
社長兼總編輯／朱亞君
副總編輯／張純玲
資深編輯／丁慧瑋　編輯／林婕伃
美術主編／林慧雯
校對／張純玲・劉素芬・陳佩伶・黃錦樹
營銷部主任／林歆婕　業務專員／林裕翔　企劃專員／李祉萱
財務主任／歐素琪
出版者／寶瓶文化事業股份有限公司
地址／台北市110信義區基隆路一段180號8樓
電話／(02)27494988　傳真／(02)27495072
郵政劃撥／19446403　寶瓶文化事業股份有限公司
印刷廠／世和印製企業有限公司
總經銷／大和書報圖書股份有限公司　電話／(02)89902588
地址／新北市五股工業區五工五路2號　傳真／(02)22997900
E-mail／aquarius@udngroup.com

法律顧問／理律法律事務所陳長文律師、蔣大中律師
如有破損或裝訂錯誤，請寄回本公司更換
著作完成日期／二〇一六年三月
初版二刷-日期／二〇二〇年六月十七日

ISBN／978-986-406-055-9
定價／三〇〇元

愛書人卡

感謝您熱心的為我們填寫，
對您的意見，我們會認真的加以參考，
希望寶瓶文化推出的每一本書，都能得到您的肯定與永遠的支持。

系列：Island 256　**書名：雨**

1. 姓名：＿＿＿＿＿＿＿＿　性別：□男　□女
2. 生日：＿＿＿年＿＿＿月＿＿＿日
3. 教育程度：□大學以上　□大學　□專科　□高中、高職　□高中職以下
4. 職業：＿＿＿＿＿＿＿＿
5. 聯絡地址：＿＿＿＿＿＿＿＿＿＿＿＿＿＿＿＿＿＿＿＿

   聯絡電話：＿＿＿＿＿＿＿＿　手機：＿＿＿＿＿＿＿＿
6. E-mail信箱：＿＿＿＿＿＿＿＿＿＿＿＿＿＿＿＿

   □同意　□不同意　免費獲得寶瓶文化叢書訊息
7. 購買日期：＿＿＿年＿＿＿月＿＿＿日
8. 您得知本書的管道：□報紙／雜誌　□電視／電台　□親友介紹　□逛書店　□網路

   □傳單／海報　□廣告　□其他
9. 您在哪裡買到本書：□書店，店名＿＿＿＿＿＿　□劃撥　□現場活動　□贈書

   □網路購書，網站名稱：＿＿＿＿＿＿　□其他＿＿＿＿＿＿
10. 對本書的建議：（請填代號　1. 滿意　2. 尚可　3. 再改進，請提供意見）

    內容：＿＿＿＿＿＿＿＿＿＿＿＿

    封面：＿＿＿＿＿＿＿＿＿＿＿＿

    編排：＿＿＿＿＿＿＿＿＿＿＿＿

    其他：＿＿＿＿＿＿＿＿＿＿＿＿

    綜合意見：＿＿＿＿＿＿＿＿＿＿＿＿＿＿＿＿＿＿＿＿＿＿＿＿
11. 希望我們未來出版哪一類的書籍：＿＿＿＿＿＿＿＿＿＿＿＿＿＿＿＿

讓文字與書寫的聲音大鳴大放

寶瓶文化事業股份有限公司

（請沿此虛線剪下）

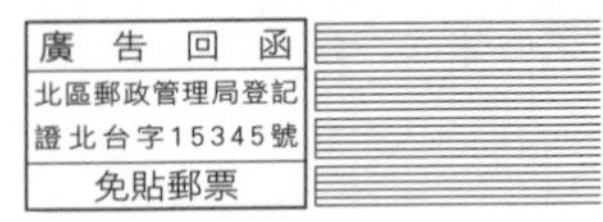

寶瓶文化事業股份有限公司收

110台北市信義區基隆路一段180號8樓

8F,180 KEELUNG RD.,SEC.1,

TAIPEI.(110)TAIWAN R.O.C.

（請沿虛線對折後寄回，或傳真至02-27495072。謝謝）